dtv

Eine irische Kleinstadt, Mitte der Fünfzigerjahre: Die hübsche Mary Louise Dallon hat die Hoffnung auf eine Ehe fast aufgegeben, als sie von dem deutlich älteren Elmer Quarry einen Antrag erhält. Mary Louise stammt aus einer bescheidenen Farmerfamilie, Elmer ist Erbe eines einst ertragreichen Stoffgeschäfts – doch die Familien, beide protestantisch, haben mit sozialen und gesellschaftlichen Umbrüchen zu kämpfen. Die Ehe steht unter keinem glücklichen Stern: Elmers Schwestern machen der jungen Ehefrau das Leben zur Hölle, bei Mary Louise will sich keine Schwangerschaft einstellen, und Elmer beginnt zu trinken. Einziger Trost für Mary Louise sind die heimlichen Treffen mit ihrem Cousin Robert, bei denen sie gemeinsam Turgenjew lesen. Doch dann nehmen die Zusammenkünfte ein abruptes Ende ... Einfühlsam und bewegend erzählt William Trevor von hochfliegenden Träumen, Liebe und Verlust, und nicht zuletzt von den Fluchtwegen der menschlichen Seele.

William Trevor, 1928 geboren und im ländlichen Irland aufgewachsen, zählt zu den bedeutendsten irischen Gegenwartsautoren. Sein Werk umfasst zahlreiche Romane und Erzählungen und wurde vielfach ausgezeichnet; u. a. erhielt er den David Cohen British Literature Prize für sein Gesamtwerk. ›Turgenjews Schatten‹ war für den Booker Prize nominiert. William Trevor lebt in Devon/England.

William Trevor

Turgenjews Schatten

Roman

Aus dem Englischen
von Thomas Gunkel

Mit einem Nachwort
von Rainer Moritz

dtv

Ausführliche Informationen über unsere Autoren und Bücher
www.dtv.de

Von William Trevor sind bei dtv außerdem erschienen:
Die Geschichte der Lucy Gault (13472)
Seitensprung (13558)
Tod des Professors (13846)
Felicias Reise (13974)
Liebe und Sommer (14106)

MIX
Papier aus verantwortungsvollen Quellen
FSC® C019821

2015 dtv Verlagsgesellschaft mbH & Co. KG, München
Die englische Originalausgabe erschien 1991
unter dem Titel ›Reading Turgenev‹ bei Viking, London.

Umschlagkonzept: Balk & Brumshagen
Umschlaggestaltung: Wildes Blut, Atelier für Gestaltung,
Stephanie Weischer unter Verwendung eines Fotos
von Trevillion Images/Ricardo Demurez
Druck und Bindung: Druckerei C.H.Beck, Nördlingen
Gedruckt auf säurefreiem, chlorfrei gebleichtem Papier
Printed in Germany · ISBN 978-3-423-14391-2

Für Jane

I

Eine Frau, noch nicht siebenundfünfzig, zierlich und von zartem Äußeren, nimmt sorgsam an einem Tisch in der Ecke ihr Essen ein. Man hat ihr die mit Butter bestrichenen Brotscheiben halbiert, ihr das Spiegelei zerteilt, den Speck klein geschnitten. »Ja, das ist Glückseligkeit!«, murmelt sie hörbar, aber keine der anderen Frauen im Speisesaal antwortet ihr, denn keine sitzt nahe genug, um es zu hören. Sie ist etwas Besonderes, sagen die anderen, weil sie für sich allein an dem ungedeckten Tisch in der Ecke sitzen darf. Sie hat ihr eigenes Salz und ihren eigenen Pfeffer.

»Beeil dich.« Miss Foye taucht aus dem Nichts auf und unterbricht schroff die geheimen Gedanken der Frau. »Es wartet ein Besucher auf dich.«

»Wird wohl der heilige Peter, der Märtyrer, sein.« Eine Frau, die die Nachricht über den Besuch aufgeschnappt hat, äußert diese Vermutung, stößt aber sogleich auf allgemeinen Widerspruch. Warum sollte gerade er der Besucher sein, obwohl die allein sitzende Frau nicht einmal einen Finger rühren würde, um dem heiligen Peter das Messer aus dem Kopf zu ziehen, weil er nicht ihrem Glauben angehörte?

»Ketzerin!«, ruft irgendwer.

»Heidin«, murmelt jemand anders.

Die Frau, die allein dasitzt und isst, schenkt ihnen keine Beachtung. Sie meinen es nicht böse; sie haben nichts gegen sie; in ihrer Verwirrung sind sie manchmal nicht zu bremsen.

Aber da sie aus ihren Gedanken gerissen wurde, muss sie das Beste daraus machen, muss sie alles aufessen: Man wird ihr erst erlauben, den Besucher zu sehen, wenn ihr Teller leer ist. Sie schluckt eine Gabel voll Ei und Speck hinunter, ohne zu kauen. Geronnenes Fett klebt ihr an Zunge und Gaumen. Sollte sie sich übergeben, wird man ihr nicht erlauben, den Besucher zu sehen. Sie spült den Mund mit Tee aus. Mit den Fingern schiebt sie noch ein Stück Butterbrot zwischen die Lippen. Die anderen werden sie verpetzen, wenn sie nicht das ganze Brot isst. Sie werden es herausschreien, und sie wird zum Tisch zurückmarschieren müssen. Sie weicht das Brot mit einem weiteren Schluck Tee auf und spült es hinunter. Dann schreitet sie zwischen den Frauen hindurch.

»Erzähl mir von dem Friedhof.« Eine kleine Frau mit runzligem Gesicht erhebt sich und geht neben ihr her, sie flüstert: »Mein Schatz, erzähl mir von dem Friedhof.«

»Setz dich, Sadie«, befiehlt Miss Foye. »Lass sie in Ruhe.«

»Sie hat sich splitternackt ausgezogen«, wird sie von einer anderen Frau bezichtigt, doch sofort widerspricht man ihr: Es war Bríd Beamish, die sich splitternackt auszog, die ihre Haut zu Markte trug.

»Das geht uns nichts an«, sagt Miss Foye, in würdevolles Grau gekleidet, auf ihre energische Art. Sie lässt solch unsinniges Benehmen nicht durchgehen. »Beeil dich jetzt«, drängt sie.

In der Eingangshalle wartet eine Enttäuschung. Der Besucher ist kein Fremder. Er steht am Fenster, und nachdem Miss Foye gegangen ist, spricht er. Er legt den Zweck seines Besuchs dar, und nichts von dem, was er sagt, ist neu. »So wird das heutzutage gemacht«, erläutert er, völlig anders als früher: Monatelang haben das auch schon Miss Foye und die Ärzte gesagt. Wer irgendwohin gehen kann, dem geht es in einer festen Gemeinschaft besser. In anderen Ländern wurde diese Änderung schon vor Jahren vollzogen, in Italien, Amerika und ähnlichen Gegenden. Wir hinken hier immer ein bisschen hinterher.

»Nun, für dich gibt es einen Ort, wo du hingehen kannst«, ruft ihr der Mann ins Gedächtnis. »Da besteht kein Zweifel, Liebes.«

»Ich dachte, es könnte Insarow sein. Als ich hörte, dass ich Besuch habe, sagte ich mir, das muss Insarow sein. Ehrlich gesagt, man hat mich vom Abendessen weggeholt.«

Sie nickt lächelnd, dann geht sie davon.

»Nein, komm zurück«, bittet ihr Mann. »Man hat mich gebeten, es mit dir zu besprechen.«

Gehorsam kehrt sie zurück. Er meint es nicht böse.

2

Mary Louise Dallon hatte in ihren Zügen das Aussehen eines Kindes bewahrt. In ihrem ovalen Gesicht strahlten die großen, blauen Augen kindliche Unschuld aus. Ihr hübsches braunes Haar war weich und von Natur aus lockig. Vom Wesen her war sie ein einfaches Mädchen geblieben. Einmal im Leben hatte man ihr gesagt, sie sei schön, doch sie hatte nur darüber gelacht: In ihrem Schlafzimmerspiegel hatte sie keine außergewöhnliche Schönheit entdeckt.

In dem Klassenzimmer neben der protestantischen Kirche war Mary Louise einst von Miss Mullover unterrichtet worden, und die Lehrerin hätte sie nur als lebhaftes Kind in Erinnerung behalten, wäre da nicht im Alter von zehn Jahren das plötzliche Interesse ebendieses Kindes an Johanna von Orleans aufgetreten – oder an Jeanne d'Arc, wie Miss Mullover sie beharrlich nannte. Die Heilige war die Quelle solch ungewöhnlicher Faszination, dass sich Miss Mullover eine Zeit lang fragte, ob das Kind eine Gedankentiefe besaß, die ihr bisher entgangen war: eine Vorstellungskraft, die eines Tages Früchte tragen würde. Aber Mary Louise verließ die Schule mit keinem größeren Ehrgeiz, als in der örtlichen Apotheke, Dodd's Medical Hall, zu arbeiten, doch da wurde sie enttäuscht. Die Umstände zwangen sie, zu Hause zu bleiben und auf dem Hof zu helfen.

Jahre zuvor hatte Miss Mullover auch Elmer Quarry unterrichtet, der die Schule verließ, um zur Tate School in Wexford zu wechseln, fast sechzig Meilen entfernt. Die drei Geschwister Quarry – Elmer und seine Schwestern – stammten aus einer Familie, die seit vielen Jahrzehnten eine bedeutende Stellung in der Stadt innehatte. Die Dallons – draußen in Culleen – hatten sich ebenso lange abgemüht, um sich über Wasser zu halten.

In späteren Jahren beobachtete Miss Mullover von fern die Wechselfälle und Sorgen, die das Familienleben der Dallons bestimmten, und den unveränderlichen Charakter des häuslichen und kaufmännischen Alltags bei den Quarrys. Sie sah, dass Geld für Elmer Quarry in seinen mittleren Jahren ebenso viel bedeutete, wie dies bei seinen Vorfahren der Fall gewesen war, dass er im Allgemeinen so vorsichtig war wie sein Vater und sein Großvater und dass er den Ruf der Quarrys für ihren gesunden Menschenverstand und ein protestantisches Wertsystem in reichlichem Maße stärkte. Seit mehr als einem Jahrhundert hatte in jeder Generation der Erbe von Quarrys Textilgeschäft spät geheiratet und sich zunächst als Geschäftsmann etabliert, bevor er seine Gedanken auf die Sicherung des Fortbestands der Familie richtete: Die alte Wohnung über dem Laden in der Bridge Street hatte weiß Gott genug junge Frauen gesehen, die vor der Zeit zu Witwen wurden. So kam es, dass Elmer Quarry im Jahre 1955 immer noch Junggeselle war und obendrein der einzige wohlhabende Protestant im Umkreis von Meilen. In der ganzen Grafschaft war der Reichtum in die Hände einer kürzlich entstandenen katholischen Mittelklasse übergegangen und hatte auf diese Weise das Leben in der Provinz gründlich verändert.

Der an der Landstraße gelegene Bauernhof der Dallons im Pfarrbezirk Culleen hatte niemals mehr als bescheidenen Ansprüchen genügt, und im Jahre 1955 gehörte selbst dieses bescheidene Dasein größtenteils der Vergangenheit an: Der weiße Putz war hier und da abgebröckelt, Dachschiefer, die nicht mehr am richtigen Platz saßen oder in zwei Teile zerbrochen waren, hatte niemand ersetzt, im oberen Stockwerk war eine Fensterscheibe kaputt. Im Innern des Hauses hätten die Zimmer neu gestrichen werden müssen; die Farbe war abgeblättert, die Feuchtigkeit löste die zerrissene Tapete im Treppenhaus, das unbenutzte Esszimmer roch muffig und verrußt. Fünf Dallons lebten auf dem Hof – Mary Louise und ihre Schwester Letty, ihr Bruder James und ihre Eltern.

Wenn man am äußersten Rand der zum Hof gehörenden zehn Hektar Land stand, war der Hof drei Meilen von der Stadt entfernt, in der Quarrys Textilgeschäft schon so lange florierte. Kamen die Dallons sonntags in ihrem schwarzen, altmodischen Hillman in die Stadt gefahren, bildeten sie nahezu ein Viertel der protestantischen Gemeinde; Weihnachten und Ostern stieg die Zahl auf drei- oder vierunddreißig an. Elmer Quarry und seine Schwestern besuchten nur an diesen Feiertagen die Kirche, aber den Dallons – besonders Mary Louise und Letty – bot der wöchentliche Gottesdienst die Gelegenheit zu einem geselligen Ausflug, an dem sie Gefallen fanden.

Es war eine kleine Stadt, die Zahl der Einwohner lag nur knapp über zweieinhalbtausend. Vor sieben Jahren war auf dem Gelände einer früheren Gerberei eine Fabrik gegründet worden, die Torfbriketts herstellte. Es gab eine verfallene Mühle, einen Bahnhof, der nicht mehr in Betrieb war, und mit Moos überzogene Lagerhäuser zu beiden Seiten der einzigen Brücke, die innerhalb der Stadt den träge dahinfließenden Fluss überspannte. Läden, Wirtshäuser, das Postamt, die Gemeindeverwaltung, zwei Banken und andere Arbeitsstätten boten Beschäftigung, ebenso wie Hogans Hotel, drei

Bauunternehmen, eine Molkerei, ein Verpackungsbetrieb für Eier und ein Landmaschinenlager. Das Electric Filmtheater war 1955 ein gutgehendes Geschäft; das Dixie Tanzlokal lockte freitagabends nach wie vor viele Leute an. Die katholische Kirche – am nördlichen Stadtrand – war der Heiligen Jungfrau als der Himmelskönigin geweiht; ein Nonnenkloster – auf halber Höhe der einzigen Erhebung der Stadt – gehörte dem Herz-Jesu-Orden an. Hinter der silbern gestrichenen Einfriedung der Schule der Christlichen Brüder in der Conlon Street wurden Knaben unterrichtet, und die St. Fintans Berufsschule bot die Möglichkeit, sich weitere Fertigkeiten anzueignen. Die Bridge Street, in der sich das rosafarben gestrichene Hogans Hotel und die besseren Läden befanden, war schmal und kurz und wurde auf der anderen Seite der Brücke zur South West Street. Der hagere, graue Kirchturm der protestantischen Kirche erhob sich aus den umstehenden Eiben, die diese von ihrer weiteren Umgebung abgrenzten. Ein Einsprengsel schmaler Gassen um das Gaswerk und Brown's Yard herum umfasste das Armenviertel. Ein Wegweiser – schwarze Buchstaben auf gelbem Untergrund – verbarg einen Teil des Denkmals für Daniel O'Connell und wies die Richtung nach Clonmel und Cappoquin, Cahir und Carrick-on-Suir. Die Leute, die in der Stadt wohnten, kannten ihn in- und auswendig; doch wer in der näheren Umgebung lebte, betrachtete ihn mitunter verwundert.

Im Januar fraglichen Jahres fiel Elmer Quarry zum ersten Mal auf, dass Mary Louise Dallon ein Mädchen von ansprechendem Äußeren war. Er war zu diesem Zeitpunkt fünfunddreißig, Mary Louise einundzwanzig. Von großem Leibesumfang – und so vierschrötig wie der Ursprung seines Namens es anklingen ließ –, war er beständig in einen schwer zu beschreibenden Anzug gekleidet, der von schmutzig brauner Farbe und dezent gestreift war. Sein kurzgeschnittenes, sich allmählich lichtendes Haar hatte den gleichen Farbton; seine Züge waren schwach ausgeprägt und regelmäßig und gaben seinem blassen, rundlichen Gesicht einen gepflegten Ausdruck. Elmer Quarry war nicht groß von Statur, aber dennoch von massiger Gestalt, in seinem ganzen Auftreten ein Unternehmer wie sein Vater und sein Großvater vor ihm. In dem Textilgeschäft wurde er von seinen Schwestern Matilda und Rose unterstützt, die beide ein paar Jahre älter waren als er und gutaussehend, was ihm versagt geblieben war. Keine von ihnen hatte geheiratet, und beiden missfiel es, als Elmer ein Auge auf Mary Louise Dallon zu werfen begann. Warum sollte an den gegenwärtigen Verhältnissen in der Wohnung über dem Laden und im Laden selbst etwas geändert werden? Das Geschäft würde sie ihr Leben lang ernähren, bis sie vom Alter gezeichnet sein und, so wie die protestantische Gemeinde in der Gegend, sterben würden. Weder Rose noch Matilda gehörten zu den Leuten, die sich weigerten, den Tatsachen ins Auge zu blicken: Quarrys Laden war bereits ein Überbleibsel aus einer anderen Zeit. Wenn diese Linie der Quarrys ihr Ende fand, würde das Geschäft an entfernte Cousins in Athy fallen, die es vermutlich verkaufen würden.

Die Quarrys, von denen hier die Rede ist, konnten sich noch an eine Zeit erinnern, als fünf Verkäuferinnen hinter dem Tresen standen, sowie an eine Art Schwebebahn, die den Laden mit dem Büro verband und in ausgehöhlten Holzkugeln das eingenommene Geld hinüberbeförderte und das Wechselgeld zurückbrachte. Nun waren nur noch die drei Quarrys im Laden; das Schwebebahnsystem war vor Jahren zerlegt und entfernt worden. Doch die roten Quittungsbücher waren die gleichen wie früher und wurden jeden Abend neben den Ladenkassen aufgestapelt, die man angeschafft hatte. Elmers Vater hatte das Büro immer erst nach Ladenschluss betreten, wenn der Angestellte, der das Wechselgeld in den Holzbehältern zurücksandte, nach Hause gegangen war. Aber da sie nun keine Angestellten mehr hatten und Matilda und Rose mühelos allein hinter dem Tresen zurechtkamen, verbrachte Elmer immer mehr Zeit im Büro. Oft saß er da und starrte durch die kleinen Scheiben des Fensters, das vom Fußboden bis zur Decke reichte, in den ruhigen Laden hinunter, starrte die in den Regalen gestapelten Stoffrollen an – Nylon, Chintz und Seide, Baumwolle und Leinen –, die Zwirnrollen in der flachen Glasvitrine und die Kleider und Anzüge der Schaufensterpuppen. So unbeweglich wie diese Schaufensterpuppen wirkten manchmal auch seine Schwestern, eine hinter jedem Tresen, während sie auf einen neuen Kunden warteten. Matilda machte sich gern schick zurecht; Rose trug langweilige Kleider. Matilda konnte besser mit den Kunden umgehen, auch besser als er, das wusste Elmer. Rose zog es vor, die Hausarbeit zu machen und zu kochen. Er selbst fühlte sich naturgemäß eher in der Buchhaltung zu Hause.

Sein Werben begann am 11. Januar 1955, einem Dienstag. Elmer lud Mary Louise am darauffolgenden Freitagabend ins Kino ein. Er hatte keine Ahnung, was im Electric gezeigt wurde, doch er dachte, das spiele keine Rolle. Dann und wann, vielleicht einmal im Jahr, gingen er und seine Schwestern sich einen Film ansehen, weil jemand im Laden davon gesprochen hatte. Er selbst mochte am liebsten die Wochenschau, aber Rose und Matilda sahen gern etwas Unterhaltsames mit Musik. Selbstverständlich musste er ihnen erzählen, dass er Mary Louise Dallon eingeladen hatte. Sie zeigten noch immer ihr Missfallen, äußerten sich jedoch nicht weiter dazu.

Im Hause der Dallons wurde die Einladung mit großer Überraschung aufgenommen. Mr und Mrs Dallon – ein schmächtiges, ergrautes Paar in den Fünfzigern, die sich beide so ähnlich sahen, dass sie Zwillinge hätten sein können – erkannten alles, was damit zusammenhing, und waren sich der Gewohnheit der männlichen Quarrys, jüngere Frauen zu heiraten, wohl bewusst. Sie sprachen unter vier Augen in ihrem Schlafzimmer darüber. Mrs Dallon fuhr eigens in die Stadt, ging in Quarrys Textilgeschäft, kaufte eine Rolle weißen Zwirn und vergewisserte sich nochmals, wie Elmer aussah, indem sie durch das Fenster des Büros einen flüchtigen Blick auf ihn warf. Es hätte schlimmer kommen können, berichtete sie ihrem Mann bei der Rückkehr, und später – in ihrem Schlafzimmer – fuhren die beiden fort, sich über den Gang der Dinge zu unterhalten.

Mary Louises ältere Schwester, Letty, und ihr Bruder James, der ebenfalls älter war, waren davon nicht so angetan. James – ein Hitzkopf, bekannt für seine Launenhaftigkeit, der seit seiner Schulzeit als etwas begriffsstutzig galt – war der Meinung, dass es sich bei der Einladung um eine Beleidigung handle. Elmer Quarry sei ein Mann, der niemals lache und nur selten lächle, der geborene Textilhändler. Letty – insgeheim darüber verärgert, dass ihre Schwester ihr vorgezogen wurde, auch wenn sie das Electric niemals in Begleitung von Elmer Quarry betreten hätte, nicht einmal, wenn er vor ihr auf die Knie gefallen wäre – warnte Mary Louise davor, was sich im Schutz der Dunkelheit zutragen könnte, und riet ihr, eine Sicherheitsnadel bereitzuhalten, die jederzeit dienstbar gemacht werden konnte. Elmer Quarry habe mehrere künstliche Zähne, versicherte sie, eine Tatsache, die ihr angeblich im Wartezimmer des verlässlichsten Zahnarztes der Stadt, Mr McGreevy, zu Ohren gekommen war.

Mary Louise selbst hatte schreckliche Angst. Als die E ladung ausgesprochen wurde, zu welchem Zweck Eln Quarry ihr auf die Straße hinaus gefolgt war, war sie errötet und beim Sprechen so aufgeregt gewesen, dass sie begonnen hatte zu stottern. Auf ihrem Fahrrad, während der ganzen Fahrt zurück zum Hof, sah sie immer wieder Elmer Quarrys stämmige Gestalt und die langsam kahl werdende Wölbung seines Kopfes vor sich, wie in dem Augenblick, als er sich gebückt hatte, um ihren heruntergefallenen Handschuh aufzuheben. Letty war schon mit ein, zwei Männern ausgegangen, vor zwei Jahren mit Gargan von der Bank of Ireland und dann mit Billie Lyndon aus dem Radio- und Elektroladen. Sie hatte gedacht, Gargan würde ihr einen Antrag machen, doch er war unglücklicherweise befördert und nach Carlow versetzt worden. Billie Lyndon hatte die jüngere der Hayes-Schwestern geheiratet. Letty hatte sich darauf verlegt zu sagen, sie gebe sich mit so etwas nicht mehr ab, doch Mary Louise wusste, dass das nicht stimmte. Wenn Gargan wegen ihr zurückkäme, würde sie ihn auf der Stelle nehmen, und wenn ein anderer auftauchte, der halbwegs in Frage kam, würde sie wieder anfangen, sich herauszuputzen.

»Was läuft denn?«, fragte Letty.

»Das hat er nicht gesagt.«

»Hmm«, sagte Letty.

Arme Leute dürfen nicht wählerisch sein, dachte Mr Dallon schließlich. Eines der beiden Mädchen Quarry zur Frau zu geben würde bedeuten, dass man freier atmen und wieder etwas wie eine Zukunft für die beiden anderen sehen konnte. Mrs Dallon kam zu einem ähnlichen Schluss: Vorausgesetzt, dass James nicht heiratete, könnte der Hof ihn und Letty ernähren, er würde die Feldarbeit verrichten und das Vieh melken, und sie würde sich um das Federvieh kümmern. Für zwei Personen war der Hof genau richtig, er würde ihnen ein hinlängliches Auskommen bieten. Wenn drei von ihnen dablieben, fiele das auf, es hätte einen Anschein von Versagen, obwohl niemand die Schuld daran trüge; eine Familie, die gemeinsam alt wurde, war keine gute, dauerhafte Sache.

Der Film hieß *Flammende Sinne* und gefiel Elmer überhaupt nicht. Doch er kaufte in der Konditorei neben dem Electric eine Schachtel Pralinen und tröstete sich mit ihnen darüber hinweg, denn er aß gern Süßes. Als er Mary Louise die Schachtel zum fünften Mal anbot und sie den Kopf schüttelte und irgendetwas murmelte, gelangte er zu der Auffassung, dass sie nichts mehr wollte. Er wusste, dass Mädchen auf ihre Figur achten mussten, deshalb aß er die restlichen Pralinen selbst, wobei er jedes einzelne Papierchen so geräuschlos wie möglich entfernte, um nicht zu stören. Der Film handelte von einer Frau in Italien, für die sich mehrere Männer interessierten. »War der Film nicht wunderbar?«, schwärmte Mary Louise, als die Lichter angingen, und er pflichtete ihr bei.

Es war ein kalter Abend. Vor dem Kino schloss er den Gürtel seines Mantels und zog sich hellbraune Lederhandschuhe an; er trug keinen Hut. Er sah, dass die Wangen seiner Begleiterin von der Wärme im Kino gerötet waren und dass sie eine blauweiße Wollmütze übergezogen hatte, die zu ihren Handschuhen passte. Sie hatte die Wolle im Laden gekauft, und er glaubte, sich sogar zu erinnern, dass er aus dem Büro hinuntergeblickt und gesehen hatte, wie sie sie ausgewählt hatte; das musste letzten Sommer gewesen sein.

»Ich begleite Sie ein Stück in Richtung Culleen«, sagte er.

»Ach, ist doch nicht nötig, Mr Quarry. Trotzdem vielen Dank.«

In der Gasse, die seitlich am Electric entlangführte, stand ihr Fahrrad, gesichert durch eine unansehnliche Kette mit Vorhängeschloss, die sie abmachte und in den an der Lenkstange befestigten Korb legte. Beim Hinunterbeugen fiel das Licht der Straßenlaterne auf ihre Waden, und Elmer empfand zum ersten Mal ein körperliches Verlangen nach Mary Louise. Zwischen dem Saum ihres schäbigen, blauen Mantels und den Stiefelaufschlägen schimmerte die Seide ihrer Strümpfe derart hervor, dass er es erregend fand. Ein- oder zweimal während des Films hatten Lana Turners tief ausgeschnittene Kleider seine Aufmerksamkeit erregt.

»Lassen Sie mich das Fahrrad schieben«, drängte er und schenkte Mary Louises Beteuerung, dass es nicht nötig sei, sie durch die Straßen zu begleiten, keine Beachtung.

Die Quarrys besaßen keinen Wagen. Da sie mitten in der Stadt wohnten, hatten sie nie einen benötigt, genauso wenig wie in früheren Zeiten eine Pferdekutsche. Ein Bus beförderte einen aus der Stadt hinaus und ein anderer brachte einen abends wieder zurück. Jedes Jahr im Dezember nahmen seine beiden Schwestern vor Weihnachten den Bus, um alle Wintereinkäufe zu erledigen. Elmer gab sich damit nicht ab. Im Winter spielte er Billard im Billardzimmer des YMCA, wo ein großes Kaminfeuer zwischen zwei Bücherschränken mit gläserner Front brannte, die eine Sammlung guter Bücher enthielten: Wildwestromane und Krimis, Abenteuerromane von Sapper und Leslie Charteris sowie die *Encyclopædia Britannica*. Elmer war dort oft ganz allein, denn zu jener Zeit fanden sich nicht viele Leute im Billardzimmer des YMCA ein, doch der Hausmeister hielt den Kamin im Winter immer in Gang, und stets lagen Exemplare des *Geographical Magazine* und der *Illustrated London News* aus. Im Sommer unternahm Elmer Spaziergänge – Bridge Street, South West

Street, Boys' Lane, Father Mathew Street, Upton Road und an Kilkellys Reparaturwerkstatt vorbei wieder nach Hause.

Darauf bedacht, Mary Louise zu zerstreuen, und weil sie gerade am Billardzimmer des YMCA vorbeikamen, erzählte er ihr ein paar Einzelheiten dieser beiden seit langem aufrechterhaltenen Gewohnheiten. Wenn er einen Wagen besäße, fügte er hinzu, hätte er sie selbstverständlich zu Hause abgeholt und würde sie jetzt darin zum Hof zurückfahren. Kilkelly sagte ihm oft, dass er einen Wagen brauchte. »Ein Mann in deiner Position, Elmer«, so hatte Kilkelly – der die Ford-Vertretung hatte – sich ausgedrückt, doch Elmer wiederholte die Worte nicht, weil es so geklungen hätte, als wollte er sich aufspielen. Stattdessen fragte er Mary Louise, ob sie gelernt habe, den Hillman zu fahren, in dem er die Dallons oft sah, und sie bejahte. Elmer merkte sich das, denn so etwas interessierte ihn.

»Nun, hier muss ich Sie verlassen«, sagte er, als sie das letzte Haus erreichten, das beanspruchen konnte, noch zur Stadt zu gehören. Der Vollmond verbreitete so viel Licht, dass es taghell war. Der Straßenbelag funkelte vom Reif, der in den Rissen saß. Auch die Hecken und das Gras am Straßenrand färbten sich bereits weiß; an einigen Stellen hatte sich Eis gebildet.

»Ihr Licht funktioniert doch, oder?«, fragte Elmer besorgt.

Mary Louise probierte es aus. Der Strahl war im Mondlicht kaum zu sehen. »Danke für alles«, sagte sie.

»Wie wär's mit nächster Woche?«

»Wäre was?«

»Wieder am Freitag.« Elmer hatte im Laden einmal gehört, dass Mädchen sich samstags gern die Haare wuschen, und von Rose und Matilda wusste er, dass sie es alle zwei Wochen taten. Rücksichtnahme hat noch keinem geschadet, hatte seine Mutter immer gesagt, und deshalb hatte er den Freitag vorgeschlagen. Er selbst hätte den Samstag vorgezogen, da erst dann das Gefühl der Erholung eintrat, das mit dem Wochenende einherging. Wenn der Laden bis zum Montagmorgen geschlossen war und auf der Straße mehr Betrieb herrschte als an anderen Abenden, verspürte Elmer samstagabends oft den Drang, diesem Unterschied Ausdruck zu verleihen. Gewöhnlich eilte er jedoch zum YMCA hinüber und spielte allein eine Partie Billard.

»Freitag?«, fragte Mary Louise.

»Passt Ihnen Freitag? Oder wäre Samstag besser?«

»Nein, Freitag ist schon recht.«

»Sagen wir halb acht?«

Mary Louise nickte. Sie stieg auf ihr Fahrrad und fuhr davon. Die Sicherheitsnadel, auf die Letty bestanden hatte, war nicht zum Einsatz gekommen. Er hatte nicht versucht, ihre Hand zu halten. Genau genommen, dachte sie, hatten sie sich nicht einmal eine gute Nacht gewünscht. Einem Menschen eine gute Nacht zu wünschen, hatte etwas Vertrauliches, deshalb hatten es beide vermieden. Bevor im Electric das Licht erlosch, war ihr aufgefallen, dass die Leute sie ansahen. Morgen um diese Zeit würde die ganze Stadt Bescheid wissen.

»Bist du unbeschadet?«, fragte Letty, als ihre Schwester mit der Fahrradlampe in der Hand in die Küche kam. Ihre Eltern waren ins Bett gegangen, doch Mary Louise wusste, dass sie nicht schliefen. Sie hatten dagelegen und auf das Geräusch des Fahrrads gewartet, auf das Klappern des Scheunentors und ihre Schritte auf dem Kopfsteinpflaster. Und vermutlich würden sie weiter schweigend daliegen und sich lediglich fragen, wie es ihr ergangen war.

»Was für ein Film ist gelaufen?«, fragte Letty.

»Lana Turner. *Flammende Sinne.*«

»Ach du lieber Gott!«

»Bonar Colleano hat mitgespielt.«

»Hat der Kerl seine Hände bei sich behalten?«

»Natürlich«, erwiderte Mary Louise mürrisch und empfand zum ersten Mal eine Art Verwandtschaft mit dem Mann, der sie ausgeführt hatte. Letty hatte eine spitze Zunge.

»Wo ist James?«

»Er ist drüben bei den Edderys und spielt Karten.«

»Ich geh dann jetzt ins Bett.«

»War das alles, Mary Louise?«

»Wie meinst du das, war das alles?«

»Hat er irgendwelche weiteren Pläne?«

»Er hat gefragt, ob ich Freitag mit ihm ausgehen will.«

»Tu's nicht, Mary Louise.«

»Ich habe aber ja gesagt.«

»Er könnte fast dein Vater sein. Überleg dir gut, was du tust.«

Das tat Mary Louise. Sie zog sich während der Woche eine Erkältung zu und ließ Letty im Laden eine Nachricht vorbeibringen. Normalerweise hätte eine Erkältung sie nicht davon abgehalten, ins Kino zu gehen, und sie hoffte, Elmer Quarry würde auch zu diesem Schluss kommen. Sie hoffte, dass er sich denken könne, wie sie sich fühlte – nicht dass sie sich selbst darüber völlig im Klaren gewesen wäre. Wenn sie allein war, besonders wenn sie im Bett wach lag, wünschte sie sich, nie wieder mit ihm die Treppe des Electric hinaufsteigen zu müssen. Doch wenn Letty dann damit anfing, ihr Ratschläge zu geben, und James ebenfalls die eine oder andere Bemerkung fallenließ, neigte sie unwillkürlich dazu, sich ihnen zu widersetzen. Weder ihre Mutter noch ihr Vater äußerten sich zu der Angelegenheit, sie fragten bloß, was für ein Film es gewesen sei. Aber sie wusste, woran sie dachten, und das ließ ihre Stimmung wieder umschlagen: Wieder wünschte sie sich, das Erlebnis, mit dem Erben des Textilgeschäfts im Electric zu sitzen, möge ihr ein weiteres Mal erspart bleiben. Auf die Mitteilung, die Letty ausgehändigt hatte, erfolgte keine Antwort, obschon Mary Louise eine Reaktion erwartet hatte. Sie wusste nicht, warum sie darüber enttäuscht war, dass er es nicht fertiggebracht hatte, ihr ein, zwei Zeilen zu schreiben.

Zu dieser Zeit machten sich viele junge Männer aus der Stadt und der näheren Umgebung auf nach England oder Amerika, und oftmals waren sie gezwungen, gefälschte Papiere zu benutzen, um in der Stadt, in die sie gelangten, Fuß zu fassen. Überall waren Familien von der Auswanderungswelle betroffen, und für die wenigen Protestanten in der Bevölkerung sah es so aus, als könnten sie sich davon nicht mehr erholen. Diese schrumpfende Gemeinde hatte kein Fleisch auf den Knochen; sie hatte keine Kraftreserven. Ihre Lebenskraft wurde von der trostlosen wirtschaftlichen Lage der Zeit untergraben.

Bei den Dallons drehten sich die Gespräche bei Tisch oft um dieses Thema. Von den Abenden, an denen James bei den Edderys Karten spielte, brachte er Berichte über die Arbeitssuche in der Gegend und über das aufgezwungene Exil mit, das gewöhnlich darauf folgte.

Wenn Mr Dallon wieder einmal mit einem unverkauften Ochsen von einem Viehmarkt zurückkehrte, berichtete er von den düsteren Ansichten jener, mit denen er sich unterhalten hatte. Im Eierverpackungsbetrieb blieben die Löhne niedrig. Die Gespräche über eine Erweiterung der Brikettfabrik führten zu nichts.

Die Küche der Dallons, wo solche Gespräche stets stattfanden und alle Mahlzeiten eingenommen wurden, hatte getünchte Wände und einen eisernen Herd. Dort stand ein grün gestrichener Geschirrschrank, in dem man die Tassen, Untertassen und Teller, die täglich benutzt wurden, sehen konnte. Rings um den armseligen Tisch aus rohen Kiefernbrettern standen fünf grün gestrichene Stühle. Die Tür zum Hof war ebenfalls grün, genau wie das Holz der beiden Fenster mit Blick auf den Hof. Auf einer der Fensterbänke hatte sich ein Stapel Zeitungen angesammelt; sie waren aufbewahrt worden, weil sie sich gut zum Verpacken von Eiern eigneten. Auf der anderen stand das Radio, das vor zehn Jahren ein batteriebetriebenes Modell ersetzt hatte. James und Letty konnten sich noch an den Tag erinnern, an dem der Batterieempfänger von Billie Lyndons Vater ins Haus gebracht worden war, wie sie eine Antenne am Schornstein befestigen und einen zweiten Draht mit einem Nagel verbinden mussten, den Mr Lyndon vor dem Fenster in den Boden schlug. »Das ist Henry Hall«, sagte Mr Lyndon, als eine Stimme ertönte, die eine Tanzmelodie ankündigte. Mary Louise konnte sich an nichts davon erinnern.

»Das ist der Lauf der Dinge«, pflegte Mr Dallon in der Küche zu sagen, eine Bemerkung von universalem Charakter, die man in jeder Lebenslage anwenden konnte. Mit leisem Seufzen hatte er sie oft während des Krieges fallenlassen, wenn die BBC-Nachrichten bedrückend waren; und nach dem Krieg, wenn Berichte über den Hunger in Europa kamen. Aber trotz eines leichten Anklangs von Pessimismus, der bei der Bemerkung mitschwang, war Mr Dallon nicht hoffnungslos: Er glaubte ebenso sehr daran, dass alles irgendwann besser sein würde, wie daran, dass es zuerst einmal schlechter werden würde. Bei den menschlichen Verhältnissen gibt es einen Kreislauf, hätte er vielleicht widerstrebend eingeräumt, wenn man ihn dazu genötigt hätte, obwohl er diesen Ausdruck ohne nachzudenken nie gebraucht hätte.

Mrs Dallon wusste die vom Gefühl bestimmten Urteile ihres Mannes und den tieferen Sinn, den er gewissen Entwicklungen oder Begebenheiten beimaß, zu schätzen. Nur in Angelegenheiten von geringerer Bedeutung beharrte sie auf ihrem Standpunkt, und selbst da blieb sie besonnen: Sie sprach ein Machtwort, wenn Mr Dallon sich in der Kleidung, die er beim Ausmisten des Kuhstalls getragen hatte, auf den Weg in die Stadt machen wollte; sie bestand alle zwei Monate darauf, dass er sich die Haare schneiden ließ; und in ihrem Schlafzimmer sprach sie unter vier Augen mit ihm über den Umgang mit James, der immer griesgrämiger dreinblicken werde, wenn er weiterhin das Gefühl habe, wie ein Knecht behandelt zu werden. James werde ebenso weggehen wie all die anderen, sagte Mrs Dallon voraus: Wenn sie seine Anwesenheit als selbstverständlich ansähen, würden sie eines Morgens aufwachen und feststellen, dass er nicht mehr da war. Nähme man ihn auf dem Feld zu hart ran, dann beginge er irgendeine Dummheit und schlösse sich vielleicht sogar der britischen Armee an.

Normalerweise kamen diese Themen immer zur Sprache, wenn die protestantischen Familien aus der Gegend sich sonntags vor der St.-Giles-Kirche begrüßten: die Goods, die Hayes, die Kirkpatricks, die Fitzgeralds, die Lyndons, die Enrights, die Yates und die Dallons. 1955 erkannten sie, dass ihr Überleben davon abhing, sich an die bestehenden Verhältnisse anzupassen. Obgleich sie immer noch ihrem protestantischen Glauben anhingen, war ihr Zusammenhalt geringer geworden als früher.

»Man muss eine Engelsgeduld haben«, hatte Mr Dallon

mehr als einmal im vertraulichen Gespräch nach dem Sonntagsgottesdienst geäußert, und spielte damit auf die Bemühungen an, seinem Sohn beizubringen, wie man einen Hof bewirtschaftete. Es war James, auf den es ankam. Er, nicht seine Schwestern, musste damit fortfahren, den zehn Hektar Land von mittelmäßiger Güte ihren Lebensunterhalt abzuringen und die Tiere auf den Viehmärkten zu verkaufen: Von seinem Erfolg hing das Überleben von allen dreien ab. »Bete zu Gott, dass er nicht irgend so ein leichtfertiges Ding heiratet!« Diese Sorge brachte Mrs Dallon nicht auf dem Kirchhof zum Ausdruck, sondern wenn sie mit ihrem Mann allein war. Wie sie James kannte, würde er in jedem Fall eine törichte Wahl treffen, doch falls man ihn das zum gegebenen Zeitpunkt spüren ließe, würde er die Angelegenheit womöglich heimlich in irgendeinem abgelegenen Pfarrbezirk erledigen. Ein leichtfertiges Mädchen konnte den Untergang von Culleen bedeuten, und damit auch den von Letty und Mary Louise – es sei denn, Mary Louise entdeckte in der Zwischenzeit die Vorteile ihrer Einheirat in das Textilgeschäft. Auch diesbezüglich durfte kein Wort verloren, kein Druck ausgeübt werden. Heutzutage musste eine Familie – mehr als jemals zuvor, meinte Mrs Dallon – auf Gott vertrauen.

»Deine Erkältung ist überstanden«, sagte sie, als sie und Mary Louise etwa vierzehn Tage nach dem Besuch des Electric in der Küche Brot backten. »Ich dachte schon, es wird eine Grippe daraus.«

»Ja, die Erkältung ist weg.«

Mary Louise klingt niedergeschlagen, stellte ihre Mutter fest und sagte sich, dass dies kein schlechtes Zeichen sei. Es deutete darauf hin, dass Elmer Quarry ihren Stolz verletzt hatte, weil er versäumt hatte, seine Enttäuschung über die abgesagte Verabredung zum Ausdruck zu bringen. Mit ihrem mütterlichen Gespür erriet sie, dass Mary Louise bereute, so voreilig gewesen zu sein.

Als Elmer das Billardzimmer betrat, saß der Hausmeister – Daly, der Küster – nahe beim Feuer, das zwischen den Bücherschränken mit der gläsernen Front loderte. Voll Ehrerbietung stand er unverzüglich auf, schob den Kunstledersessel zurück und legte die *Illustrated London News*, in der er gelesen hatte, wieder auf den Tisch mit den Zeitschriften. Er machte eine Bemerkung über die anhaltend kalte Witterung. Er werde wiederkommen, um abzuschließen, setzte er hinzu und wies darauf hin, dass im Kohlenkasten genug Kohlen seien.

Es war Elmer ein Rätsel, warum kaum jemand außer ihm hierherkam, um eine Partie Billard zu spielen oder sich am Kamin mit anderen auszutauschen. Er begriff nicht, warum sich sonst niemand von dem schummrigen Billardzimmer mit dem hellen, beschirmten Lichtkegel über dem Spieltisch angezogen fühlte, von dem Feuer, das wohltuend im Kamin prasselte, von den Flammen, die ständig die Farbe wechselten und das Mahagoniholz der Bücherschränke erglühen ließen. Im Billardzimmer wurden keine Erfrischungen gereicht, aber daran schien Elmer nicht das Geringste gelegen zu sein, weil man Erfrischungen auch zu Hause einnehmen konnte, und wenn man Lust hatte zu rauchen – er selbst war Nichtraucher –, so konnte man dies ohne Unterlass tun. Daly, ein schmächtiger, älterer Mann, der hinkte, hatte es sich stets mit einer Zeitschrift bequem gemacht, wenn Elmer eintraf, erhob sich dann jedoch immer und ging. Manchmal verfiel Elmer auf den Gedanken, dass der Hausmeister das Feuer zu seinem eigenen Wohlbefinden anzündete und unterhielt.

Er kreidete ein Queue ein und verteilte die Billardkugeln

nach Belieben, um eine Stunde lang zu üben. Der Tag war einträglich gewesen: Sieben Ellen Wachstuch und die Überreste einer Rolle, die fünfzehn Jahre lang im Laden gelegen hatte, waren von Matilda an die Oberin des Herz-Jesu-Klosters verkauft worden. Der Frau eines Bauern hatte man eine Jacke verkauft und ihrem Mann einen Mantel; der Kauf von beidem war offenbar die Folge einer Erbschaft. Der Vertreter von Fitzpatrick hatte ihm eine neue Art von Gummiband aus Streichgarn vorgeführt, das die verlockendste Gewinnspanne seit Jahren in Aussicht stellte. Er hatte ein Dutzend Kartons bestellt und hundert von Fitzpatricks Nitelite-Nachthemden. Rose hatte zehn Ellen Chiffon für Kate Glasheens Hochzeitskleid verkauft. Solche Tage gab es nicht oft.

Um genau zielen zu können, kniff Elmer ein Auge zu. Er hielt inne und ließ dann das Queue geschmeidig nach vorn gleiten. Die Kugel stieß mit einer anderen zusammen, und diese wiederum rollte genau so, wie er es beabsichtigt hatte. Er würde weiterhin warten, überlegte er sich, während er um den Tisch herumging: Früher oder später würde sie in den Laden kommen, und er würde an ihrem Gesicht ablesen, wie es um sie bestellt war. Rose und Matilda waren erfreut darüber, wie sich die Dinge gewendet hatten, doch Dinge, die sich einmal gewendet hatten, konnten es ein weiteres Mal tun. Der flüchtige Blick auf ihre bestrumpften Waden im Licht der Straßenlaterne kam Elmer blitzartig zu Bewusstsein, wie eine kurze Szene aus dem Film, den sie sich angesehen hatten. Mit der Dallon-Familie war nicht viel Staat zu machen: Sie würde schon in den Laden kommen.

Zwölf Tage später war es dann so weit, und Elmer kam aus dem Büro herunter und zeigte sich besorgt wegen ihrer Erkältung. Die ältere seiner beiden Schwestern – die ihr gerade eine Strickjacke zeigte – war alles andere als erfreut, als er sich ihnen näherte.

Die Erkältung sei vorüber, sagte Mary Louise; es sei eine schwere Erkältung gewesen, aber sie sei vorüber. Die Strickjacke sei nicht ganz das Richtige, fügte sie hinzu. Im Schaufenster habe sie zwar verlockend ausgesehen, bei näherer Betrachtung erweise sich jedoch, dass ihr der Farbton nicht stehe.

»War das nicht ein hinreißender Film?«, bemerkte er, während Rose das Kleidungsstück ins Schaufenster zurücklegte.

»Ja.«

»Ein wunderbarer Abend.«

»Ja, das stimmt.«

»Tja, wie ärgerlich, dass uns diese verflixte Erkältung dazwischengekommen ist! Ich denke, dass ich Ihnen, um Gerechtigkeit walten zu lassen, noch einen Kinobesuch schulde.«

Er lächelte. Sie sah, dass er kleine Zähne hatte, eine Tatsache, die ihr bisher entgangen war.

»Oh«, begann sie.

»Wie wär's mit Freitag? Oder Samstag? Wäre Samstag besser?«

Sie entschied sich für Freitag. Sie sahen sich *Flieder im Frühling* an.

3

Man erklärt ihr, wie alles vorbereitet werden soll: Sie hört nicht zu. Die Worte sind nur ein Gebrabbel, klingen wie das traurige Gewinsel eines Hundes in der Ferne oder das Heulen des Windes in den Zweigen. Jeanne d'Arc konnte mit dem Pflug umgehen wie ein Mann; sie war nicht so zimperlich wie Possy Luke mit ihren zerbrochenen Brillengläsern. Miss Mullover hat einmal gesagt, Jeanne d'Arcs Tapferkeit übersteige jegliches Vorstellungsvermögen.

»Nett von Ihnen, dass Sie vorbeigekommen sind.« Miss Foye ist zurückgekehrt. Ihr strenger Tonfall unterbricht die monotone Stimme des Besuchers, der immer noch davon redet, wie jetzt alles geregelt werden soll. Auf Miss Foyes rundem Gesicht liegt ein Lächeln. Sie ist zweiundvierzig, wie jeder weiß. Ein Landvermesser macht ihr den Hof.

»Wir nehmen uns Zeit«, sagt der Mann mit gesenkter Stimme. »Wir werden nichts überstürzen.«

Beide werfen ihr einen schnellen Blick zu. Ihr Blick wird leer, sie starrt über ihre Köpfe hinweg nach oben zur Decke.

»Sie werden dadurch Geld sparen«, erklärt Miss Foye.

Er schüttelt den Kopf und gibt zu verstehen, das sei nicht von Bedeutung. »Ich will bloß das Richtige tun. Wird das Haus geschlossen, Miss Foye?«

»Wir müssen vierzehn Frauen anderweitig unterbringen, vierzehn, die nicht dahin zurückkönnen, woher sie gekommen sind. Danach wird das Haus dichtgemacht.«

»Und Sie selbst kommen klar?«

»Um die Wahrheit zu sagen, ich hätte sowieso aufgehört.«

Miss Foye ziert sich. Seit einem Monat trägt sie einen Rubin zum Zeichen ihrer Verlobung. Miss Foye wird die Frau des Landvermessers, eine späte Romanze, falls es überhaupt eine gab. »Das alte Mädchen steht noch gut im Saft«, hatte Dot Sterne gesagt, als sich die Neuigkeit verbreitete. »Ist das in ihrem Alter nicht gewagt?«

»Freitag in acht Tagen«, sagt der Besucher, und Miss Foye nickt. Der Freitag in acht Tagen wird von großer Bedeutung sein. Alle werden genug Zeit haben, nur recht und billig, dass sich die Heimbewohnerinnen auf die bevorstehende Veränderung einstellen können. »Hast du gehört, meine Liebe?«, fragt sie mit erhobener Stimme. »Hast du verstanden, was man dir gesagt hat?«

Die Frau lächelt zuerst Miss Foye und dann den Besucher an. Sie schüttelt den Kopf. Sie habe nichts gehört, sagt sie.

4

Die Hochzeit fand am 10. September 1955, einem Samstag, statt. Sie wurden in aller Stille getraut, trotzdem trug Mary Louise ein traditionelles Hochzeitskleid und Letty ein dazu passendes Brautjungfernkleid. Hinterher feierte man auf dem Bauernhof. Alle nahmen im Esszimmer Platz, einem Zimmer, das ansonsten selten benutzt wurde. Mrs Dallon hatte drei Hähnchen gebraten, und dazu gab es gewürztes Rindfleisch und Speck. Vor dem Essen wurde mit Sherry oder Whiskey auf die Gesundheit des Brautpaares angestoßen. Pfarrer Harrington, der die Trauung vollzogen hatte, ließ es sich nicht nehmen, noch ein paar Worte zu sagen.

Miss Mullover, schon fast siebzig, klein, zierlich und gichtkrank, hatte man als einstiger Mentorin der Braut und auch des Bräutigams einen Ehrenplatz zugewiesen. Sie war überrascht gewesen, als sie von Mary Louises Verlöbnis mit dem Textilhändler hörte, doch nur wegen des Altersunterschieds: Ansonsten machte sie sich über besagte Verbindung keine unnötigen Sorgen. Sie hatte andere Mädchen unterrichtet, die noch weit ältere Männer geheiratet hatten. Marie Yates, keine dreißig bei ihrer Hochzeit mit dem beinahe achtzigjährigen Kanonikus Moore, kam sehr schnell wieder zur Besinnung: In ihrem ganzen Leben hatte Miss Mullover niemanden so weinen sehen wie Marie beim Begräbnis des alten Geistlichen.

Doch diese Zuversicht wurde nicht von allen Hochzeitsgästen geteilt. Matildas und Roses anhaltendes Missfallen entsprach dem Lettys, das in einem kühlen, abweisenden Benehmen und der hartnäckigen Weigerung zum Ausdruck kam, in dem Ereignis einen Grund zum Feiern zu sehen. Als Mary Louise im März offenbart hatte, dass Elmer ihr einen Heiratsantrag gemacht und sie ihn angenommen hatte, hatte Letty drei Wochen lang nicht mit ihr geredet, und als das Schweigen endlich gebrochen wurde, war Letty so verändert gewesen, dass sich Mary Louise fragte, ob sich je wieder das gute Verhältnis einstellen würde, das sie zu ihrer Schwester gehabt hatte.

»Ich bin ein Glückspilz«, versicherte Elmer in einer Ansprache. »Im Umkreis von zehn Meilen gibt es niemanden, der dem nicht zustimmen würde.«

Das ist ausreichend, dachte er und ließ es dabei bewenden. Letzte Nacht war Rose tatsächlich zu später Stunde vor ihm auf die Knie gefallen und hatte ihn unter Tränen gebeten, sich alles noch einmal zu überlegen. Matilda, die mit grimmigem Gesichtsausdruck auf dem Treppenabsatz im ersten Stock gestanden hatte, hatte verkündet, dass er diese Torheit ein Leben lang bereuen werde. Mary Louise Dallon habe nur Stroh im Kopf. Sie heirate ihn wegen seines Geldes, es sei doch allseits bekannt, dass die Dallons keinen roten Heller besäßen. Ihre Flatterhaftigkeit könne man ihr an den Augen ablesen. Sie werde ihn auf die eine oder andere Art an der Nase herumführen. Sie werde ihn derart ausnehmen, wie er es sich nicht im Traum vorstellen könne. Sie werde ihn völlig durcheinanderbringen. Seine Schwestern waren erst um halb drei zu Bett gegangen, und selbst als er sich erschöpft niedergelegt hatte, konnte Elmer noch hören, wie beide laut schimpften und Rose weinte.

Mit einer letzten leidenschaftlichen Anstrengung hatte

Szene: Rose + Matilda

Letty ebenfalls in der vorangegangenen Nacht versucht, ihrer Schwester die Sache auszureden. In der nächtlichen Geborgenheit des Schlafzimmers, das sie miteinander teilten, lauschte Mary Louise dem anhaltenden Gemurmel, das im einen Augenblick einen verbitterten und im nächsten einen geringschätzigen Unterton hatte. Letty malte ihr eine Zukunft in der Wohnung über dem Laden aus, in der die beiden Schwestern an allem, was sie tue, etwas auszusetzen haben würden und der Mann, den sie heiraten wolle, nie für sie Partei ergreifen werde. Sie werde in der Wohnung nur ein Dienstmädchen und im Laden eine Verkäuferin sein. In dem Schlafzimmer, das sie mit dem grobschlächtigen Textilhändler teilen müsse, werde sie Gerüche und Vertraulichkeiten über sich ergehen lassen müssen, die keinem Mädchen gefielen; wenn sie sich weigern würde, seinen Forderungen nachzukommen, werde er darauf keine Rücksicht nehmen. Die drei Quarrys würden sie bei den Mahlzeiten genau beobachten. Alte Jungfern seien das Schlimmste, was es gebe.

Doch am Mittag des 10. September wurde das Paar getraut. Elmers Trauzeuge war einer seiner Cousins aus Athy, ein Mann, dem Mary Louise nie zuvor begegnet war und den man anlässlich der Hochzeit hergeholt hatte. Pfarrer Harrington – mit rosigen Wangen und von großer Körperfülle, selbst noch nicht lange verheiratet – stellte die nötigen Fragen bedächtig und voller Sorgfalt, und seine langsame Sprechweise war dazu bestimmt, der Verbindung ein besonderes Maß an Heiligkeit zu verleihen, zumindest schien es so. Während der Eintrag ins Kirchenbuch vorgenommen wurde, standen Mr und Mrs Dallon unbeholfen in der Sakristei, und Rose, Matilda und Letty umringten sie dabei mit grimmiger Miene. Weil Pfarrer Harrington die Beklommenheit spürte, plauderte er von anderen Trauungen, die er vorgenommen hatte, und entsann sich der Einzelheiten seiner eigenen Hochzeit.

»Bah!«, raunte Mary Louises Bruder einem seiner Cousins aus der Familie Eddery im Esszimmer des Bauernhofs zu. Das hatte nichts mit der Hochzeit seiner Schwester zu tun, sondern war der angenehmen Wirkung eines zweiten Glases Whiskey geschuldet. James spürte, wie der Alkohol mit einem Brennen, das neu für ihn war, seine Brust durchströmte.

»Ich hab heute zwei Shilling beim Pferderennen gesetzt«, verriet der ältere der Eddery-Brüder. »Auf Polly's Sweetheart.«

James, der sein ganzes Geld in Kilmartins Wettbüro ausgab, war beeindruckt. Er habe an diesem Tag nicht gewettet, sagte er, doch von Polly's Sweetheart habe er gehört.

Letty zog ihr Brautjungfernkleid aus, um ihrer Mutter in der Küche zu helfen. Die Hähnchen waren während des Hochzeitsgottesdienstes gebraten worden, der Speck und das gewürzte Rindfleisch, beides am Vortag zubereitet, waren kalt. Von dem Gläschen Sherry, das Mrs Dallon getrunken hatte, und von der Hitze des Küchenherdes waren ihre Wangen gerötet. Sie goss von den Kartoffeln und Erbsen das Wasser ab. Letty schüttete sie in vorgewärmte Schüsseln und trug diese ins Esszimmer. Während die Gäste Platz nahmen, begann Mr Dallon, das Fleisch zu tranchieren.

»Ein tolles Festessen«, sagte Elmer. Er trug eine Nelke am Revers des braunen Anzugs, den er als seinen Sonntagsanzug bezeichnete und der bei weitem nicht so abgetragen war wie seine gewöhnliche Kleidung. Sein ohnehin kurzes Haar war am Vortag geschnitten worden, und die Brillantine, die der Friseur verwendet hatte, sorgte dafür, dass es immer noch richtig lag. Sein Nacken war leicht gerötet.

»Wunderbar«, sagte eine Frau. »Es ist alles ganz wunderbar, Mrs Dallon.«

Mrs Dallon, die mit zwei Soßenschüsseln vorbeieilte, war zu beschäftigt, um etwas erwidern zu können. Sie flüsterte ihrem Mann etwas zu, und er hielt mit dem Tranchieren inne und sagte:

»Ich soll Ihnen sagen, dass Sie anfangen können zu essen. Lassen Sie die heißen Sachen nicht kalt werden.«

Miss Mullover vertraute der Frau des Geistlichen an, dass sie gern die Hochzeiten ehemaliger Schüler besuche. Es sei überraschend, was für Gefühle sich dabei einstellten. Mrs Harrington – die wusste, dass ihr Mann sich eine Zeit lang nicht sicher gewesen war, was er von dieser Heirat halten sollte – war erleichtert, dass Miss Mullover sich zu freuen schien. Sie dachte, dass er gern das Tischgebet gesprochen hätte, doch leider war er gerade mal kurz verschwunden.

James und die Brüder Eddery entdeckten die Whiskeyflasche hinter einem eingetopften Farn auf der Fensterbank und gossen sich noch etwas ein. Die Brüder Eddery rauchten Zigaretten. Sie teilten Mrs Dallon mit, dass sie noch zu Ende rauchen wollten, bevor sie sich setzten. Sie hätten es mit dem Speck und dem Hähnchen nicht eilig.

Letty, mit der Aufgabe betraut, das Gemüse am Tisch herumzureichen, damit niemand leer ausging, dachte an Gargan, der bei der Bank of Ireland arbeitete und nach seiner Beförderung nach Carlow versetzt worden war. Sie waren zwei Jahre lang miteinander ausgegangen: Sie waren ins Kino gegangen, hatten Fahrradausflüge unternommen und zweimal den Ball der Handelskammer in Hogans Hotel besucht. Als Gargan nach Carlow gegangen und so viel Zeit verstrichen war, dass er vermutlich nicht mehr zurückkommen würde, um sie zu sehen, hatte Billie Lyndon aus dem Radioladen sie eines Abends ins Dixie Tanzlokal eingeladen, und sie war mitgegangen, doch die Leute waren ihr zu ungehobelt gewesen. Es hätte mit ihr und einem der beiden klappen können, dachte sie, während sie das Gemüse herumreichte. Dann könnte *sie* in diesem Augenblick am anderen Ende des Tisches sitzen, als Mrs Gargan oder Mrs Lyndon. Beide hatten von Heirat gesprochen, es waren zwar keine richtigen Anträge gewesen, aber wenn sie nachgebohrt hätte, wäre es wohl darauf hinausgelaufen. Im Electric hatten sich die zwei ähnlich verhalten: Als der Hauptfilm zur Hälfte vorüber war, hatten sie den Arm über ihre Stuhllehne und etwas später um ihre Schultern gelegt. Bei beiden hatte sie gespürt, wie sie das Knie an ihr Knie gepresst hatten. Beide hatten mit den Fingern ihre Wange gestreichelt, und auf dem Heimweg war es zu einem Gutenachtkuss gekommen.

»Du hast in diesem Kleid wunderschön ausgesehen, Letty«, schmeichelte ihr Angela Eddery, die noch zur Schule ging, und füllte mit einem Löffel Erbsen auf ihren Teller. »Genau wie Audrey Hepburn.«

Letty wusste, dass das nicht stimmte. Entweder verwechselte Angela Eddery Audrey Hepburn mit jemand anders, oder sie log sie bloß an. Sie sah überhaupt nicht wie Audrey Hepburn aus; sie war ein völlig anderer Typ.

»Hast du es selbst genäht?«, wollte Angela Eddery wissen. »Mein Gott, ich habe noch nie so ein Kleid gesehen.«

»Wir haben unsere Kleider selbst genäht.«

Als sie dem Trauzeugen eine Schüssel mit Kartoffeln reichte, sagte er, sie seien heute in der gleichen Branche, Brautjungfer und Trauzeuge. Mary Louise hatte erzählt, er sei Junggeselle, Geschäftsführer einer Molkerei in der Nähe von Athy. Letty fand, dass er sich ihr gegenüber ziemlich vertraulich benahm, da er sie auf Anhieb Letty nannte und so mit ihr redete. Er war größer als Elmer Quarry, doch genauso füllig und hatte noch lichteres Haar.

Rose und Matilda saßen beieinander und aßen nicht viel. »Oh, das schaffe ich niemals«, sagte Rose, sobald sie ihren Teller bekam, und starrte das Essen an, als ob sie ein Urteil zu fällen hätte. Die Hähnchen haben sie nichts gekostet, dachte Matilda bei sich, die sind auf dem Hof rumgelaufen.

Pfarrer Harrington sprach mit Mr Dallon, und Mr Dallon legte das Tranchiermesser und die Gabel wieder zur Seite. Der Geistliche sagte, er habe das Tischgebet sprechen wollen, sei aber im richtigen Augenblick nicht im Zimmer gewesen. Wenn niemand etwas dagegen habe, werde er das nun nachholen, obwohl einige bereits angefangen hätten zu essen. Das spiele keine Rolle, fügte Pfarrer Harrington eilig hinzu und sagte dann: »Dem Herr sei Dank für Speis' und Trank.«

Mary Louise fühlte sich schläfrig, weil Letty sie mit ihrer Tirade die halbe Nacht wach gehalten hatte. Ich habe den Sprung gewagt, sagte sie sich; sie hatte sich entschieden und es getan; es war ihre Angelegenheit, ihr Leben. Sie lächelte Miss Mullover an, die sich über den Tisch beugte, um ihr etwas zu sagen.

»Weißt du noch«, fragte die Lehrerin, »dass du immer in Dodds Apotheke arbeiten wolltest?«

Mary Louise konnte sich noch erinnern. Sie wollte in der Apotheke arbeiten, weil es der schönste Laden in der Stadt war. Dort roch es am besten, und alles war sauber. Als Verkäuferin musste man einen weißen Kittel tragen. Jeder wusste, dass es etwas Besonderes war.

»Jetzt wird es Quarrys Laden sein«, fuhr Miss Mullover fort, und Mary Louise fragte sich, ob die alte Lehrerin schon verkalkt war, denn es war allen Anwesenden klar, dass sie gerade in das Textilgeschäft eingeheiratet hatte. Die Wahrheit war, dass der Tresen von Quarrys Laden für sie immer an zweiter Stelle gekommen war. Miss Mullover hatte sie das offensichtlich nie erzählt, andernfalls hätte sie es erwähnt, doch zu Hause hatte sie es gesagt. Als sie mit der Schule fertig war, schien Verkäuferin das Beste zu sein, was man ihr ermöglichen konnte; das hatte ihr Vater gesagt, und sie hatte nichts dagegen gehabt und an Dodds Apotheke oder Quarrys Laden oder auch an Foleys Konditorei und Lebensmittelladen gedacht, der in der Bridge Street zwei Häuser hinter dem Textilgeschäft lag. Beim nächsten Jahrmarkt hatte man überall in der Stadt erzählt, dass sie zur Verfügung stehe, doch anscheinend wurde keine Verkäuferin gebraucht. Foleys Laden war den Töchtern der Foleys vorbehalten, Renehan, der Eisenwarenhändler, beschäftigte nur Männer und musste sich, bei drei Söhnen, ebenfalls nicht außerhalb der Familie umsehen. Mr Dallon bestimmte, dass keine seiner Töchter in einem Gasthaus arbeiten würde, aber nicht einmal diese Möglichkeit bot sich. Fünf Jahre lang war Mary Louise zu Hause geblieben, hatte auf dem Hof geholfen und auf eine freie Stelle gewartet. Das hatte sie bedenken müssen, als Elmer Quarry Interesse an ihr bekundete – die endlosen, langweiligen Tage in Culleen, die Küche, der Hof, die Hühnerhäuser und die vielen Wochen, in denen sie außer in der Kirche und im Eierverpackungsbetrieb, abgesehen von ihren Familienangehörigen, keinen Menschen sah. All das schien Letty vergessen zu haben.

»Mit Algebra hatte Elmer immer Probleme. Er kam einfach nicht mit den Klammern zurecht.« Miss Mullover nickte mehrmals beim Essen und verlieh ihrer Erinnerung dadurch Gewicht. »Geschwungene Klammern, eckige Klammern, runde Klammern. Er konnte sie nie in die richtige Reihenfolge bringen.«

»Habe sie herzlich wenig gebraucht.« Elmer lachte laut

auf, worüber Mary Louise so überrascht war, dass sie zusammenzuckte. Sie versuchte sich zu erinnern, ob sie ihn schon jemals lachen gehört hatte, und dann fiel ihr ein, dass ihr Bruder behauptet hatte, er lache nie. Man konnte all seine kleinen Zähne auf einmal sehen. Die Falten in seinem Gesicht bauschten sich zu kleinen Fettwülsten.

»Algebra mangelhaft«, rief sich Miss Mullover ins Gedächtnis. »Rechnen gut. Ich weiß noch, wie ich das geschrieben habe. Neunzehnhunderteinunddreißig oder so.«

Mary Louise stellte sich ihren Mann in dieser fernen Zeit vor: ein kleiner, dicker Junge mit dicken, runden Knien. Im Internat in Wexford hatte er sicher lange Hosen getragen.

»Ich habe viele Schüler gehabt«, sagte Miss Mullover zu Mr Dallon, als er sich nach dem Tranchieren schließlich hinsetzte.

»Sie haben gute Arbeit geleistet, Miss Mullover.«

Mr Dallon griff nach Salz und Pfeffer. Er erinnerte sich an Mary Louises Geburt, daran, welche Sorgen er sich gemacht hatte, weil sie spät dran war, dass er jedoch nichts gesagt hatte, weil das alles nur noch schlimmer gemacht hätte. Für den Fall, dass es ein Junge geworden wäre, hatten sie die Namen William oder vielleicht auch Nevil zur Hand gehabt. Louise wurde sie nach seiner Mutter genannt; doch ihm fiel nicht ein, wie es gekommen war, dass sie beide Vornamen benutzten. Er glaubte sich zu erinnern, dass er den Klang der beiden Namen schön gefunden hatte.

»Sie war immer zu Späßen aufgelegt«, erinnerte sich Miss Mullover nun – womit sie wohl meinte, dass Mary Louises Lebhaftigkeit sie als Kind gelegentlich in Schwierigkeiten gebracht hatte. Einmal hatte sie einen Stein auf den Schulhof geworfen und musste nachsitzen; sie und Tessa Enright hatten Würmer in Possy Lukes Pult versteckt und die Luft aus den Fahrradreifen gelassen. »Gelegentlicher Übermut«, hatte Miss Mullover ihr ins Zeugnis geschrieben.

Wahrscheinlich war sie sein Lieblingskind, obwohl er nicht gern eingestand, nicht einmal sich selbst, dass er irgendwen bevorzugte. Doch Mary Louise, die zur Welt kam, als sie gedacht hatten, die Familie sei bereits vollständig, hatte sich – vielleicht nur aus diesem Grund – einen besonderen Platz in seinem Herzen erobert. Mit ernstem Gesicht hatte sie zugehört, wenn er sie für ihr schlechtes Betragen in der Schule tadelte. Beim Heumachen oder bei der Ernte war sie immer in seiner Nähe geblieben und hatte ihm von den Wehwehchen eines kleinen mechanischen Kükens erzählt. Wenn man es aufzog, pickte es auf dem Boden. Sie nannte es »Picker«.

»Freuen Sie sich für sie, Mr Dallon?«, murmelte Miss Mullover.

Er nickte. Als sie älter wurde, wollte sie in der Stadt leben, in irgendeiner Stadt. Sie begann, mit Elmer Quarry auszugehen, und das war nun dabei herausgekommen. Es war eine Vernunftheirat: Sie wusste das, er wusste das, und Elmer Quarry wusste es ebenfalls. Sie waren sich dessen bewusst und akzeptierten es. »Bist du dir sicher, Mary Louise?«, hatte er wissen wollen, und sie hatte nicht eine Sekunde gezögert, es ihm zu versichern. Sie hatte etwas Naives an sich: Das war schon immer ihre hervorstechendste Eigenschaft. Ohne an die Konsequenzen zu denken, hatte sie die kleinen Sünden ihrer Kindheit begangen; arglos hatte sie immerzu geplappert. Man konnte sie im Nu zum Schweigen bringen; man konnte mühelos ihr Selbstvertrauen erschüttern, doch sobald man es getan hatte, fühlte man sich schuldig. »Wirst du das nicht bald satthaben?«, hatte er weitergefragt. »Die Stadt und alles?« Wieder wollte sie ihn unbedingt beruhigen und sprach nicht von ihrer Furcht, die ihm nicht verborgen geblieben war: für immer auf dem Hof bleiben zu müssen, das halbe Leben noch vor sich. Die schöne Apotheke, mit einem jungen Mann in Tweedjacke tanzen gehen: All das hatte sich nicht ergeben, und sie war zu dem Schluss gekommen, dass ihr nicht mehr genug Zeit blieb, um darauf zu warten. In der Kirche von St. Giles saßen die alten Jungfern des Pfarrbezirks allein in ihrer Bank. Woche für Woche konnte man sie dort beobachten, und Weihnachten und Ostern kamen noch Elmer Quarrys Schwestern und einige andere hinzu.

»Er ist kein unangenehmer Mensch«, raunte Miss Mullover, als wollte sie herausfinden, was Mr Dallon durch den Kopf ging. »Wie oft sieht man bei der Hochzeit eines Mädchens künftiges Unglück heraufziehen.«

Elmer Quarry sei anständig und zuverlässig, erwiderte Mr Dallon, ebenfalls mit gedämpfter Stimme. Mary Louise hätte es schlechter treffen können, wollte er gerade hinzufügen, besann sich dann jedoch anders, weil es nicht ganz angemessen zu sein schien. Aber Miss Mullover nickte dennoch und stimmte ihm stillschweigend zu.

Um drei Uhr traf der Wagen aus Kilkellys Reparaturwerkstatt ein. Mary Louise hatte sich umgekleidet und einen lindgrünen Mantel und Rock angezogen, und sie trug einen kleinen, schwarzen Hut, der mit einem heraufgezogenen Schleier besetzt war. Am Abend zuvor hatte sie den Koffer gepackt.

Die Gebrüder Eddery banden eine alte Kreosotbüchse an die hintere Stoßstange, doch Kilkellys Fahrer entfernte sie wieder. Als der Wagen davonfuhr, radelte James auf Mary Louises Fahrrad hinterher, und die Edderys johlten. Die anderen winkten, Letty und Elmers Schwestern jedoch nur halbherzig.

»Ist alles glattgegangen?« Der Fahrer war der Chefmechaniker der Werkstatt; er hatte nicht einmal Zeit gehabt, seinen Overall auszuziehen.

»O ja«, antwortete Elmer. »Glatt wie Seide.«

»Na, ist ja prima.«

Der Wagen hielt vor dem Textilgeschäft. Ein Zettel in einem der Schaufenster verkündete, dass am Montag wieder geöffnet sei. Elmer ging hinein, um seinen Koffer zu holen.

»Sie fahren für zwei Tage weg?«, fragte der Fahrer weiter, während Mary Louise wartete, und sie erklärte ihm, dass sie in Wahrheit acht Tage lang weg sein würden, sogar neun, wenn man das, was von diesem Tag noch blieb, mitrechnete. Als Elmer zurückkehrte, wurden sie zum Bahnhof gefahren, der zwölf Meilen entfernt lag. Sie fuhren mit dem Zug um fünf vor vier und stiegen später in einen Bus um, der sie zu dem Seebad bringen würde, das sie sich für ihre Hochzeitsreise ausgesucht hatten. Keiner von beiden fühlte sich während der Fahrt entspannt. Keiner von beiden verriet dem anderen, dass die Heiratspläne am Vorabend innerhalb der Familie auf heftigen Widerstand gestoßen waren. Stattdessen sprachen sie über die Hochzeitsgäste und die Feier auf dem Bauernhof. In den Monaten, die seit ihrem ersten Besuch im Electric Filmtheater verstrichen waren, war es zu keinen großen Vertraulichkeiten zwischen ihnen gekommen. Beide hatten bestimmte Eigenarten des anderen kennengelernt, wodurch sie eine gewisse Ungezwungenheit im Umgang miteinander erreichten, die es früher nicht gegeben hatte; aber die Neugier von Liebenden verspürte keiner von beiden. Das Electric hatten sie nur noch zweimal besucht, nachdem sie *Flieder im Frühling* gesehen hatten: Elmers Werben um Mary Louise hatte größtenteils während der Sonntagnachmittagsspaziergänge stattgefunden, die ihnen zur Gewohnheit geworden waren. Er kam zu Fuß von der Bridge Street und sie mit dem Fahrrad aus Culleen. Sie trafen sich am Stadtrand, das Fahrrad wurde in einem Durchgang abgestellt, und dann gingen sie langsam den Weg zurück, auf dem Mary Louise mit dem Fahrrad gekommen war. An einer Kreuzung wandten sie sich nach rechts und gingen auf einem gewundenen Weg weiter, einen Hügel hinab, durch Wälder und über eine gewölbte Brücke. Auf einem dieser Spaziergänge machte Elmer ihr einen Heiratsantrag, und Mary Louise erbat sich etwas Bedenkzeit. Sie dachte einen Monat lang nach, und als sie schließlich einwilligte, ließ Elmer die Zunge über seine Lippen gleiten, wischte sie dann mit einem Taschentuch trocken und verkündete, dass er sie nun küssen werde, was er auch tat. Zu diesem Zeitpunkt befanden sie sich gerade auf der gewölbten Brücke. Seine Stimme klang heiser; Mary Louise hatte den Eindruck, dass sein Atem leicht nach Lauch roch. Sie hatte sich während des einen Monats immer wieder gesagt, dass Letty nach Gargan und Billie Lyndon mit niemandem mehr zusammengewesen war. Hatte es im Leben von Elmers Schwestern je einen Mann gegeben?

Elmer hatte nie zuvor ein Mädchen umarmt. Vor Jahren, in dem Internat in Wexford, hatte er einmal Begierde nach der fülligen Hausmeisterin verspürt. Er hatte sich vorgestellt, wie es sein würde, sie zu küssen. In seinen Träumen hatte er ihr die Kleider ausgezogen.

»Mein Gott, das war wunderbar«, schmeichelte er Mary Louise, als ihre Lippen sich voneinander lösten, obwohl er das Ganze in Wirklichkeit etwas enttäuschend fand. Ihm fiel auf, dass sie errötete. Sie wischte sich mit der Hand den Mund ab und schlug die Augen nieder.

Sie gingen zur Stadt zurück, und Mary Louise ließ ihren linken Arm da liegen, wo er ihn bei sich eingehakt hatte. Er fragte sie, was ihre Mutter wohl sagen würde, wenn sie die

Neuigkeit erfuhr. Er sagte, er müsse mit ihrem Vater sprechen, das gehöre sich so. Während er überlegte, wie er ihnen die Nachricht am besten beibringen sollte, sagte er, dass seine Schwestern erfreut sein würden.

»Komm doch mit nach Culleen«, schlug Mary Louise vor.

»Du meinst, jetzt rüberlaufen?«

»Hast du ein Fahrrad, Elmer?«

»Ich habe nie eins gebraucht.«

»Kannst du vielleicht nächsten Sonntag zu uns kommen? Ich behalte es solange für mich.«

»Natürlich.«

»Ich sage bloß, dass du mich abholst.«

Sie blieben auf der Straße stehen und umarmten sich noch einmal. Diesmal konnte Mary Louise seine Zähne spüren. Er drückte ihr eine Hand auf den Rücken. Sie schloss die Augen, weil sie in Filmen gesehen hatte, dass man das so machte. Er ließ seine geöffnet.

Auf ihrer Fahrt in die Flitterwochen riefen sich beide ebendiesen Sonntag in Erinnerung. An den folgenden Sonntagen war es zu weiteren Umarmungen gekommen, und sie hatten ihre Hochzeit auf diesen Nachmittagsspaziergängen bis ins Kleinste geplant. Mary Louise erinnerte sich, wie ihre Mutter gesagt hatte: »Wir freuen uns sehr.« Ihr Vater hatte Elmer die Hand geschüttelt.

»Unsere Unterkunft heißt Strand Hotel«, erzählte ihr Elmer, als sie in dem Seebad aus dem Bus stiegen. »Entschuldigen Sie bitte«, sagte er zu einem Mann, der vor einem Süßwarengeschäft stand, »wo befindet sich das Strand Hotel?«

Der Mann empfahl ihnen, einfach geradeaus weiterzugehen. Es sei nicht zu verfehlen, sagte er. Wenn die Straße in einen Sandweg übergehe, seien es nur noch fünfzig Meter. Sie würden höchstens vier Minuten benötigen.

»Vielen Dank, Sir.«

Wie Mary Louise vor einiger Zeit festgestellt hatte, besaß Elmer die Angewohnheit, Männer so anzureden. Er nannte ihren Vater und auch Pfarrer Harrington »Sir«. Das hatte vermutlich mit dem Laden zu tun und erschien ihm ganz selbstverständlich.

Sie gingen mit ihren Koffern weiter, an einer Reihe kleiner Läden, zwei Gasthäusern und der katholischen Kirche vorbei. Die Straße ging in einen Sandweg über, und dann bogen sie um die Kurve, in der das Hotel stand. Der Name prangte unterhalb der Erkerfenster an der Stirnseite des Gebäudes.

»Ich habe schriftlich ein Zimmer bestellt«, gab Elmer an der Rezeption an. »Mein Name ist Quarry.«

»Ach natürlich, Mr Quarry.« Eine Frau, die ein Kopftuch über ihren Lockenwicklern trug, begrüßte sie. »Mr und Mrs Quarry«, fügte sie hinzu und blickte Mary Louise an, in ihren Augen die Neugier einer Pensionswirtin. Ihr Blick glitt rasch von dem kleinen, schwarzen Hut, der Mary Louise immer noch auf dem Kopf saß, über ihren lindgrünen Mantel und den lindgrünen Rock. Sie verweilten auf ihrem Trauring. »Mr und Mrs Quarry«, wiederholte sie, als wollte sie ihren neuen Gästen versichern, dass nun, nachdem sie sie begutachtet hatte, alles in Ordnung sei. Sie führte die beiden eine schmale Treppe hinauf.

Es war eher eine Pension als ein Hotel. Das Abendbrot im Speisesaal beginne um Punkt sechs, sagte die Frau, und ob sie möglichst schnell herunterkommen könnten, da es schon etwas später sei? Im Zimmer stieß sie ein Fenster auf und trat voller Stolz zur Seite. Man könne das Meer hören, sagte sie. Wenn man nachts aufwache, könne man es hören.

»Großartig«, sagte Elmer, und die Frau verließ das Zimmer.

Mary Louise stand vor dem Bett. Zum ersten Mal, seit sie sich entschlossen hatte, Elmer Quarrys Heiratsantrag anzunehmen, kamen ihr schwerwiegende Bedenken. Auch vorher war sie dann und wann von leichten Zweifeln befallen worden; wenn sie Letty zuhörte, war das kaum zu vermeiden gewesen. Doch sie hatte nie das Gefühl gehabt, einen haarsträubend lächerlichen Fehler begangen zu haben. Auch hatte sie sich nie vorgenommen, sich so bald wie möglich von ihrem Versprechen entbinden zu lassen. Während des einen Monats, den sie in Anspruch genommen hatte, um über den Heiratsantrag nachzudenken, war sie immer wieder alles durchgegangen, und nachdem sie zu einem Entschluss gekommen war, sah sie nicht mehr viel Sinn darin, sich weitere Gedanken zu machen. Aber in dem Schlafzimmer im Strand Hotel, mit den Spitzenvorhängen, die zu beiden Seiten des offenen Fensters flatterten, sehnte sich Mary Louise plötzlich wieder auf den Hof zurück, um den Küchentisch zu decken oder mit Letty die Hühner zu füttern. Später musste sie sich irgendwie das Nachthemd anziehen und mit diesem beleibten Mann, den sie geheiratet hatte, ins Bett steigen. Irgendwie musste sie sich mit seinen nackten Füßen abfinden, während der Rest seines Körpers nur von dem braunblauen Pyjama bedeckt wäre, den er gerade aus seinem Koffer nahm.

»Durchaus gemütlich«, sagte er. »Ich habe doch gesagt, dass es gemütlich ist, Liebes.«

Elmers Mutter hatte dieses Kosewort manchmal benutzt, und es schien ihm nun, da sie als Mann und Frau allein im Zimmer waren, gleichermaßen geeignet zu sein. Rose oder Matilda würden so etwas nicht sagen, aber das war auch etwas anderes. Er war froh, dass es ihm eingefallen war.

»Es ist herrlich hier«, sagte Mary Louise, die immer noch vor dem Bett stand.

Er stimmte ihr zu. Der Vertreter von Horton, der jetzt für Tyson arbeitete, hatte ihm vom Strand Hotel erzählt und gesagt, es sei unübertroffen. Nachdem er sich im Zug die Träume in Erinnerung gerufen hatte, die er als kleiner Junge von der fülligen Hausmeisterin und später von Mrs Fahy und Mrs Bleddy, den Frauen zweier Ladenbesitzer in der Stadt, gehabt hatte, hatte er gehofft, seine Frau würde sich umziehen, sobald sie im Hotel eintrafen. Sie hatte bei weitem nicht die Figur der Hausmeisterin oder einer der beiden Ladenbesitzersfrauen; man musste sie sogar eher als hager bezeichnen, denn sie war nicht so kräftig gebaut wie ihre Schwester. Ihre Schwester war vor knapp einem Jahr einmal in den Laden gekommen, und er hatte aus dem Büro hinuntergeblickt, als sie gerade den Geldbeutel aus ihrer Handtasche nahm. Er war der Meinung gewesen, dass sie nicht schlecht aussah, und hatte eine Weile darüber nachgedacht, in der Hoffnung, sie würde noch einmal in den Laden kommen, sodass er sie wieder beobachten könnte, ja er hatte eines Sonntags tatsächlich nur aus diesem Grund den Gottesdienst besucht. Doch der Haken an der Sache war, dass sie vor ein paar Jahren öfter mit Gargan von der Bank und danach mit dem kleinen Lyndon in der Stadt gesehen worden war, und das musste man gegen ihre kräftige Figur abwägen. Das Ganze bereitete Elmer Unbehagen; dass sie schon mit Männern ausgegangen war, machte ihn nervös, denn es bedeutete, dass sie nicht im gleichen Boot säßen, wenn sie sich näher kennenlernten. Dennoch, wenn ihm an jenem Tag nicht die Schwester mit ihrem Geldbeutel aufgefallen wäre, hätte Mary Louise vermutlich nie seine Aufmerksamkeit erregt. Das war der Lauf der Dinge; der Zufall spielte eine große Rolle.

»Wollen wir runtergehen?«, fragte er.

»Gut!«

»Du willst nicht deine Kleidung wechseln oder so was?«

»Sie sagte, wir sollen uns beeilen. Ich fühle mich wohl, wie ich bin.« Mary Louise nahm ihren Hut ab und legte ihn auf die Frisierkommode. Der dazugehörige geriffelte Spiegel hatte einen Sprung, eine schartige, schwarze Linie, die diagonal über das Glas verlief. Auf der Frisierkommode waren die Brandflecke von einer Zigarette zu sehen.

»Ich habe doch gesagt, dass wir es schön gemütlich haben werden«, sagte er nochmals.

Im Speisesaal bestrichen die anderen Leute ihr Brot mit Marmelade und aßen zu Ende. Die Frau mit dem Kopftuch führte die Neuankömmlinge zu ihren Plätzen an einem Tisch, an dem bereits drei Männer saßen. Die anderen Tische waren mit Familien besetzt.

»Warten Sie, ich hole Ihnen eine Tasse Tee«, sagte die Frau. »Ist der Tee noch warm, Mr Mulholland?«

Mr Mulholland, ein Mann mit Schnurrbart, kleiner und älter als Elmer Quarry, betastete die metallene Teekanne und sagte, er sei noch warm. Die anderen Männer, die am Tisch saßen, waren ebenfalls mittleren Alters, einer von ihnen hatte graues Haar, der andere war kahlköpfig.

»Vielen Dank, Sir«, sagte Elmer, als Mr Mulholland ihm Milch und Zucker reichte.

»Schöner Tag«, sagte der Kahlköpfige.

Man stellte Mary Louise einen Teller mit Gebratenem hin und ihrem Mann einen, der so ähnlich aussah. Jetzt wird zu Hause wieder Ruhe eingekehrt sein, dachte sie. Die Hochzeitsgäste sind gegangen, und man hat alles aufgeräumt. Vater hat sich seine Alltagskleidung wieder angezogen, genau wie James und Mutter. Letty trägt wahrscheinlich gerade das Essen auf.

Mr Mulholland war Vertreter für verschiedene Schreibwarensortimente. Der grauhaarige Mann, Junggeselle und bei der Elektrizitätsgesellschaft angestellt, kam tagtäglich zum Abendessen ins Strand Hotel. Der Kahlköpfige wohnte hier und war ebenfalls Junggeselle.

All das erfuhren sie nach und nach. Wie Mary Louise merkte, fühlte sich ihr Mann in der Gesellschaft dieser drei Männer ausgesprochen wohl und schien an den Auskünften interessiert zu sein, die sie ihm gaben. Er erzählte ihnen von dem Textilgeschäft. Er trug noch immer die Nelke im Knopfloch, sodass sie von der Hochzeit wussten, bevor er sie auch nur erwähnt hatte.

»Nun, das habe ich mir schon gedacht«, sagte Mr Mulholland. »Als Sie beide das Zimmer betraten, habe ich mir gesagt, die sind auf Hochzeitsreise.«

Mary Louise spürte, dass sie leicht errötete. Die Männer musterten sie, und sie konnte sich vorstellen, was sie dachten. Man konnte ihnen an den Augen ablesen, dass sie registrierten, wie viel jünger sie war als Elmer, und den gleichen Gedanken hatte sie in den Augen des Zugschaffners und der Pensionswirtin gesehen.

»Meinen Sie nicht, dass wir darauf anstoßen sollten?«, schlug der Kahlköpfige vor. »Wir drei trinken heute Abend ein Gläschen bei McBirney's.«

»Sie müssen auf dem Weg von der Bushaltestelle daran vorbeigekommen sein«, sagte Mr Mulholland.

»Ich glaube, mich daran zu erinnern, Sir«, räumte Elmer ein. »Mal sehen, wie wir uns fühlen, wenn wir einen kleinen Spaziergang am Meer gemacht haben.«

»Wir sind bis zur Sperrstunde bei McBirney's«, versicherte der Grauhaarige.

Bald darauf gingen die Männer und ließen Elmer und Mary Louise allein am Tisch zurück. Auch die Familien begannen, den Speisesaal zu verlassen, und die Kinder starrten Mary Louise im Vorbeigehen an.

»War das nicht nett von ihnen?«, sagte Elmer. »War das nicht freundlich?«

»Ja.«

Sie hatte keinen Hunger. Ihr Mann strich Stachelbeermarmelade auf eine Scheibe Weißbrot und rührte Zucker in seinen Tee, und Mary Louise dachte, dass sie gern allein am Strand entlangspazieren würde. Sie war erst einmal am Meer gewesen, vor elf Jahren, als Miss Mullover die ganze Schule in den Bus gepackt hatte und sie um acht Uhr morgens losgefahren waren. Sie hatten alle gebadet, bis auf Mary Louises Cousin, der eine schwache Konstitution hatte, und Miss Mullover selbst, die nur ihre Strümpfe ausgezogen und herumgeplanscht hatte. Miss Mullover hatte ihnen verboten, weiter als bis zur Hüfte ins Wasser zu gehen, doch Berty Figgis hatte nicht auf sie gehört und deshalb später nichts von der Biskuitrolle abbekommen.

»Iss auf, Liebes«, drängte Elmer.

»Ich glaube, ich habe genug gegessen.«

»Deine Mutter hat uns ein herrliches Mahl zubereitet.«

»Ja, das stimmt.«

»Alle waren zufrieden.«

Sie lächelte. Ein Zigarettenstummel, den einer der Männer zurückgelassen hatte, war nicht richtig ausgedrückt worden. Er glomm im Aschenbecher weiter, Rauch kringelte sich nach oben, der einen beißenden Geruch ausströmte. Mary Louise wollte den Stummel vollends ausdrücken, hatte aber keine Lust, ihn in die Hand zu nehmen.

»Bist du so weit, dass wir losgehen können, Liebes?«, fragte Elmer. Er wollte schon hinzuzufügen, dass sie schließlich für die Seeluft bezahlt hätten, aber irgendwie klang das nicht angemessen. Stattdessen sagte er, dass er vor Jahren einmal einen Mulholland gekannt habe, der im Gaswerk gearbeitet habe. Die Marmelade, die er esse, schmecke besser als die von Rose. Jedenfalls sei sie nicht so flüssig. Er möge sämige Marmelade.

»Ich würde gern etwas frische Luft schnappen«, sagte sie.

Also gingen sie, nachdem er seinen Tee ausgetrunken und noch eine Scheibe Marmeladenbrot gegessen hatte, zum Strand. Es herrschte Ebbe. Der feuchte Sand unter ihren Füßen war fest, glatt und dunkel, doch hier und da türmte sich auf der ebenen Fläche ein winziger spiralförmiger Hügel auf. Ringelwürmer, sagte Elmer. Sie überlegte, wie ein Ringelwurm wohl aussah, fragte aber nicht nach.

Am anderen Ende des Strandes bellte ein Hund, der den Möwen hinterherjagte. Zwei Kinder sammelten etwas auf und warfen es in einen Eimer. Sie erinnerte sich, wie sie an dem Tag, an dem sie mit Miss Mullover hergekommen waren, nach dem Bad gefröstelt hatten, und wie Miss Mullover sie über den Sand laufen ließ, um sich aufzuwärmen. »Nein, lass Schuhe und Strümpfe aus, Berty!« Sie hörte wieder Miss Mullovers Stimme, verärgert über Berty Figgis.

»Muscheln«, sagte Elmer, womit er das meinte, was die Kinder in ihrem Eimer sammelten.

Sie gingen weiter, so langsam, wie sie es auf ihren Spaziergängen immer taten. Elmer bevorzugte ein gemütliches Tempo; er hatte eine geruhsame Art, an die sich Mary Louise inzwischen gewöhnt hatte. Die untergehende Sonne warf Streifen bronzenen Lichts aufs Wasser.

»Wir waren mit Miss Mullover am Meer.« Sie erzählte ihm von jenem Tag. Er erwiderte, dass es während seiner Schulzeit keine solchen Ausflüge gegeben habe. »Immer nur Algebra«, sagte er im Scherz.

Der Sand hörte auf. Sie arbeiteten sich mühsam über Kies und Felsen vorwärts, doch er gab sogleich zu verstehen, dass es ungemütlich sei, sich so fortzubewegen, und sie kehrten um. Noch immer konnten sie, wenn auch nur noch sehr leise, hören, wie der Hund die Möwen anbellte.

»Hättest du Lust, Liebes«, fragte er, »kurz bei den Männern vorbeizuschauen und mit ihnen ein Gläschen zu trinken?«

Elmer war kein großer Trinker. Er verurteilte den Genuss von Alkohol nicht, hielt diese Gewohnheit jedoch für unnötig teuer und betrachtete sie als Zeitverschwendung. Doch als der Mann vorgeschlagen hatte, bei McBirney's ein Gläschen zu trinken, hatte er sich augenblicklich das Glas Whiskey ins Gedächtnis gerufen, das er an diesem Tag schon getrunken hatte, und hatte das Verlangen verspürt, diesem ein weiteres hinzuzufügen, doch dieses ungewöhnliche Bedürfnis schrieb er dem Druck der Ereignisse zu. Er war in der Nacht zweimal aufgewacht und hatte in Gedanken wieder die Schmähworte seiner Schwestern gehört. In der Kirche hatte er sich davor gefürchtet, dass eine von ihnen die ganze Aufmerksamkeit auf sich zöge, indem sie weinte, und bei der darauffolgenden Feier hatte er Angst gehabt, dass irgendeine ungehörige Bemerkung fiel. Er war froh gewesen, in Kilkellys Wagen zu entkommen, doch im Zug hatte ihn eine andere Art von Nervosität befallen. Er konnte nicht genau sagen, was es war oder wo es herrührte, aber dennoch spürte er es, ein ganz leichtes Kribbeln, das in aufeinanderfolgenden Wellen kam und ging.

»Wenn du möchtest«, erwiderte sie.

Es überraschte sie, dass er diesen Vorschlag machte. Als die Männer die Einladung ausgesprochen hatten, hatte sie nicht daran geglaubt, dass seine Zusage ernst gemeint war. Sie war der Meinung gewesen, dass er bloß höflich sein wollte.

»Na, dann los!«, sagte er.

Auf dem Weg sprachen sie kaum ein Wort miteinander. Sie gingen am Hotel vorbei und erreichten schließlich McBirneys Gasthaus, ein ärmliches Gebäude, das gelb getüncht war. Draußen auf dem Gehsteig standen zwei eiserne Bierfässer, an denen Fahrräder lehnten. Drinnen standen die drei Männer und tranken große Gläser Stout.

»Cherry Brandy«, sagte Mary Louise, als der Kahlköpfige fragte, was sie gern trinken würde. Eine Frau, die vor ein paar Jahren den Hillman beschädigt hatte, als sie beim Zurücksetzen ihres Wagens in der Bridge Street mit ihm zusammengestoßen war, hatte Mr Dallon als Wiedergutmachung eine Flasche Cherry Brandy geschenkt. In den letzten beiden Jahren hatten sie sich zu Weihnachten ein Gläschen gegönnt.

»Whiskey«, bat Elmer. »Einen kleinen Whiskey, Sir.«

Man begann sich über Baugerüste zu unterhalten. Ein Maurer aus Leitrim, den der Kahlköpfige gekannt hatte, war anscheinend zu Tode gestürzt, weil das Baugerüst an einem Haus nicht richtig verschraubt gewesen war. Der Grauhaarige sagte, er ziehe die althergebrachten Baugerüste mit hölzernen Stützen und Planken vor, die noch mit Seilschließen gesichert wurden. Da wisse man, was man habe.

»Leider sind Baugerüste mit Seilschließen inzwischen unmodern«, erklärte der Kahlköpfige.

Der Cherry Brandy war süß und wohltuend. Mary Louise war froh, sich dafür entschieden zu haben. Nachdem sie ein paarmal daran genippt hatte, fühlte sie sich glücklicher als am Strand, im Speisesaal oder in ihrem Schlafzimmer. Ein paar Jungen in ihrem Alter tranken lachend in einer Ecke der Gaststube. Zwei ältere Männer saßen an einem der Tische, ohne miteinander zu reden. Mary Louise war die einzige Frau, die anwesend war.

»Ich bin selbst verheiratet«, vertraute Mr Mulholland

ihr an, während die anderen sich weiter über verschiedene Baugerüste unterhielten. »Seit 1941. Dem Tag, an dem die *Bismarck* unterging.«

Sie nickte und lächelte. Sie wünschte sich, sie hätte Elmer gebeten, die Nelke aus dem Knopfloch zu nehmen, damit die Leute nicht sahen, dass sie erst seit ein paar Stunden verheiratet waren. Sie hatte gesehen, wie die Jungen in der Ecke mehrmals einen flüchtigen Blick auf die Blume geworfen hatten.

»Es ist nicht in jedem Falle besser, neue Wege zu gehen, Sir«, hörte sie Elmer sagen, und dann sagte der Grauhaarige, das sei jetzt seine Runde. Er fragte, ob sie noch einmal das Gleiche wolle, und sie bejahte.

»Entschuldigen Sie mich einen Augenblick, Mrs Quarry«, sagte der Kahlköpfige. »Ich muss mal kurz verschwinden.«

Es war das erste Mal, dass jemand sie direkt als Mrs Quarry angesprochen hatte. Als die Pensionswirtin den Ausdruck benutzte, war es nicht das Gleiche gewesen. Mary Louise Quarry, sagte sie im Stillen.

»Paddy oder Jameson?«, fragte der Grauhaarige Elmer, und Elmer entschied sich, ohne zu wissen, warum, für Jameson. Als Erstes würde sie vermutlich die kleine, grüne Jacke ausziehen, dachte er und fragte sich, ob danach die Bluse oder der Rock an der Reihe wäre. Er schaute sie an. Ihr Haar war nach dem Spaziergang, den sie gemacht hatten, ganz strubbelig, und infolge des Alkoholgenusses waren ihre Wangen leicht gerötet. Ihre Schwester sah nicht so gut aus wie sie, da bestand kein Zweifel.

»Am 27. Mai«, sagte Mr Mulholland. »Glasnevin, es goss in Strömen.«

Mary Louise hatte den Gesprächsfaden verloren. Sie war einen Augenblick lang verwirrt und begriff dann, dass

Mr Mulholland immer noch von seiner Hochzeit sprach. Der Grauhaarige drückte ihr ein neues Glas Cherry Brandy in die Hand und nahm ihr das leere ab.

»Meine Frau stammt aus Glasnevin«, sagte Mr Mulholland.

»Liegt das in Dublin?«

»Wir wohnen da bis heute. St. Patrick's Avenue 21.«

Als der Kahlköpfige zurückgekehrt war, nahmen sie das Gespräch über Baugerüste wieder auf. Dann hörte Mary Louise, wie ihr Mann über seinen Laden sprach, und kurz darauf sagte er: »Wir sind Protestanten«, und der Grauhaarige antwortete, dass er sich das schon gedacht habe.

»Im selben Haus, in dem sie aufgewachsen ist«, sagte Mr Mulholland.

»Aha.«

»Da haben wir sieben Kinder großgezogen. Als ihr Vater starb, hat sie das Haus geerbt, aber ihre Mutter hatte Anrecht auf ein Zimmer im ersten Stock. Die beiden sind nicht gut miteinander ausgekommen, er und ihre Mutter.«

»Ich kenne mich in Dublin nicht gut aus.«

»In Glasnevin sind Sie immer willkommen, Kitty.«

»Vielen Dank.«

Mr Mulholland senkte die Stimme. Seine Frau sei gerade in den Wechseljahren, sagte er. »Kennen Sie sich damit aus, Kitty? Eine schwierige Zeit für sie.«

»Ich heiße nicht Kitty.«

»Ich dachte, er hätte Sie Kitty genannt.«

»Ich heiße Mary Louise.«

»Willkommen im Hafen der Ehe, Mary Louise.«

Mary Louise lachte. Mr Mulholland war ulkig, so wie Lettys Freund Gargan. Gargan konnte einen Chinesen nachahmen und endlose Geschichten über die Engländer, die Iren und die Schotten erzählen. Er konnte auch Charlie Chaplin nachahmen.

»Da hat mal ein Bursche gegenüber vom Laden ein Gerüst abgebaut«, sagte Elmer gerade. »Er stand ganz oben und warf die metallenen Verbindungsstücke runter, und da hat doch glatt eins das Dach eines Lieferwagens durchschlagen!«

»Einige dieser Burschen sind wirklich gemeingefährlich«, pflichtete ihm der Grauhaarige bei.

»Das war vor ein paar Jahren«, sagte Elmer. »Einer von Joe Claddys Leuten.«

Als sie wieder an ihrem Glas nippte, war Mary Louise froh, dass sie hergekommen waren. Elmer war redseliger als den ganzen Tag über. Es kam ihr inzwischen töricht vor, dass sie sich gewünscht hatte, er nähme die Nelke aus dem Knopfloch. Hätte sie ihn darum gebeten, hätte er wahrscheinlich geantwortet, dass man eine so schöne Nelke nicht vergeuden dürfe, und natürlich hätte er damit recht gehabt. Durch Elmers Schilderung des Vorfalls, bei dem ein Verbindungsstück des Baugerüsts das Dach eines Lieferwagens durchschlagen hatte, an den Unfall erinnert, erzählte sie Mr Mulholland von der Frau, die ihrer Familie eine Flasche Cherry Brandy geschenkt hatte, weil sie beim Zurücksetzen mit dem Hillman zusammengestoßen war.

»Deshalb habe ich dafür eine Vorliebe«, sagte sie.

»Meine Frau trinkt gern halbtrockenen Sherry«, erwiderte Mr Mulholland.

Der Kahlköpfige erinnerte sich, wie er einmal nach Cork gefahren war und kurz hinter Mitchelstown von dem vor ihm fahrenden Lastwagen eine Leiter herabfiel. Er beschrieb den Schaden am Kühler des Wagens und an einem der Scheinwerfer.

»Erzählen Sie ihnen von dem Hillman«, drängte Mr Mulholland Mary Louise, und als sie die Geschichte beendet hatte, sagte Elmer, das habe er zum ersten Mal gehört.

»Seitdem hat sie eine Vorliebe für Cherry Brandy«, erklärte Mr Mulholland.

Alle lachten. Mr Mulholland legte den Arm um Mary Louises Taille und drückte sie an sich. Sie war vorher noch nie in einem Gasthaus gewesen und hatte sich oft gefragt, wie es dort wohl sein mochte. Sie kannte nur Lettys Schilderungen, weil Letty häufig mit Gargan zu McDermott's oder in den Salon von Hogans Hotel gegangen war. Damals rauchte Letty. Sie roch immer nach Zigaretten und manchmal auch nach Alkohol, wenn sie nachts ins Schlafzimmer kam. Auf dem Hof selbst rauchte sie jedoch nie, das tat sie nur in Gesellschaft.

»Entschuldigen Sie mich einen Augenblick«, sagte der Kahlköpfige, wiederholte, dass er mal kurz verschwinden müsse, und ging zum zweiten Mal fort.

Mary Louise erzählte Mr Mulholland von dem Hof und beantwortete alle Fragen, die er ihr stellte. Sie hörte Elmer sagen, bei einem Textilgeschäft sei es schwierig, mit der Zeit zu gehen, und Selbstbedienung sei nicht immer ein geeignetes Mittel.

»Oh, das stimmt«, pflichtete ihm der Grauhaarige bei.

Sie erzählte Mr Mulholland, wie sie jeden Tag mit Letty und James zur Schule geradelt war. Sie beschrieb Miss Mullovers Klassenzimmer mit der Karte von Irland, auf der die Flüsse und Berge abgebildet waren, und der anderen, auf der die Grafschaften in unterschiedlichen Farben dargestellt wurden. An sehr kalten Tagen hockten sich alle rings um den Ofen, sobald Miss Mullover ihnen erlaubte, ihren Tisch zu verlassen. Zwölf, dreizehn Schüler waren sie, manchmal mehr, manchmal weniger, das kam ganz darauf an.

»Was möchten Sie haben?«

Der Kahlköpfige hatte sich wieder zu ihnen gesellt. Er sagte, er habe eine Sextanerblase, und Mr Mulholland tadelte ihn dafür. Mr Mulholland legte wieder den Arm um Mary Louises Taille, als wollte er sie vor solchen Bemerkungen schützen. Sie sagte, sie hätte gern noch einen Cherry Brandy.

Einer der Jungen in der Ecke begann zu singen und schlug mit den Fingern auf der Tischplatte leise den Takt. Mary Louise spürte, wie Mr Mulhollands Hand ihre Hüfte massierte, doch sie wusste, dass er es nicht böse meinte. Sie erinnerte sich an die Sicherheitsnadel, die sie bei sich gehabt hatte, als sie zum ersten Mal mit Elmer ins Electric gegangen war. Sie lächelte. Inzwischen erschien ihr das lächerlich; es war lächerlich, dass Letty ihr das empfohlen hatte.

»Tut mir leid, was ich da gesagt habe«, entschuldigte sich der Kahlköpfige und reichte ihr ein neues Glas. Sie würden sich in dem Haus, in dem sie weilten, wohlfühlen, prophezeite er. Ein Familienbetrieb. Er habe in zweiundzwanzig Jahren kein einziges Mal einen Grund zur Klage gehabt.

»Es macht einen netten Eindruck«, pflichtete Mary Louise ihm bei.

Mr Mulholland hatte sich Elmer zugewandt und erzählte ihm von den verschiedenen Schreibwarenartikeln, für die er Vertreter war: Quittungsblöcke, Rechnungsbücher, Briefpapier, Geburtstagskarten, Trauerkarten, Belegscheine, Lieferscheine und Briefumschläge jeglicher Art. Es würde nicht so schlimm sein, wie sie befürchtet hatte, das große Bett miteinander teilen zu müssen; was Letty gesagt hatte, war albern. Elmer hatte aufgehört, die Männer mit »Sir« anzureden; er nickte ständig, während er Mr Mulholland zuhörte. »Elmer Quarry wird immer höflich zu dir sein«, hatte ihr Vater an dem Sonntagabend gesagt, an dem Elmer ihm erzählt hatte, dass er ihr einen Heiratsantrag gemacht habe. Als Ladenbesitzer müsse er das, hatte Letty in eisigem Ton eingeworfen. Höflichkeit zahle sich für einen Ladenbesitzer aus.

»Ich bin Buchführer bei der Firma Traynor«, sagte der Kahlköpfige. Er ließ nicht durchblicken, worum es sich bei der Firma Traynor handelte, doch die folgenden Bemerkungen vermittelten Mary Louise den Eindruck, dass es etwas mit Tierfutter zu tun hatte.

»Aha«, sagte sie.

Während Elmer Mr Mulholland zuhörte, dachte er im Stillen, dass er noch nie an einem einzigen Tag so viel Whiskey getrunken hatte. Zu Hause gab es keinen Alkohol, und es hatte auch noch nie welchen gegeben, doch manchmal hatte er auf der Begräbnisfeier für einen Kunden das Gefühl, das Angebot, etwas zu trinken, nicht ausschlagen zu dürfen, und am Heiligabend gegen halb fünf kam stets Renehan aus dem Eisenwarenladen nebenan vorbei und lud ihn ein, mit ihm in die Bar von Hogans Hotel zu gehen. Dort trank er eine Limonade, während sich Renehan für Gin mit heißem Wasser entschied. Renehan trank dann gewöhnlich mit anderen Männern dort weiter, doch Elmer ließ es dabei bewenden. Wenn man den Whiskey nach der Trauung dazuzählte, hatte er an diesem Tag bereits drei Gläser getrunken, und er fragte sich, was Rose und Matilda wohl sagen würden, wenn sie sehen könnten, wie er mit seiner jungen Frau und drei fremden Männern in einer Gaststube stand. Wahrscheinlich wären sie vor Verwunderung sprachlos.

»Ich weiß, was Sie meinen«, pflichtete er Mr Mulhollands Ausführungen über die Notwendigkeit von sauber gedruckten, anspruchsvollen Büromaterialien in jeder Branche bei. Gleich würde er selbst eine Runde bestellen, dann der Grauhaarige, und damit wäre die Sache erledigt. Natürlich trank man etwas, wenn man im Urlaub war, natürlich benahm man sich nicht so wie zu Hause. Ihr Aufenthalt im Strand Hotel würde sechsundsechzig Pfund kosten.

Elmer wandte sich zur Theke, um die Getränke zu bestellen. Er erinnerte sich, wie er einmal am Hinterhof der Fahys vorbeigegangen war, während die großen Doppeltüren offen standen, und wie Mrs Fahys Kleidung und die ihres Mannes an der Leine gehangen hatten. Er war stehen geblieben, um sie zu betrachten, damals war er vierzehn oder fünfzehn gewesen. Später hatte er daran gedacht, wie Mrs Fahy die Wäsche zusammenlegte, nachdem sie sie von der Leine genommen hatte, einige der Kleidungsstücke waren lachsfarben gewesen. Als er nun daran dachte, spürte er vor Aufregung ein Kribbeln im Bauch, als würde ein leichter Wind hindurchwehen. Er drehte sich um und versuchte, einen flüchtigen Blick auf Mary Louises Waden zu erhaschen, doch in der Dunkelheit waren sie schwer zu erkennen. Manchmal warf er durch das Bürofenster einen Blick in den Laden hinunter und sah Strumpfgürtel und Elastikschlüpfer auf einem der Tresen ausgebreitet, und davor stand eine Frau, die den Stoff oder das Gummiband betastete, bevor sie sich endgültig entschied.

»Sie haben eine gute Wahl getroffen«, murmelte der Kahlköpfige aus dem Mundwinkel, als Elmer ihm sein Glas reichte. »Ein reizendes Mädchen, Mr Quarry.«

Elmer gab keine Antwort. Er fühlte sich von dem Gesagten peinlich berührt, obwohl er nicht genau sagen konnte, warum. Mr Mulholland erhob sein Glas und brachte einen Trinkspruch auf das glückliche Paar aus.

»Habe ich was Falsches gesagt?«, murmelte der Kahlköpfige verstohlen. »Ich glaube, ich habe mich für einen Moment vergessen.«

Elmer begriff, dass er es als Kompliment gemeint hatte, und gab ihm mit einem Kopfschütteln zu verstehen, dass er seine Worte nicht als kränkend empfand.

»Sag, was gibt's Neues, was gibt's Neues, o mein kecker Kavalier?«, sangen die Jungen an dem Tisch in der Ecke. »Mit deinem langen Kanonenrohr ...«

Während Mary Louise den Einzelheiten des Gesprächs über die Buchführung bei der Firma Traynor lauschte, war ihr in den Sinn gekommen, dass ihr Gatte es gänzlich den Männern überlassen könnte, eine Runde zu spendieren. James hatte Elmer als alten Geizkragen bezeichnet. Doch wenn ihm dieser Fehler unterlief, dann wahrscheinlich deshalb, weil er nicht wusste, wie man sich in einem Gasthaus verhält, denn sie hatte ihn nie als geizig erlebt. Und außerdem händigte er ja gerade jedem ein Glas aus, genau wie die anderen es getan hatten.

»Danke, Elmer.« Sie lächelte ihn an, als er ihr das ihrige reichte.

Er fragte sich, was sie wohl unter dem Zweiteiler trug. Soweit er wusste, handelte es sich um Sachen, die sie bei Rose oder Matilda im Laden gekauft hatte. Seine Schwestern hatten ihm gesagt, man nenne das heutzutage Zweiteiler und nicht mehr Kostüm, wie ihre Mutter es noch genannt hatte. An dem Tag, an dem er zum ersten Mal hinterm Tresen gestanden hatte, war eine Frau in den Laden gekommen und hatte sich Damenstrümpfe zeigen lassen, dreißig Denier. In einen hatte sie die Hand gleiten lassen, und seitdem sah er den Frauen gern dabei zu.

»Ich wollte Ihrem Herrn und Meister nicht zu nahetreten«, vertraute der Kahlköpfige Mary Louise an. Verwirrt zog sie die Stirn in Falten.

»Ich habe ihm gesagt, dass Sie ein reizendes Mädchen sind.

Ein Frischverheirateter könnte so eine Bemerkung leicht falsch verstehen.«

Mary Louise lachte, und bald darauf verließen alle die Gaststube. Mr Mulholland und der Grauhaarige gingen in dieselbe Richtung; Elmer, Mary Louise und der Kahlköpfige kehrten ins Strand Hotel zurück. Die Pensionswirtin hatte das Kopftuch abgenommen und die Lockenwickler aus ihrem Haar entfernt, dessen Hennaton bezeugte, wie viel Zeit sie darauf verwandt hatte. In der Eingangshalle verabschiedete sich der Kahlköpfige von Elmer und Mary Louise. Er trinke nachts noch einen Kakao, teilte er ihnen vertrauensvoll mit und folgte der Wirtin in die inneren Räume des Hotels.

Als er in die frische Luft hinausgetreten war, hatte Elmer sich ganz schwummerig gefühlt. Die Häuser auf der anderen Straßenseite, eins rosa, das andere blau, hatten sich in der zunehmenden Dunkelheit deutlich abgezeichnet. Der Gehsteig vor ihm hatte während des gesamten Rückwegs geschwankt, sich erst auf die eine, dann auf die andere Seite geneigt. Als sie im Strand Hotel die Treppe hinaufstiegen, hielt er sich am Geländer fest.

Mary Louise machte sich auf die Suche nach dem Bad und der Toilette. Auch sie war etwas durcheinander und fühlte sich benebelt, empfand das jedoch nicht als unangenehm. Als sie ins Schlafzimmer zurückkehrte, sah sie ihren Mann ohne Jacke und mit aufgebundener Krawatte auf der Bettkante sitzen. Er konnte kaum noch die Augen offen halten.

Mary Louise zog das Nachthemd über ihren Petticoat und streifte dann den Petticoat, ihre restliche Unterwäsche und ihre Strümpfe ab. Sie zog sich nicht gern in Gegenwart anderer aus, selbst wenn es nur Letty war, es sei denn, das Licht war aus oder Letty wandte den Blick ab. Letty war in dieser Hinsicht sehr angenehm. Sie verstanden sich, ohne je darüber gesprochen zu haben.

Elmer wollte ihr zuschauen, doch sein Bestreben, sich zu konzentrieren, löste Sehstörungen aus, wie er sie noch nie erlebt hatte. Ein zweites Bild seiner Frau glitt aus dem ersten hervor, mit genau denselben Konturen, Kopf und Hände, das weiße Nachthemd, das sie vom Bett aufgehoben hatte, der Körper vorgebeugt, dann von ihm abgewandt, während sie, mit den Strümpfen in der Hand, nach irgendetwas tastete. Er wollte ihr sagen, dass sie wunderbar sei, aber ihm versagte die Stimme. Als der Mann in der Eingangshalle von seinem Kakao erzählt hatte, war er versucht gewesen, der Wirtin ein Kompliment über ihre Marmelade zu machen, doch da war genau das Gleiche passiert. Er hatte sagen wollen, dass er sämige Marmelade mochte, hatte aber nicht die richtigen Worte gefunden.

»Soll ich dir helfen?«, fragte sie, und er kniff die Augen zusammen, um sie richtig erkennen zu können. Dann fragte sie: »Soll ich das Licht ausmachen?«, und kurz darauf schaltete sie es aus. Er lehnte sich zurück, drehte sich um und fand ein Kissen für seinen Kopf. In der Tate School hatte er der Hausmeisterin dabei zusehen können, wie sie sich ihr Leibchen anzog, weil sie sich in der Scheibe des geöffneten Fensters spiegelte. Ich sollte jetzt nicht einschlafen, sagte sich Elmer, konnte es aber nicht verhindern.

5

»Dein Schlaftrunk, meine Liebe.«

Miss Foye stellt ein Tablett mit einem Becher auf den Nachttisch. Es ist immer dasselbe Tablett – aus Blech, rund und umrandet, blaue Blumen auf grünem Grund. Sie hat einmal nach den Blumen gefragt, und Miss Foye sagte, sie glaube, dass es Hortensien seien, ein hübscher Hortensienstrauß.

»Sei ein braves Mädchen und lass ihn nicht kalt werden.«

»Worum geht es eigentlich, Miss Foye?«

Die anderen Frauen im Schlafsaal trinken gehorsam ihren Schlaftrunk. Miss Foye wartet immer, bis alle ausgetrunken haben, dann sammelt sie mit dem Tablett die Becher ein und schaltet das Licht aus. Sieben Frauen liegen in diesem Schlafsaal: Sie nennt sie »Miss Foyes Lieblinge«, denn sie können gemeinsam schlafen, ohne einander zu stören. Jede Nacht bekommt die letzte, die ihren Schlaftrunk erhält, auch das Tablett. Gerechtigkeit ist in diesem Haus von großer Bedeutung.

»Liebe, du weißt doch, worum es geht. Ich habe gesehen, dass du ihm zugehört hast.«

»Ich habe es nicht verstanden.«

»Trink jetzt bitte aus. Miss Foye ist müde.«

»Ich will nicht weg von hier.«

»Wir haben kein Recht, so etwas zu sagen. Sie wissen es besser.«

»Wer denn?«

»Die Ärzte, meine Liebe.«

»Die wissen nicht besser, wo man gern wäre.«

»Trink jetzt bitte aus, meine Liebe.«

Miss Foye geht weg. Sie sammelt die leeren Becher auf den anderen Nachttischen ein, einen neben jedem Bett. Sie wünscht den Frauen eine gute Nacht, und jede einzelne antwortet ihr. Sie nennt sie Miss Foyes Lieblinge.

»Ich kann mich noch an den Tag erinnern, an dem ich hergekommen bin«, sagt die Frau, die ihr heute Abend zu schaffen macht. »Ein Donnerstagnachmittag.«

»Sei ein braves Mädchen. Trink aus. Natürlich erinnerst du dich!«

»›Du wirst hier glücklicher sein‹, haben Sie gesagt.«

»Damals hat man so was gesagt. Wein doch nicht, meine Liebe. Miss Foye ist müde.«

Aber die Frau weint dennoch. Sie trinkt aus und gibt den Becher zurück, und als Miss Foye das Licht ausgeschaltet hat, schluchzt sie unter der Bettdecke, damit es die anderen nicht hören können.

6

Mary Louise arbeitete im Laden und wurde dabei von Matilda und Rose angeleitet. Sie zeigten ihr, wo sich alles befand, wie man eine Rechnung ausstellte und wie man die Stoffballen ausbreitete und wieder aufwickelte. Sie hörte, wie sie heimlich über sie redeten, wie Rose behauptete, sie sei begriffsstutzig.

Im Haushalt wurden ihr bestimmte Aufgaben zugewiesen, zum Beispiel den Tisch im Esszimmer vor jeder Mahlzeit zu decken, die Teller und Schüsseln hereinzutragen, wenn das Essen fertig war, und danach das Geschirr abzuwaschen, während Matilda abtrocknete. Rose staubsaugte derweil auf der Treppe, im Esszimmer und im vorderen Zimmer, in den Schlafzimmern und in den Fluren. Matilda wischte Staub und unterhielt im Winter das Kaminfeuer im Wohnzimmer, und Rose kochte. Mary Louise machte das Bett, das sie mit ihrem Mann teilte, Matilda und Rose machten jede ihr eigenes.

Als sie schon ein paar Monate im Hause lebte, entdeckte Mary Louise hinter einer Tür im oberen Flur eine schmale Stiege. Als sie hinaufstieg, fand sie dort zwei Dachkammern vor. Auf den tiefen Regalen eines Schranks waren die alten Spielsachen von Elmer und seinen Schwestern ordentlich aufgereiht, Spielsachen, mit denen, ihrem Aussehen nach zu urteilen, auch schon eine frühere Generation von Quarrys gespielt hatte. An einer Wand lehnten gerahmte Bilder, vor einer anderen waren Bücher aufgestapelt. Altmodische Schaufensterpuppen standen herum wie Statuen, einige davon mit weißen Tüchern verhängt. Eine alte Nähmaschine, ersetzt durch die, die Matilda im Esszimmer benutzte, wurde hier aufbewahrt, ebenso wie Sofas und Sessel, die neu gepolstert werden mussten, und ein Schaukelpferd. Eine Kiste enthielt irgendwelche Gegenstände, die in vergilbtes Zeitungspapier eingeschlagen waren – Porzellan, wie Mary Louise vermutete. In beiden Kammern war in dem steilen Dach ein einziges Fenster eingelassen. Dort oben war es still, und der modrige Geruch und die stickige Luft wirkten irgendwie beruhigend. Nur wenn sie die Tür am Fuße der Stiege hinter sich geschlossen hatte, hatte Mary Louise das Gefühl, wirklich ungestört zu sein, und wenn sie einmal wusste, wo sich die anderen aufhielten, dann zog sie die Schuhe aus, damit ihre Schritte nicht durch das Haus hallten, und schlüpfte heimlich die nackten, steilen Stufen hinauf. Sie sank in einen Lehnsessel, schloss die Augen und dachte daran, wie sehr ihr der Hof und die Felder in Culleen fehlten und wie gern sie mit dem Fahrrad wieder die vertrauten Straßen entlanggefahren wäre. Die Arbeit im Laden machte ihr Spaß, und sie wusste, dass Rose unrecht hatte, wenn sie sie als begriffsstutzig bezeichnete. Sie erfasste die Wünsche der Kunden schneller als jede der beiden Schwestern. Sie konnte bereits exakt einschätzen, wie viel Packpapier man benötigte, um das Gekaufte einzuschlagen, und ihre Pakete waren schöner als die von Rose und Matilda, weil sie eine Schleife in die Schnur machte, sodass man sie mühelos tragen konnte. Wenn ein Kunde einen Preisnachlass erbat, hütete sie sich, einen Preis zu nennen, ohne Elmer vorher zu fragen, doch sie wusste auch, dass bald der Tag kommen würde, an dem sie imstande wäre, seine Wünsche bis auf den halben Penny genau vorherzusehen. Als ihr zweitliebster Laden nach Dodds Apotheke war das Textilgeschäft für sie durchaus interessant. Doch wenn der Laden schloss, wurde sie von Schwermut befallen.

Früher, als Mary Louise noch eine genügsame Kundin gewesen war, waren Matilda und Rose immer liebenswürdig gewesen. Sie konnte sich noch erinnern, wie sie während ihrer Schulzeit in dem Textilgeschäft Haken, Ösen und anderes, was sie benötigte, gekauft hatte, und in Foleys Laden Lebensmittel. Sie konnte sich noch an die Zeit erinnern, als sie in Quarrys Laden kaum über den Tresen schauen konnte, wenn sie mit ihrer Mutter im Laden war, und auf einen Stuhl mit runder Sitzfläche gehoben wurde, der immer noch existierte. Matilda hatte sie einmal gefragt, wie alt sie sei. Rose war nach hinten gelaufen und mit einem süßen Haferkeks zurückgekehrt. Doch nun waren die beiden zwei völlig andere Menschen.

Ihre Mutter, mit der sie bei einem ihrer sonntäglichen Besuche in Culleen darüber sprach, sagte, es falle ihnen möglicherweise nicht leicht, mit einer neuen Kraft im Laden zurechtzukommen, weil das ihre bewährten Gewohnheiten durcheinanderbringe. Für sie sei es auch nicht leicht, entgegnete Mary Louise, doch ihre Mutter schüttelte nur den Kopf. »Du siehst gut aus«, sagte sie in die eingetretene Stille hinein und gab zu verstehen, dass das ebenfalls von Bedeutung sei.

Es gab andere Dinge, über die Mary Louise weder mit ihrer Mutter noch mit sonst jemandem sprach. Mit Tessa Enright hätte sie darüber gesprochen, aber Tessa Enright war nach Dublin gegangen, um Physiotherapeutin zu werden, und kehrte nur zu Weihnachten in die Stadt zurück. Zwischen den beiden Mädchen hatte sich kein Briefwechsel entwickelt, abgesehen davon, dass Mary Louise die Anschrift ihrer Freundin herausgefunden und ihr eine Einladung zur Hochzeit geschickt hatte. Sie hatte nicht kommen können.

In der Gegend wohnten noch andere Mädchen, mit denen Mary Louise in der Schule befreundet gewesen war, doch zu keiner hatte sie ein so enges Verhältnis gehabt wie zu Tessa Enright, und keiner hätte Mary Louise etwas anvertrauen können, das sie nicht einmal ihrer Mutter erzählte. Auch mit Letty hätte sie nicht darüber sprechen können, und als sie darüber nachdachte, fragte sie sich, ob sie es wirklich mit Tessa Enright getan hätte: Auch wenn Tessa nicht weggegangen wäre und ihre Freundschaft weiterbestanden hätte, wäre dieses heikle Thema wohl leichter mit einem Mädchen zu besprechen gewesen, das selbst verheiratet war.

So behielt Mary Louise die Verlegenheit für sich, die in dem Schlafzimmer, das sie mit ihrem Mann teilte, aufgekommen war. Doch als das Jahr zu Ende ging und der Frühling und Sommer des folgenden Jahres verstrichen, wurde sie sich zunehmend bewusst, dass die Leute, die in den Laden kamen, sie besonders aufmerksam betrachteten. Sobald sie nach den Sachen gefragt hatten, die sie benötigten, sahen die Frauen an ihr hinab, und wenn ihr Blick bei ihrem Bauch angelangte, verweilte er dort kurz und wandte sich dann rasch ab. Sie wusste, was die Leute dachten. Sonntags merkte sie, dass der Gedanke auch ihre Mutter und Letty beschäftigte. »Du siehst gut aus.« Diese mehrfach wiederholte Äußerung ihrer Mutter bekam allmählich einen gereizten Unterton und schien nun fast eine Frage zu sein. Auch im Schlafzimmer kam diese Angelegenheit nicht zur Sprache: Elmer sagte nichts und hatte es nie getan. Er beobachtete, wie sie sich vor dem Spiegel der Frisierkommode das Haar bürstete, und sie sah ihn ebenfalls, schon im Pyjama, mit einem geistesabwesenden Blick, wie er ihn früher nie gehabt hatte. Anfangs lächelte sie ihm noch im Spiegel zu, doch dann verzichtete sie darauf, weil er es nicht zu bemerken schien.

»Kein Grund, die Tür zuzuknallen, Mary Louise«, rügte Rose sie eines Morgens, als sie die Esszimmertür wegen der Zugluft schloss. Sie hatte die Tür mit der Schulter zugedrückt, weil sie ein Tablett in den Händen hielt, auf dem vier Teller Porridge standen. Es war nicht ihre Schuld, dass die Tür von einem Luftzug erfasst wurde und laut zuschlug. »Mach die Tür hinter dir zu, Mary Louise«, hatte Rose sie eine Woche zuvor in gebieterischem Ton aufgefordert.

»Tut mir leid«, sagte sie und teilte die Teller mit dem Porridge aus. Jeder von den dreien hätte aufstehen und die Tür schließen können, da alle sahen, dass sie keine Hand frei hatte. »Tut mir leid«, hatte sie vor einer Woche gesagt und auch da ihre Gedanken nicht ausgesprochen.

Ihr schmeckte Roses Essen nicht, die fettigen Koteletts, die Stücke vom Steak, die sie zu heiß und zu lange briet, die Steckrüben und der fade Kohl. Rose buk nur gern Kuchen und Plätzchen, das konnte sie auch besser. Um sechs Uhr beim Abendessen stand stets ein Kuchen auf dem Tisch, doch das Schwarzbrot und das Sodabrot schmeckten pappig, und Mary Louise hatte das Gefühl, als wären sie nicht ganz durchgebacken. Sie kränkte Rose, indem sie dann und wann einen Laib Brot kaufte oder zum Frühstück Toast machte. »Ihre Durchlaucht«, hörte sie Rose zu ihrer Schwester sagen, und Mary Louise hatte den Eindruck, dass jedes Mal, wenn eine von beiden etwas von sich gab, das scheinbar nicht für ihre Ohren bestimmt war, es dann sagte, wenn sie gerade in Hörweite war.

Im Herbst 1956, als sie etwas länger als ein Jahr verheiratet war, wachte Mary Louise eines Morgens in der freudlosen Stunde vor Tagesanbruch auf und stellte fest, dass ihr Tränen über die Wangen liefen. Sie hatte nicht geträumt; ihre Tränen flossen ohne ersichtlichen Grund, lautlos, ohne jegliches

Schluchzen. Die Vorstellungen, die sie sich vor ihrer Hochzeit gemacht hatte, waren nicht in Erfüllung gegangen. Dass die Leute in der Stadt zu ihr aufblickten, weil sie genügend Geld hatte, um sich die Kleider zu kaufen, die sie gern haben wollte, und guter Dinge von einem Laden zum anderen gehen konnte, ohne sich Gedanken über die Preise zu machen, wie ihre Mutter es tun musste: All das hatte die langen Tage in Culleen, an denen, sobald die Hausarbeit erledigt war, nur noch die Eier gewaschen werden mussten, nicht aus ihrem Gedächtnis verdrängt. Sie hatte die unbestimmte Vorstellung gehabt, als Elmers Frau würde ihr das Haus gehören und mit der Zeit würde man sich im Laden ihren Wünschen fügen. Sonntagmorgens in der Kirche saß sie, da Elmer sie nicht begleitete, bei ihrer Familie, als hätte die Hochzeit nie stattgefunden, und schließlich ging sie nicht mehr hin. Sonntagnachmittags fuhr sie weiterhin mit dem Fahrrad zum Hof hinaus – eine allwöchentliche Gewohnheit, die an die Stelle des Sonntagsspaziergangs trat, den sie und Elmer immer gemacht hatten. Als ihr bewusst wurde, wie sehr sie diesen Besuchen entgegenfieberte, erkannte sie, dass ihr der Hof und die Gesellschaft ihrer Familie mehr fehlten, als sie sich jemals hätte vorstellen können.

Frühmorgens aufzuwachen und festzustellen, dass sie schwermütig war, wurde nach dem ersten Mal zu einem vertrauten Erlebnis. Sie lag dann neben ihrem schlafenden Mann und dachte über ihre eigene Einfalt und ihre augenscheinliche Naivität nach, über ihre hartnäckige Weigerung, eine Realität, die so offensichtlich war, nicht zu erkennen. Vor ihrer Hochzeit hatte Pfarrer Harrington sie zu sich ins Pfarrhaus kommen lassen. Es war ein geläufiger Scherz unter den Protestanten in der Gegend, dass er Mitgliedern seiner Gemeinde immer Himbeerlikör mit heißem Wasser vorsetzte, wenn er ein ernstes Wort mit ihnen reden wollte, und genau das tat er und bot ihr obendrein Kekse an. »Liebst du Elmer?«, hatte er einen Monat vor der Hochzeit ohne Umschweife gefragt. »Nur keine Hemmungen, Mary Louise.« Sie hatte keine Hemmungen gehabt; bei Pfarrer Harrington hatte sich noch nie jemand geziert. Es war ihr leichtgefallen, ihn anzulügen, ihm lächelnd zu sagen, dass sie Elmer Quarry liebe, denn sie wollte nicht schon wieder so ein Gespräch führen wie so oft mit Letty. Mit vierzehn hatte sie geglaubt, in ihren kränklichen Cousin verliebt zu sein, und später in James Stewart. Doch all das erschien ihr töricht, wenn sie darauf zurückblickte. Es war viel greifbarer, wenn sie mit Elmer Quarry spazieren ging und er sie unterhakte. Es war viel greifbarer, sich vorzustellen, wie sie an einem Winterabend, an dem alle Lichter brannten und die Heizkörper warm waren, im Laden stand, und sich selbst als Herrin der darüberliegenden Wohnung zu sehen. In dem riesigen Wohnzimmer mit dem Marmorkamin und den graugeblümten Tapeten würde man Karten spielen. Es gäbe Musik und Tanz, auf dem Esszimmertisch würde ein großes Festessen warten, und die Türen zwischen den beiden Zimmern ständen weit offen. »Ich bin froh, dass wir uns mal zwanglos unterhalten konnten«, hatte Pfarrer Harrington gesagt.

All diese wirklichen und eingebildeten Erinnerungen fielen Mary Louise in den Stunden ihrer Schlaflosigkeit wieder ein. Aus Lettys *Picturegoer* hatte sie Fotos von James Stewart ausgeschnitten und sie in ein Passepartout gesteckt. Der Cousin, in den sie verliebt zu sein glaubte, war am Ende nicht mehr kräftig genug gewesen, um weiterhin jeden Tag zur Schule zu kommen. Inzwischen war er erwachsen, sah aber immer noch mager und gebrechlich aus und litt an irgendeiner unheilbaren Krankheit. So war er am Tag ihrer Hochzeit zwar in der Kirche gewesen, danach aber nicht mehr zum Hof mitgekommen. Während sie morgens so dalag, rief sich Mary Louise das gütige Antlitz des Geistlichen ins Gedächtnis, sein freundliches Lächeln, das Glas rosaroten Likör, das er ihr gab, und die Everyday-Kekse. Warum hatte ihr niemand gesagt, dass sie im Begriff war, einen schrecklichen Fehler zu begehen? Nur Letty hatte das getan, doch Letty hatte wie eine Verrückte getobt und gewütet, sodass man ihr nicht zuhören konnte. Ihre Mutter hatte kein Wort gesagt, und ihr Vater hatte nur gefragt, ob sie sich sicher sei. Miss Mullover hatte ihr ganz überschwänglich gratuliert. Hätte Tessa Enright, der man nicht so leicht etwas vormachen konnte, Einwände erhoben? Wenn dem so gewesen sein sollte, warum hatte sie ihr dann keinen Brief geschrieben? Warum hatte sie kein Telegramm geschickt oder war mit dem Bus hergekommen, wie man es von einer Freundin erwarten konnte? Welchen Zweck hatte es, wenn der Geistliche nur danach fragte, ob sie ihn liebe, und sonst nichts? Wenn seine Schwestern sie nicht leiden konnten, warum waren sie dann nicht gekommen und hatten es ihr gesagt? Warum hatte man sie nicht vor ihren unerfreulichen Absichten gewarnt? Warum hatte sie nicht selbst bemerkt, wie langweilig es war, wenn er ihr ein ums andere Mal sagte, dass ein Textilgeschäft nicht mit der Zeit gehen könne? Auf ihren Sonntagsspaziergängen hatte er ihr erklärt, dass heutzutage bestimmte Kurzwarenartikel von den Supermärkten geführt wurden und diese Entwicklung sich nicht mehr aufhalten lasse. Warum war sie so dumm gewesen, ihm dabei zuzuhören, statt ihn einfach stehenzulassen?

Auf ihren Spaziergängen hatte sie erfahren, wie der Laden früher gewesen war, als man Mrs O'Keefe die Mäntel zur Ansicht geschickt und ein Welpe von vieren das Pelzfutter abgerissen hatte. Sie hatte von hohen Schulden erfahren und von den Regeln, die es bei der Annahme von Schecks fremder Leute gab, hatte erfahren, dass eine ältere Frau jedes Jahr im August aus den Bergen herüberkam und neue Kleidung für einen Sohn kaufte, der 1941 nach England gegangen und noch nicht ein einziges Mal wieder da gewesen war. Sie hatte erfahren, wie sehr es ihren Verlobten wunderte, dass das Billardzimmer des YMCA nicht besser besucht war. Anscheinend hatte sie zugehört, ohne dass ihr jemals der Gedanke gekommen war, dass die ständige Wiederholung dieser Themen ihr eines Tages auf die Nerven gehen könnte. Davor hatte Letty sie nicht gewarnt; wenn Letty nur wüsste, dass die Sachen, auf denen sie ständig herumgeritten war, ihre geringste Sorge waren.

»Da pappt irgendwas am Teller«, beklagte sich Rose eines Abends im Esszimmer. »Sieht aus wie Kohl.«

Rose hatte von dem Teller gerade Würstchen mit Speck gegessen. Als sie das schmackhafte Fett, das sich noch darauf befand, mit einem Stück Brot aufsaugen wollte, bemerkte sie, dass ein Stückchen von einem Kohlblatt daran festklebte, das vom letzten Mal, als der Teller benutzt wurde, übrig geblieben war.

»Das ist tatsächlich Gemüse«, sagte Rose. Sie reichte den Teller ihrer Schwester, die ihn ihrerseits genau untersuchte. Es seien eindeutig Gemüsereste, sagte Matilda.

Elmer schenkte ihnen keine Beachtung. Bei den Mahlzeiten war er oft in irgendwelche Berechnungen vertieft, die im Büro ihren Ausgang genommen hatten.

»Sieh dir das an«, forderte Matilda Mary Louise auf und gab ihr den Teller, auf dem das gut gepfefferte Fett, das Rose gerade verspeisen wollte, nun erkaltete. Das anstößige Stückchen Kohl klebte besonders fest am Tellerrand, weil der Teller im Backofen vorgewärmt worden war. Wahrscheinlich sei es

Kohl, stimmte Mary Louise zu, da sie beim Mittagessen Kohl als Gemüsebeilage gehabt hätten.

»Ich habe früher immer die Spülbürste verwendet, wenn ich die Teller abgewaschen habe«, sagte Matilda. »Ich habe die Teller auch immer hochgehalten, um zu sehen, ob noch irgendwas dranklebt.«

»Ich hätte es beinahe mitgegessen«, sagte Rose.

»Du hättest es zusammen mit dem Fett aufgewischt«, pflichtete ihre Schwester ihr bei. »Dann hättest du es bestimmt mitgegessen.«

»Die Reste von jemand anders.«

Mary Louise stand vom Tisch auf und begann das Geschirr abzuräumen. Es konnte jedem passieren, dass etwas an einem Teller kleben blieb. Es war ja schließlich nicht giftig.

»Ich wundere mich, dass du es beim Abtrocknen nicht gesehen hast«, sagte sie zu Matilda.

»Wenn man abtrocknet, vertraut man darauf, dass alles sauber ist. Das ist doch selbstverständlich.«

»Nimm in Zukunft die Spülbürste.« Roses Ton ließ keinen Widerspruch zu, und Matilda warf einen flüchtigen Blick auf Elmer, um zu sehen, ob er es gehört hatte. Matildas gespannter Gesichtsausdruck zeigte, dass sie es von Rose ziemlich gewagt fand, so unzweideutig einen Befehl zu erteilen, wie man es gegenüber einem Kind oder einem Bediensteten zu tun pflegte.

Mary Louise verließ das Esszimmer, ohne etwas zu erwidern, aber als sie ein paar Minuten später mit einem Tablett aus der Küche zurückkehrte, hörte sie laute Stimmen, bevor sie die Tür öffnete.

»Wie in einem Schweinestall«, sagte Rose gerade.

Elmer nuschelte etwas vor sich hin. Matilda warf ein:

»Was für eine Unverschämtheit, zu behaupten, man müsste es beim Abtrocknen sehen.«

»Der ganze Hof war mit Mist übersät! Und das auf einer Hochzeitsfeier!«

Wieder nuschelte Elmer irgendetwas, wurde aber plötzlich in schrillem Ton von Rose unterbrochen.

»Was ihre Schwester mit Gargan getrieben hat, war Stadtgespräch. Ein Wunder, dass du nicht einfach eine Zigeunerin geheiratet hast.«

»Also hör mal«, protestierte Elmer, und Mary Louise hörte, wie er den Stuhl zurückschob. Auch er war nun laut geworden.

»Nix da«, schrie Rose mit gellender Stimme. »Wir müssen uns schließlich morgens, mittags und abends mit ihr herumschlagen.«

»Deine eigene Schwester hätte beinahe den Dreck auf diesem Teller mitgegessen«, erinnerte ihn Matilda. »Wir hätten ebenso gut tot sein können.«

»Ach, jetzt erzähl doch keinen Unsinn«, stieß Elmer ärgerlich hervor. »Welchen Schaden kann ein Stückchen Kohl schon anrichten?«

»In Verbindung mit Spülmittel kann es schädlich sein«, beharrte Matilda. »Und wer weiß, was wir nächstes Mal auf dem Teller finden?«

»Ihr Bruder ist ein Schwachkopf«, sagte Rose.

Elmer entgegnete nichts. Matilda sagte, es sei möglich, dass jemand Milchreis in einer Schüssel zubereite, in der zuvor Tapetenkleister angerührt worden sei. Wenn die Schüssel nicht richtig sauber gemacht worden sei, esse man Tapetenkleister. Sie schlug vor, dass Elmer sich erkundige, ob man an Tapetenkleister sterben könne.

»Sie biedert sich bei den Kunden an«, sagte Rose. »Quasselt ihnen die Ohren voll. Möchtest du ein Stück Kuchen, Elmer?«

Tassen und Untertassen klirrten, und dann wurde Tee eingegossen.

»Ist es Kirschkuchen?«, fragte Elmer.

»Ja.«

»In dem Fall nehme ich ein Stück.«

Dann trat Stille ein: Das Zwischenspiel war vorüber. Mary Louise ging nicht ins Esszimmer, sondern kehrte in die Küche zurück. Als die Schwestern zehn Minuten später mit dem restlichen Geschirr hereinkamen, stand sie am Spülbecken. Die beiden waren ausgesprochen nett zu ihr und sprachen nicht mehr von dem Stück Kohl. Rose bot ihr ein Stück Kirschkuchen an, doch Mary Louise schüttelte den Kopf und wandte sich nicht vom Spülbecken um, weil sie nicht sehen sollten, dass sie geweint hatte.

Elmer ging an diesem Abend ins Billardzimmer des YMCA hinüber, und bei seiner Rückkehr lag Mary Louise bereits bei gelöschtem Licht im Bett und stellte sich schlafend. Sie hatten gewusst, dass sie genau in diesem Augenblick wieder ins Esszimmer kommen würde. Sie hatten gewusst, dass sie, wie gebannt von den aufgebrachten Stimmen, vor der Tür stehen bleiben würde. Die Tränen strömten ihr aus den Augenwinkeln und liefen in ihr Haar, benetzten ihre Ohren und ihren Hals. Am meisten kränkte sie, dass sie ihren Bruder einen Schwachkopf genannt hatten.

Als Rose und Matilda am folgenden Nachmittag im Laden beschäftigt waren und Elmer sich im Büro befand, stieg Mary Louise die nackten Stufen zum Dachboden hinauf. Dort konnte sie unter Schluchzen und Keuchen laut weinen. Sie ballte die Hände zu Fäusten und schlug sich auf die Schenkel, um sich für ihre Dummheit zu bestrafen.

7

Sie träumt, dass sie wieder acht sind, sie und Tessa Enright. »Das bekommt man einmal im Monat«, sagt Tessa Enright auf einer Straße nahe Culleen. Sie wurden losgeschickt, um ein Mutterschaf zu suchen, das sich verlaufen hat. »Man bringt es mit Lappen zum Stillstand.«

Das sei der Fluch der Frauen, sagt Letty. In der Küche sagt ihre Mutter, sie solle sorgfältig sein bei der Wahl des Hochzeitstermins. An dem Tag, an dem sie in Miss Foyes Haus eintrifft, hat sie es bekommen. »Lass mich bitte nicht allein«, fleht sie ihn an diesem Tag an, doch er sagt, er müsse jetzt gehen.

Als sie das Schaf finden, liegt es tot neben einem Stein. Sie kommt allein aus einem Wald, und plötzlich liegt Miss Foyes Haus vor ihr. »Es wird dir dort gutgehen«, sagt er, und sie legt die Arme um seinen Hals, weil er recht hat. Er war nie grausam zu ihr.

8

Am Heiligabend 1956 begleitete Elmer Renehan, den Eisenwarenhändler von nebenan, zu Hogans Hotel. Es war nachmittags um halb fünf, wie immer, wenn die beiden am Heiligabend die Bridge Street entlanggingen. Ein Straßenmusikant, der nur zu dieser Jahreszeit in der Stadt auftauchte, spielte Akkordeon. Die Gehsteige waren voller Leute aus dem Armenviertel der Stadt, die das wenige, das sie sich leisten konnten, erst am Heiligabend kurz vor Ladenschluss einkauften, weil sie auf Sonderangebote hofften. Ein Betrunkener taumelte die Straße entlang und redete mit jedem, der ihm zuhörte.

»Ein schlechtes Jahr«, sagte Renehan, als sie durch den Seiteneingang die Hotelbar betraten. Gewöhnlich unterhielten sich die beiden Männer am Heiligabend über die Umsatzschwankungen während der vergangenen zwölf Monate, über Probleme mit den Lieferanten in ihren beiden Geschäftszweigen und über Gewinn-und-Verlust-Rechnungen. Renehan war schon älter, hager und adrett gekleidet, trug einen gepflegten Schnurrbart und hatte den Ruf, maßlos eitel zu sein.

»Furchtbar schlecht«, pflichtete Elmer ihm bei.

Die Hotelbar war gedrängt voll, und es herrschte eine ebenso festliche Stimmung wie draußen auf der Straße. Leute wie Elmer, die normalerweise nicht hier verkehrten, standen in Gruppen zusammen und unterhielten sich laut.

An einer Schnur, die durch den Raum gespannt war, hing Weihnachtsschmuck aus Papier.

»Nimmst du das übliche Rauschmittel, Elmer?« Renehan war bekannt für seine blumige und in diesem Fall ungenaue Ausdrucksweise. Im Laden legte er ein scherzhaftes Wesen an den Tag, weil er glaubte, damit Kunden zu gewinnen.

»Selbstverständlich«, erwiderte Elmer, »einen kleinen Whiskey.«

Renehan warf seinem Begleiter einen amüsierten Blick zu. In all den Jahren hatte der Textilhändler bei ihren Verabredungen nie um einen Whiskey gebeten, nicht einmal in dem Jahr, in dem er eine Erkältung gehabt hatte und besser im Bett geblieben wäre. Renehan zog die Brauen hoch, wie er es einmal bei einem Schauspieler einen ganzen Film lang gesehen hatte.

»Das liegt daran, dass du jetzt verheiratet bist«, behauptete er und stieß Elmer leicht mit dem Ellbogen an.

Elmer entgegnete nichts; das war bei Renehan nicht nötig. Er blieb im hinteren Teil der Bar stehen, während der Eisenwarenhändler sich einen Weg durch die Menge bahnte. Seit dem ersten Abend ihrer Hochzeitsreise hatte er keinen Whiskey mehr getrunken; letztes Jahr Weihnachten hatte er sich wie gewöhnlich für Limonade entschieden. Vielleicht liegt es wirklich daran, dass ich verheiratet bin, dachte er, während er so dastand. Vielleicht steckte in Renehans Scherz mehr Wahrheit, als der ahnte.

Einige Männer grüßten Elmer quer durch die Bar, als sie seine Anwesenheit bemerkten, zumeist andere Ladenbesitzer, doch auch ein paar Bankbeamte und der Anwalt Hanlon. Er fragte sich, was sie wohl dachten oder ob sie sich überhaupt etwas dachten. Inzwischen war er seit fünfzehn Monaten verheiratet.

»Frohes Fest!« Renehan erhob sein Glas, und Elmer tat es ihm nach. Das Letzte, woran er sich von jener Samstagnacht noch erinnern konnte, war der Schankkellner, der darauf bestanden hatte zu schließen. Der Rückweg zum Strand Hotel, die Eingangshalle und die Treppe, jegliche Abschiedsworte: Nichts davon hatte er im Gedächtnis behalten. Das Nächste, woran er sich erinnern konnte, nachdem der Schankkellner gesagt hatte, er wolle nach Hause, war, dass er in seiner Kleidung aufgewacht war.

Renehan bot ihm eine Zigarette an, als glaubte er, weil Elmer Whiskey trank, habe er auch angefangen zu rauchen. Elmer schüttelte den Kopf. Er habe noch nie eine Zigarette geraucht, sagte er, und beabsichtige auch nicht, damit anzufangen.

»Umso besser.« Renehans dünne, braune Finger wurden vom flackernden Licht des Streichholzes beleuchtet, als er sich selbst eine Zigarette anzündete. Er zog daran und blies einen Rauchring. Dann sprach er von einem Bauern, dem er im Laufe des Jahres einen Kredit verweigert hatte.

»Das Gleiche wie bei mir«, sagte Elmer.

Sie waren in der Zeit, die ihnen im Strand Hotel noch geblieben war, kein weiteres Mal zu McBirney's gegangen, weil er der Ansicht war, es sei ohnehin ein Fehler gewesen, dorthin gegangen zu sein. An ihrem letzten Abend hatte einer der Männer, die im Esszimmer mit ihnen am Tisch saßen, darauf bestanden, sie einzuladen, und Mary Louise hatte anscheinend den Wunsch verspürt, noch einmal in das Gasthaus zurückzukehren, ja sie schien sogar vereinbart zu haben, dass sie mitkämen. Doch Elmer hatte sich nicht umstimmen lassen, denn das Ganze hatte ein Vermögen gekostet.

Renehan sprach von anderen Kunden, auch von solchen,

die in den kommenden Monaten ihre Schulden voraussichtlich nicht begleichen konnten. Er nannte Bauern, auf die man ein Auge haben müsse, deren Glück allmählich nachlasse. Neben den drei Söhnen, die bei ihm im Laden arbeiteten, hatte Renehan noch eine Tochter, die seine Bücher führte. In der Bar von Hogans Hotel waren sich die beiden Männer oft einig gewesen, dass es ein beträchtlicher Unterschied war, wenn man niemanden einstellen musste.

»Trinkst du Gin?«, fragte Elmer.

»Mit einem Tropfen heißem Wasser.«

Er bahnte sich einen Weg zur Theke. Wegen des weihnachtlichen Betriebs half die Hoteldirektorin dem Schankkellner. Sie war unverheiratet, etwa so alt wie Elmer und eher füllig, hatte gezupfte Brauen, und ihr Haar erinnerte Elmer an das Haar der Wirtin im Strand Hotel, denn es hatte den gleichen rötlichen Ton. Er hatte damals auf die Ähnlichkeit hingewiesen, doch Mary Louise hatte gesagt, sie glaube nicht, die Direktorin von Hogans Hotel schon einmal gesehen zu haben. Ihr Name war Bridget.

»Womit kann ich Ihnen dienen, Mr Quarry?« Sie lächelte ihn an und streckte die Hände nach den Gläsern aus. Sie trug ein schwarzes Kleid und eine Halskette, die auf der Haut funkelte, die ihr Ausschnitt preisgab. Einer ihrer Zähne wies Spuren von Lippenstift auf. »O Gott, tut mir leid! Ich habe Ihnen noch gar kein frohes Weihnachtsfest gewünscht, Mr Quarry.«

»Fröhliche Weihnachten, Bridget. Einen kleinen Whiskey für mich. Einen Gin mit heißem Wasser für Mr Renehan.«

Vor Jahren hatte er sich gefragt, ob er eine Katholikin heiraten solle. Wenn es so weit ist, hatte er gedacht, und ich keine andere finde, bleibt mir wohl nichts anderes übrig. Eines Tages hatte er vom Büro hinuntergeschaut und gesehen, wie die Hoteldirektorin – damals war sie noch stellvertretende Direktorin gewesen – gerade ein Sommerkleid vor sich hielt. Ein paar Wochen lang hatte er überlegt, sie anzusprechen, doch dann war er zu dem Schluss gekommen, dass es keine Eile hatte. Ob jetzt alles anders wäre, fragte er sich, wenn er sich damals anders entschieden hätte? Mischehen waren heutzutage nichts Außergewöhnliches.

»Wie geht's Ihnen, Mr Quarry?«, fragte sie, nahm sein Geld und gab ihm schnell das Wechselgeld zurück.

»Ganz gut, Bridget, ganz gut.«

»Na, das ist ja großartig.« Während sie sprach, kehrte sie ihm den Rücken, um jemand anders zu bedienen. Er wusste nicht, warum sie nie geheiratet hatte.

»Viel Glück«, sagte Renehan und erhob wieder sein Glas.

In den vergangenen Jahren hatte Elmer sein zweites Glas Limonade schnell ausgetrunken, es geradezu hinuntergestürzt und das Glas dann irgendwo in der Nähe abgestellt. Gewöhnlich war er um zehn vor fünf wieder im Laden gewesen. Nun nippte er bedächtig an seinem Whiskey und kostete sogar den herben Geschmack aus. Er fand es angenehm in der Bar, in gewisser Hinsicht angenehmer als im menschenleeren Billardzimmer des YMCA.

»Ist es nicht seltsam«, fragte er, »dass Bridget nie geheiratet hat?«

Renehan erzählte ihm weitschweifig, dass Bridget als junge Frau in einen jungen Hilfsgeistlichen verliebt gewesen sei, die große Liebe ihres Lebens.

»Pater Curtin. Ein junger Spund mit Koteletten.«

»Ich erinnere mich noch gut an den Mann.«

»Als der Pfarrer davon Wind bekam, war Schluss damit.«

»Tja, die beiden hätten gut zusammengepasst.«

»Damals ging das Gerücht, Pater Curtin würde sein Priesteramt niederlegen. Jedenfalls hat er es dann doch nicht getan, und die arme Bridget saß auf dem Trockenen.«

»Also, das hab ich noch nie gehört.«

»Es wurde geheim gehalten. Bis heute gibt es in der Stadt kaum jemanden, der davon weiß.«

»Nur Bridget.«

»Das versteht sich von selbst.«

Die beiden Männer riefen sich andere Skandale, von denen sie wussten, ins Gedächtnis. Renehan bestellte noch zwei Gläser, und Elmer ebenfalls.

»Ich glaube, ich gehe jetzt besser nach Hause«, sagte er, als er sich vergegenwärtigte, dass es bereits kurz vor sechs war. Renehan suchte sich jemand anders, mit dem er sich unterhalten konnte, und Elmer kehrte in den Laden zurück.

An diesem Heiligabend nahm etwas seinen Anfang, obwohl Elmer sich dessen damals noch nicht bewusst war. Irgendwann Mitte Januar ertappte er sich dabei, wie er durch den Seiteneingang in Hogans Bar ging, statt im Billardzimmer des YMCA vorbeizuschauen. Diesmal war bei weitem nicht so viel los, doch ein paar Stammgäste waren da. Elmer kannte sie vom Sehen und nickte in ihre Richtung, dann bestellte er bei Gerry, dem Schankkellner, der gleichzeitig das Amt des Hotelportiers versah, ein Glas Whiskey. Er setzte sich an der Theke auf einen Barhocker und unterhielt sich mit Gerry übers Wetter.

Ein paar Wochen später wiederholte Elmer diesen Besuch. Er verließ die Wohnung über dem Laden in der festen Absicht, ein, zwei Stunden lang allein Billard zu spielen, doch wieder ertappte er sich dabei, wie er die Bar durch den Seiteneingang betrat. Auch diesmal erwähnte er nichts davon, als er später nach Hause zurückkehrte. Der Whiskey betäubte einen Schmerz, der ihn peinigte. Er nahm eine Last von ihm, und sei es auch nur für eine Stunde oder so. Wenn er zu viel trank, wie in seiner Hochzeitsnacht, dann umgab ihn ein dunkler Nebelschleier, aber oft, wenn er im Büro saß und auf seine Schwestern und seine Frau im Laden hinunterblickte, erschien ihm dieser Nebelschleier wie Balsam.

Im Frühling jenes Jahres hatte Elmer das Billardzimmer immer seltener aufgesucht, aber da das immer so war, wenn die Tage länger wurden, fiel es Daly, dem Hausmeister, nicht weiter auf. Der Unterschied lag darin, dass er auch mit Beginn des Herbstes nicht häufiger dort anzutreffen war. In den dazwischenliegenden Monaten hatte Elmer keinen Vorwand gehabt, um abends aus dem Haus zu gehen, denn wenn er vorgab – was er ein-, zweimal tat –, er wolle einen Spaziergang machen, schickte sich Mary Louise an, ihn zu begleiten. So gewöhnte er sich stattdessen an, schon am Nachmittag kurz in Hogans Bar vorbeizuschauen, und war froh, als der September begann, da er nun unter dem Vorwand, Billard zu spielen, dort wieder mehr Zeit verbringen konnte. Am Ende des Jahres hatten die Leute in der Stadt begonnen, dem Umstand Beachtung zu schenken, dass Elmer Quarry sich dieser Tage oft in Hogans Bar aufhielt.

Rose und Matilda entging nichts; nie war ihnen etwas entgangen. Schon als Kinder hatten sie scharfe Augen und gute Ohren gehabt, und diese Fähigkeiten hatten sich im Laufe ihres Jungfernlebens noch weiterentwickelt. Bei Matilda hatte es einmal – genau wie bei Letty und Bridget, der Hoteldirektorin – eine Liebe gegeben. Matildas Verlobter war bei Ausbruch des Krieges zur Royal Air Force gegangen und 1945, wenige Monate vor Kriegsende, getötet worden. Er war nicht im Kampf gefallen, denn als Bordschütze musste man zu diesem Zeitpunkt kaum noch Einsätze fliegen, sondern bei einem Unfall auf einem Flugplatz in Leicestershire ums Leben gekommen: Ein leichtsinniger Pilot hatte bei dem Versuch, einen offenen Hangar zu durchfliegen, ein tragisches Unglück heraufbeschworen. Rose hatte nie einen Heiratsantrag erhalten, und so waren beide zusammengeblieben, wie zwei Triebe, die aus der gleichen Wurzel hervorsprießen. Die Wurzel war ihre Familie – Generationen von Quarrys, von kleinstädtischen Protestanten, die etwas Besonderes waren, weil sie einer Minderheit angehörten. Matilda und Rose waren unerschütterlich, nicht in ihren Ansichten oder in ihrem Glauben, sondern in ihrer Selbsteinschätzung: Sie hielten sich für etwas Besseres.

Die Schwestern konnten nichts daran ändern und hatten es, in der Annahme, dass sie es nicht könnten, schon vor langer Zeit versäumt: Jetzt versuchten sie es nicht mehr. Warum sollten sie auch? Und warum sollten sie sich auch nur die geringste Mühe geben für ein mittelloses Ding, das ihr Bruder, wenn sie alle hundert Jahre früher gelebt hätten, vielleicht auf einem Jahrmarkt erstanden hätte? Er hatte sie geheiratet, um Kinder zu zeugen. Er hatte sie aus der sentimentalen Vorstellung heraus geheiratet, dass ihr Name weiterhin über dem Laden prangen sollte. Auch dieser Zwang gehörte einem anderen Jahrhundert an – und hatte damals noch einen Sinn gehabt, wer wollte das bestreiten? Doch jetzt waren das nur noch rührselige Erinnerungen.

Als Elmer am Heiligabend nach Hause kam, hatten beide sofort bemerkt, dass sein Atem nach Alkohol roch. Doch sie hatten nicht darüber gesprochen. Sie wussten, dass ihr Bruder am Heiligabend immer mit Renehan in Hogans Bar ging, und hatten sich nie Gedanken darüber gemacht, was er dort trank. Die leichte Alkoholfahne, mit der er zurückkehrte, schien nicht weiter von Bedeutung zu sein, das war zu erwarten, wenn jemand aus einer Bar kam. Aber eines Abends im Januar war der verräterische Geruch wieder da. Keine von beiden fragte ihn, ob er nicht beim YMCA gewesen sei; er selbst äußerte sich nicht dazu; und dann – nur kurze Zeit später – roch er ein weiteres Mal nach Alkohol. Dennoch sagten sie nichts dazu.

Die Schwestern wussten, was die Ehe betraf, war nichts mehr zu ändern. Sie hatten ihn rechtzeitig darauf hingewiesen, dass er einen Fehler beging. Sie hatten ihr Möglichstes getan, wie sie es als ältere Schwestern schon manchmal in ihrer Kindheit tun mussten. Mit diesem Fehler mussten sie nun alle leben.

»Er trinkt heimlich«, sagte Rose schließlich.

»Ja.«

Eines Nachts warteten sie auf dem Treppenabsatz im ersten Stock auf ihn. Beide sahen, dass sein Blick getrübt war. Ständig öffnete und schloss er auf unübliche Weise die Lippen: Sie kannten seine Gewohnheiten, jede seiner Schrullen und jedes Zucken. Keiner von ihnen sagte auf dem Treppenabsatz ein Wort. Er ging an ihnen vorbei und dann weiter die Treppe hinauf. Im Wohnzimmer schaltete seine Frau, Ihre Durchlaucht, das Radio an. Ein paar Minuten später hörten die Schwestern auch sie nach oben gehen.

Ein Tierarzt begann Letty auszuführen. Er kam auf den Hof, um eine kranke Färse zu untersuchen, und als er damit fertig war, saß er noch lange bei einer Tasse Tee in der Küche. Zwei Wochen später kam er mit der Rechnung vorbei und lud Letty ins Kino ein. Er war ein gutaussehender Mann, rothaarig und ein paar Jahre älter als sie, ein Katholik namens Dennehy. »Das ist der Lauf der Welt«, sagte Mr Dallon zu seiner Frau, als sie allein im Schlafzimmer waren. Beide hofften, dass aus der Verbindung nichts wurde

Die Schule neben der Kirche, in der Miss Mullover von 1906 bis 1950 unterrichtet hatte, wurde geschlossen, als sie in Pension ging. Seitdem wurden die protestantischen Kinder aus der Stadt und der näheren Umgebung entweder zu einer fünfzehn Meilen entfernt liegenden Schule gefahren, oder sie besuchten die Schule des Nonnenklosters oder die der Christlichen Brüder. Miss Mullover hatte das kommen sehen und war sogar ein wenig stolz darauf, die letzte protestantische Lehrerin gewesen zu sein, die eine Schule leitete: Über eine Nachfolgerin – ein schwärmerisches junges Ding vom Lehrerseminar der Church of Ireland – hätte sie sich vielleicht eher geärgert.

»Hast du dich schon an dein neues Leben gewöhnt?«, fragte sie Mary Louise, als sie ihr eines Tages in der South West Street begegnete und genug Zeit vergangen war, um die Frage statthaft erscheinen zu lassen. Die gleiche Frage hatte sie ehemaligen Schülern, die geheiratet hatten, schon oft gestellt. Man musste sich erst an die Ehe gewöhnen, deshalb hatte sie sich vor langer Zeit für diesen Wortlaut entschieden. Kein Mädchen, wie alt auch immer es sein mochte – und letztlich auch kein Mann –, konnte erwarten, dass das erste Ehejahr ohne Anpassungsschwierigkeiten verlief. Das war einleuchtend, wurde aber nicht immer im Voraus bedacht.

»O ja«, erwiderte Mary Louise, doch der Klang ihrer Stimme ließ Miss Mullover daran zweifeln. Wenn sie sich bei späteren Gelegenheiten mit ihr unterhielt, wurde sie in dieser Meinung bestärkt und gelangte – zu ihrer großen Enttäuschung – zu der Erkenntnis, dass ihr Optimismus auf der Hochzeitsfeier unberechtigt gewesen war.

9

Manchmal funktioniert das Gedächtnis makellos, und alles ist glasklar. Nach dem Aufwachen schwelgt sie als Erstes in Erinnerungen, und die dunkle Stille des Morgengrauens hilft ihr dabei. Am Morgen nach dem Besuch gibt sie sich der Erinnerung an das Jahr hin, das ihr von allen am liebsten ist, das Jahr, in dem die Russen einen Hund ins All schossen, Bill Haleys Jahr, das Jahr, in dem de Valera den Notstand ausrief. Eine Nonne aus dem Kloster des Herz-Jesu-Ordens, von der man geglaubt hat, sie werde hundert Jahre alt, starb mit neunundneunzig. In der Conlon Street gab es ein Abwasserproblem, das den Einsatz eines Presslufthammers, neue Rohre und eine Erneuerung der Straßendecke erforderlich machte. Ein beigefarbener Kater, der dem Direktor des Gaswerks gehörte, fiel über den Vogelkäfig des Nachbarn her, riss ihn vom Haken und löste die Androhung rechtlicher Schritte aus. Tyrells Gemüseladen wurde geschlossen. Humphrey Bogart, Lettys Lieblingsschauspieler – in Culleen waren die ganzen Wände im Schlafzimmer mit Fotografien von ihm zugekleistert –, starb. Das war 1957.

»Mary Louise«, flüstert sie an dem Morgen, der auf die bestürzenden Neuigkeiten ihres Besuchers folgt. »Mary Louise Dallon. Jetzige Mrs Quarry.« Er ist inzwischen alt, und seine Schwestern sind noch älter. Vielleicht lebt er noch zwölf Jahre lang, vielleicht sogar vierzehn oder fünfzehn, und seine Schwestern bis in alle Ewigkeit. Er zahlt ihren Unterhalt in

Miss Foyes Haus und hat es immer getan. Vor Jahren forderten seine Schwestern, dass ihr Vater die Kosten übernehme, doch in Culleen war dafür natürlich kein Geld übrig. »Du hast einen guten Mann«, sagt Miss Foye oft, denn nicht alle haben jemanden, der für sie bezahlt. Die größeren Schlafsäle sind schmucklos und leer; die Frauen, für die niemand bezahlt, haben Emaillegeschirr. Er ist ein anständiger Mensch, der Trunksucht verfallen. Es ist nicht seine Schuld, dass die Häuser geschlossen werden. Die Widerspenstigen steckt man zusammen, man wird einen anderen Platz für sie finden. Sie selbst hat nie Schwierigkeiten gemacht.

Eine Gestalt tritt aus dem Dunkel hervor und setzt sich, in eine Decke gehüllt, auf ihr Bett: Mrs Leavy aus Youghal, die gekommen ist, um von ihren Träumen zu erzählen.

Sie hört zu und erzählt dann von ihren eigenen.

10

Sonntags, nachdem man sich in Culleen bei einer Tasse Tee über die jüngsten Ereignisse ausgetauscht hatte, machte sich Mary Louise gewöhnlich gegen Viertel vor fünf wieder auf den Heimweg, wobei ihre Stimmung sank, je näher sie der Stadt kam. Doch eines Nachmittags im März 1957 bog sie von der Straße ab, die in die Stadt führte, radelte ziellos umher und erkundete eine Gegend, die sie nicht gut kannte. In der folgenden Woche schlug sie eine andere Richtung ein, und als ihr schließlich alle Wege vertraut waren, kam sie wiederholt auf eine ihrer Lieblingsstrecken zurück. Sie fühlte sich – Ironie des Schicksals – an die Sonntagsspaziergänge während der Zeit der Brautwerbung erinnert, daran, wie sie das Fahrrad in einem Durchgang zurückgelassen hatte, an die Kreuzung, an der sie und Elmer sich nach rechts gewandt hatten, an die Wälder, durch die sie gegangen waren, und an die gewölbte Brücke. Es schien eine Ewigkeit her zu sein, so weit weg wie der erste Schultag bei Miss Mullover. Jedes Mal, wenn sie die gewölbte Brücke mit ihrem Fahrrad überquerte, dachte sie mit wachsender Verbitterung, dass jemand sie hätte warnen können. Warum hatte es nur Letty getan? Und warum hatte Lettys Sorge wie Neid geklungen?

Eines Sonntags fand sie sich, nachdem sie weiter gefahren war als gewöhnlich, am oberen Ende eines grasbewachsenen Weges wieder. Die Flügel eines rostigen Eisentors in einem ausladend geschwungenen Zaun, der schon vor langer Zeit jegliche Anzeichen eines Farbanstrichs eingebüßt hatte, schienen in einem vergangenen Zeitalter weit aufgestoßen worden zu sein und waren in dieser Stellung verharrt, um ein undurchdringliches Dickicht aus armdicken Brombeersträuchern und Efeuzweigen zu stützen. Von der Straße her sah Mary Louise das ganz in Weiß gestrichene Haus, zu dem der Weg hinabführte, den bescheidenen Besitz ihrer Tante Emmeline. Sie war erst einmal hier gewesen, als sie und Letty damit betraut worden waren, ein Geschenk zu überbringen: ein Pfund von der Butter, die ihre Mutter immer herstellte. Später wurde die Butter regelmäßig hergebracht, aber nach dem ersten Mal übertrug man James die Aufgabe, sie abzuliefern, weil sich seine Schwestern so heftig über die meilenlange Steigung beklagt hatten, an der sie ihre Fahrräder schieben mussten. Während sie den Weg hinabstarrte, rief sich Mary Louise ins Gedächtnis, dass das einzige Kind ihrer Tante Emmeline – der Cousin, in den sie in der Schule eine Zeit lang verliebt zu sein glaubte – trotz seiner Kränklichkeit imstande gewesen war, ihrer Trauung beizuwohnen. Wenn sich sein Zustand verschlechtert hätte, hätte sie wahrscheinlich davon gehört. Er hieß Robert.

Mary Louise wandte sich um und fuhr den Weg zurück, auf dem sie gekommen war, doch kaum war sie ein paar Meter gefahren, bog ein völlig verstaubter Wagen um die Kurve und näherte sich ihr. Die Hupe ertönte, ihre Tante Emmeline winkte, und dann hielt der Wagen. Mary Louise kam sich dumm vor, fühlte sich ertappt. Sie ärgerte sich, dass sie diese Gegend nicht gemieden hatte, und stieg vom Rad. Sie wusste, dass sie errötet war, und hoffte, ihre Tante würde glauben, sie sei nur außer Atem.

»Du lieber Himmel!«, rief die Tante, als sie das Seitenfenster herunterkurbelte. »Willst du uns besuchen, Mary Louise?«

Sie schüttelte den Kopf. Sie suchte nach einer Ausrede, doch es fiel ihr keine ein. Es gab nicht den geringsten Grund, warum sie sich an einem Sonntagabend hier aufhalten sollte. Sie sagte, was ihr als Erstes in den Sinn kam.

»Ich habe mich gefragt, wie es Robert geht.«

»Hast du ihn besucht?«

»Nein, nein. Ich habe mich nur gefragt …«

»Robert geht es zur Zeit gar nicht schlecht. Komm mit runter, Liebes. Er wird sich freuen, dich zu sehen.«

Sie zog ihren Kopf – strähniges Haar, Stirn und Wangen von der Sonne gerötet – wieder ins Innere des Wagens zurück. Der Wagen fuhr an, blieb kurz stehen, bog dann mit quietschenden Reifen in die Einfahrt und beschleunigte auf dem Weg. Mary Louise folgte ihm mit ihrem Fahrrad.

Robert – damals ein spindeldürres, hoch aufgeschossenes Kind mit verschmitzten Augen – war inzwischen ein blasser junger Mann geworden, und sein Blick schien nun eher so etwas wie Belustigung auszudrücken. Im Gegensatz zu früher trug er eine Brille; doch seine magere, knochige Gestalt erinnerte Mary Louise an das Kind, das er einmal gewesen war. Noch immer fiel ihm eine dunkle Haarsträhne in die Stirn; auf seinen Lippen lag das Lächeln eines Erwachsenen.

»Du lieber Himmel!«, rief er, genau wie seine Mutter. »Mary Louise!«

Er saß in einem großen, unaufgeräumten Zimmer vor dem Kamin. Tische und Sessel waren mit den Zeichnungen winterlicher Bäume, mit Blättern, auf die irgendetwas mit grüner Tinte gekritzelt war, und mit Büchern übersät. In einer Fensternische bekriegten sich Bataillone von Spielzeugsoldaten. Angelruten und Netze lagen in wildem Durcheinander in einer Ecke. Eine Glastür führte in einen Wintergarten, in dem wilder Wein wuchs.

Damals, als Mary Louise und Letty mit der Butter hergeradelt waren, hatte man sie nur in die Küche gebeten: Alles, was sie nun sah, war neu für sie. Doch sie hatte oft gehört, wie in einem Atemzug über das Haus und über den Mann ihrer Tante Emmeline geredet wurde, der bereits vor ihrer Geburt gestorben war. Die Schwester ihrer Mutter habe reich geheiratet, hieß es, eine Feststellung, auf die unweigerlich der Hinweis folgte, das Geld habe nicht ausgereicht, weil der Mann, den sie geheiratet hatte, ein Spieler gewesen sei. »Übermäßig viel Charme«, pflegte Mr Dallon zu sagen, und der Charme hatte – anders als das Geld – bis zum Schluss vorgehalten. Mary Louise wusste nicht, woran ihr Onkel gestorben war, und hatte sich manchmal gefragt, ob es sich um die gleiche Krankheit handelte, unter der Robert litt.

»Ich war auf der Suche nach Schlüsselblumen«, log sie ihrem Cousin in dem unaufgeräumten Zimmer vor, weil sie am Wegesrand ein paar gesehen hatte. Sonntags fahre sie immer nach Culleen, setzte sie hinzu, doch heute sei sie in der Absicht, einen Frühlingsstrauß zu pflücken, noch ein wenig in der Gegend herumgefahren.

Das Lächeln ihres Cousins glättete die Linie seiner Lippen, die voller wurden, während er zuhörte, und ansonsten eher etwas schräg standen. Er schien sich nicht für den Anlass ihrer Anwesenheit zu interessieren.

»Dabei habe ich Tante Emmeline getroffen«, fügte sie beharrlich hinzu.

»Gefällt es dir, verheiratet zu sein, Mary Louise?«

Sie erwiderte, dass sie sich inzwischen daran gewöhnt habe. Die Worte sprudelten einfach hervor: Das war nicht ganz die Antwort, die sie beabsichtigt hatte, und er schien zu wissen, dass sie Ausflüchte zu machen versuchte.

»Na, das hätte ich mir eigentlich denken können. Was für eine dumme Frage!«

Er nahm die Brille ab und wischte sie mit einem Taschentuch sauber. Er trug eine braune Kordhose, eine Tweedjacke und braune Halbschuhe. Eine Uhrkette hing vom Knopfloch an seinem linken Revers herab und verschwand in der darunter befindlichen Tasche. In ihrer Familie ging das Gerücht, diese Uhr hätten sie von einem weichherzigen Pfandleiher zurückerhalten, als er hörte, dass Roberts Vater gestorben sei, ohne ihnen viel zu hinterlassen.

»Arbeitest du im Laden?«

»Ja, aber nicht den ganzen Tag.«

»Das habe ich mich oft gefragt.«

Ihre Tante Emmeline brachte Tee. Sie stellte das Tablett auf einen kleinen Tisch, von dem sie die Bücher und das Papier wegräumte, und zog den Tisch näher ans Feuer. Ein Hund war ihr gefolgt, ein irischer Terrier.

»Wir haben nicht oft Besuch«, sagte die Tante, und Mary Louise konnte sehen, dass sie erfreut, ja sogar begeistert war. Sie verdiente sich mühsam ihren Lebensunterhalt, indem sie Äpfel, Weintrauben und das Gemüse verkaufte, das sie anbaute. Die beiden hätten sich nicht über Wasser halten können, hatte Mary Louise ihren Vater sagen hören, wenn die Äpfel und die Weintrauben nicht wären.

»Weißt du noch, wie du zusammen mit Tessa Enright im Tisch dieses Mädchens Würmer versteckt hast?«, fragte Robert. »Wie hieß sie noch gleich?«

»Possy Luke.«

»Sie schrie wie am Spieß.«

»Arme Possy! Sie hatte Angst vor Würmern.«

Sie sprachen über ihre Schulzeit, und die Tante erkundigte sich nach Mary Louises Familie. Sie hatte gehört, dass Letty mit dem Tierarzt ausging. Sie kannte ihn und sagte, er sei ein netter Kerl.

»Wie geht's James?«, fragte Robert.

»James geht es gut.«

Das schien zu stimmen. Ihr Bruder beklagte sich nicht mehr so oft wie früher und ging nicht mehr so schnell an die Decke. Zum ersten Mal in seinem Leben schien er sich des Umstands bewusst zu sein, dass er die Farm erben würde, dass die Arbeit, die er verrichtete, ihm selbst zugutekam. Diese Veränderung hatte mit Mary Louises Hochzeit begonnen und hatte sich noch verstärkt, seit Letty mit dem Tierarzt ausging.

»Und wie geht's den Quarrys?«, erkundigte sich die Tante.

Ihnen gehe es ebenfalls gut, erwiderte Mary Louise.

»Na, das ist ja schön.«

»Ich kann nicht so lange bleiben.«

»Ach, nicht so eilig, Liebes. Wir bekommen dich nicht oft zu sehen.«

Robert lachte. »Wir bekommen sie gar nicht zu sehen.«

Sie erzählte ihnen, dass vor Jahren die Fahrradfahrt und die lange Steigung ihr und Letty zu viel gewesen seien und wie erschöpft sie waren, deshalb habe man James die Aufgabe übertragen, einmal wöchentlich die Butter zu bringen. Sie dachte, es sei besser, das einmal klarzustellen, falls es sie gekränkt haben sollte.

»Deshalb kennen wir James besser«, sagte ihre Tante.

»Er hat immer Tivoli mit mir gespielt«, erzählte Robert. »Das hat ihm Spaß gemacht.«

»Er spielt jetzt immer Karten mit den Edderys.«

Sie lachten. Doch sie fragte sich, ob es richtig wäre, in Anbetracht der Geschichten über die Spielsucht, deretwegen ihre Tante und ihr Cousin in so kargen Verhältnissen leben mussten, vom Kartenspielen zu sprechen. Wieder spürte sie, wie sich ihre Wangen erhitzten, und hoffte, dass die beiden es nicht bemerkten.

»Bleib noch ein bisschen und unterhalte dich mit Robert«, bat ihre Tante. Ihre freundliche Bitte hatte einen besorgten Unterton. Sie erhob sich, während sie sprach, und goss den beiden noch eine Tasse Tee ein. Dann ging sie davon, und der irische Terrier trottete schläfrig hinter ihr her.

»Sie denkt, dass ich niemanden zu Gesicht bekomme«, sagte Robert, als sich die Tür hinter ihr schloss. »Was natürlich stimmt.«

»Was treibst du den ganzen Tag, Robert?«

»Ich komme in dieses Zimmer herunter. Hier halte ich mich sehr gern auf. Wenn es kühl ist, zünde ich ein Feuer an. Wir frühstücken zusammen in der Küche. Der Rest des Tages hängt von allem Möglichen ab.«

Sie erinnerte sich, dass er von seiner Mutter zur Schule gebracht worden war, während alle anderen zu Fuß gegangen oder mit dem Fahrrad gefahren waren. Wenn sie an ihn gedacht hatte, war ihr immer gleich seine Mutter eingefallen, dieses wettergegerbte Gesicht hinter dem Lenkrad. Zurzeit sah sie ihre Tante nie in der Stadt, und sie fragte sich, wo sie wohl einkaufte. Ein paar Meilen entfernt war sie an einem Kolonialwarenladen und einer Zapfsäule vorbeigekommen. Vermutlich kaufte sie dort ein.

»Ein ruhiges Leben«, sagte ihr Cousin.

»Ja.«

Sein schräges Lächeln breitete sich aus und zog sich gerade. Er betrachtete sie: Während der ganzen Zeit, in der er redete, spürte sie, dass er sie betrachtete.

»Ich glaube nicht, dass ich für etwas Lebhafteres zu gebrauchen wäre.«

Nun lächelte auch sie, wusste aber nicht, ob sie ihm widersprechen sollte, und entschloss sich, es nicht zu tun.

»Als ich noch zur Schule ging, wollte ich immer Auktionator werden«, sagte er. »Ich habe mir vorgestellt, wie ich die Gebote ausrufe. Kannst du das glauben? Das stimmt wirklich.«

»Ich kann mir dich nicht als Auktionator vorstellen, Robert.«

»Ich wäre völlig untauglich gewesen.«

»Ich wollte in Dodds Apotheke arbeiten. Die kam mir vor wie das Paradies.«

»Du hast das Zweitbeste bekommen.«

»Quarrys Laden kam auch in Frage.«

»Und ist es das Paradies, Mary Louise?«

»Ach, das war doch nur Kinderkram.«

Er lachte, ohne den Blick von ihr zu wenden. Seine Augen waren braun und wurden, wenn sie ihren Glanz verloren, ganz dunkel, ja nahezu schwarz. Seine Brille, mit dem Schildpattgestell und den runden Gläsern, stand ihm gut.

»Komm, schau dir noch was Kindisches an«, forderte er sie auf.

Er erhob sich mühsam aus seinem Sessel und führte sie zu dem Tisch in der Fensternische, auf dem die Soldaten aufgestellt waren. Er sagte, es sei die Doppelschlacht an der Aisne und in der Champagne.

»General Nivelles hatte vor, die deutschen Linien zwischen Vailly und Reims zu durchbrechen. Den Oberbefehl über die deutschen Truppen hatte der Kronprinz persönlich.«

Er deutete auf die Stelle, an der sich die Deutschen gehalten hatten, zwischen Vendresse und La Ville aux Bois. Überall sonst waren sie entschieden zurückgedrängt worden.

Mary Louise fragte sich, welcher Krieg hier ausgefochten und aus welchem Grund gekämpft wurde.

»Die Deutschen brachten einen guten Gegenangriff zustande, doch die Franzosen drängten weiter und brachen am Chemin des Dames durch.«

Pfeile mit säuberlich aufgedruckten Namen wiesen darauf hin. Einige der Soldaten lagen am Boden. Das seien die Toten, sagte er.

Sie nahm ihren ganzen Mut zusammen. »Welcher Krieg war das?«

»Der vorletzte. Die Doppelschlacht fand im Frühjahr 1917 statt.«

Sie folgte ihm zurück zum Kamin. Sie sagte wieder, dass sie losmüsse, aber er erklärte bereits, dass alles einen anderen Verlauf genommen hätte, wenn die Russen nicht mit ihrer Revolution beschäftigt gewesen wären. Sie wollte ihm erzählen, dass sie in Miss Mullovers Geschichtsunterricht von Jeanne d'Arc fasziniert war, doch ihre Schüchternheit hielt sie wieder davon ab.

»Am Ende gingen die Deutschen siegreich aus den Gefechten an der Aisne und in der Champagne hervor. Tut mir leid: Das ist langweilig.«

»Nein. Nein, ist es nicht.«

»Ich wollte erklären, wie ich den Tag verbringe, weil du mich danach gefragt hast. Ich spiele mit Soldaten. Und lese. Ich lese sehr viel.«

Mary Louise war nicht gerade eine Leseratte. Letty hatte neben dem *Picturegoer* auch immer *Model Housekeeping* gekauft, und vor Jahren, als sie und Letty noch jünger waren, hatten sie regelmäßig *Girl's Friend* gelesen. Bei ihnen zu Hause stand im Flur ein Bücherregal. Mary Louise hatte *Der Garten Allahs* und *Greenery Street* gelesen; in der Schule hatten sie *Lorna Doone* durchgenommen. Bei den Büchern, die in den Dachkammern im Hause der Quarrys standen, hatte sie nicht einmal die Titel betrachtet.

»Wenn nicht gerade Winter ist«, sagte ihr Cousin, »helfe ich ein bisschen bei den Gemüsebeeten. Manchmal gehe ich zum Fluss hinunter. Dort gibt es einen Reiher.«

»Ich habe noch nie einen Reiher gesehen.«

»Dort könntest du einen sehen, Mary Louise.«

Er lächelte wieder, und plötzlich wollte sie ihm sagen, dass sie einmal geglaubt hatte, in ihn verliebt zu sein. Sie wusste nicht, warum sie diesen Drang verspürte, und konnte es ihm natürlich nicht wirklich erzählen. Doch sie dachte, es wäre schön, wenn er wüsste, dass er trotz seiner Krankheit keine jämmerliche Figur war. Wahrscheinlich weiß er das ohnehin, dachte sie dann: Er schien mit dem eingeschränkten Leben, das er führte, äußerst zufrieden zu sein.

»Es war schön, dich mal wiederzusehen«, sagte sie schließlich, und bevor sie das Zimmer verließ, versprach sie wiederzukommen.

»Das wäre nett von dir«, sagte seine Mutter in der Küche. »Du weißt gar nicht, wie sehr er sich über deinen Besuch gefreut hat.«

Mary Louise wollte, dass es ein Geheimnis blieb. Sie wollte nicht, dass man in Culleen oder gar im Hause der Quarrys wusste, dass sie eine Stunde bei ihrem kränklichen Cousin verbracht hatte. Fast hätte sie ihre Tante gefragt, ob sie ihren Besuch für sich behalten könnte, doch sie fand nicht die richtigen Worte. Dann fiel ihr ein, dass ihre Mutter und ihre Tante sich nicht mehr oft sahen; manchmal ein ganzes Jahr lang nicht. Und da ihre Tante nicht mehr in der Stadt einkaufte, war es ziemlich unwahrscheinlich, dass sie sich dort einmal verplapperte.

Als sie den grasbewachsenen Weg hinaufradelte, versuchte sie sich zu erinnern, was für ein Gefühl es gewesen war, in ihren Cousin verliebt zu sein. Hatte sie wirklich dasselbe oder sogar noch weniger empfunden als bei den Filmbildern von James Stewart? Fast zwölf Jahre lang, seit ihrem zwölften Lebensjahr, hatte sie an den Jungen, der nicht mehr zur Schule gehen konnte, obwohl er mit dem Wagen gebracht wurde, nur den einen oder anderen flüchtigen Gedanken verschwendet. Sie hatte ihn als armen Jungen betrachtet und es dabei bewenden lassen.

An diesem Sonntagabend fiel es Mary Louise leichter, sich im Esszimmer auf ihren üblichen Platz zwischen ihrem Mann und Matilda zu setzen. Elmer nahm sich von dem Eiersalat, den Rose zubereitet hatte, stellte ihr Fragen über den Hof und äußerte sich diffus zu ihren Antworten.

»Ich habe gehört, deine Schwester ist eng mit Dennehy befreundet«, sagte Matilda.

»Ich glaube schon.«

»Ziemlich seltsam.«

Das Schweigen, das gewöhnlich auf diese Lieblingsbemerkung Matildas folgte, trat auch diesmal ein. Schließlich fragte Elmer:

»Ist das nicht der Tierarzt an der Abzweigung nach Ennistane?«

Rose bestätigte das. Dennehys Vater sei der Gastwirt in Ennistane, fügte sie hinzu.

»Ist deine Mutter dagegen?«, fragte Matilda.

»Dagegen?«

»Jemand wie Dennehy.«

»Sie hat nicht gesagt, dass sie etwas dagegen hätte.«

»Römisch-katholisch natürlich?« Elmer schnitt Kopfsalat und Tomaten immer ganz klein und zerdrückte ein hartgekochtes Ei. Nachdem er das getan hatte, griff er nach der Salatsoße.

»O ja«, erwiderte Rose.

»Sie sind nicht unvermögend, die Dennehys.« Matilda nickte mehrmals, um diese Feststellung zu unterstreichen. »Vielleicht liegt es daran.«

Das sagte sie ganz unbekümmert, als versuchte sie, die eigentliche Bedeutung ihrer Behauptung zu vertuschen oder die Vorstellung zu erwecken, wenn man die Worte eingehend untersuchte, würde man herausfinden, dass sie trotz ihres nachdrücklichen Kopfnickens kaum etwas angedeutet hatte. Sorgfältig strich sie etwas Butter auf eine Scheibe Sodabrot. Dann schnitt sie die Scheibe säuberlich in zwei Hälften und halbierte diese noch einmal.

»Trotzdem«, nahm Rose das Thema wieder auf, »ich hätte gedacht, Mrs Dallon macht sich Sorgen.«

Mary Louise wandte den Blick ab. Sie hatte die Augen halb geschlossen und sah die Soldaten auf dem Tisch, die kleinen bedruckten Pfeile, die Reihe der Geschütze. Die Uniformen sähen genauso aus wie in Wirklichkeit, hatte ihr Cousin erklärt, jede Einzelheit stimme. Sie fragte sich, woher die Figuren stammten. In einem verarmten Haushalt wirkte dieser Farbenreichtum fehl am Platze.

»Ungehobelt«, sagte Rose, und das Wort schien aufs Geratewohl, ohne jeglichen Bezug ausgestoßen worden zu sein.

Matilda nickte, und dann trat erneut Schweigen ein. Elmer streckte seine Tasse aus, um noch etwas Tee zu bekommen. Rose schenkte ihm ein. Matilda goss Milch dazu.

Am nächsten Sonntag würde sie wieder hinfahren. Sie würde nur zehn Minuten in Culleen verbringen und dann rasch weiterfahren. Diesmal würde sie den Mut finden, ihre Tante zu fragen, ob es ihr Geheimnis bleiben könnte. Sie würde ihr einen Grund nennen, im Lauf der Woche würde sie sich etwas einfallen lassen.

»Wir müssen Kordel bestellen«, sagte Elmer. »Und Drell.«

Sonntags ging er die Lagerbestände durch. Er habe ein System, hatte er Mary Louise auf einem der Spaziergänge vor ihrer Hochzeit erzählt. Jeden Sonntagmorgen nehme er sich einen anderen Artikel vor und überprüfe, wie viel noch vorrätig sei: in der einen Woche Kurzwaren, in der nächsten Samt und Manchester, dann Chintz, Satin und Seide, Hüte und Kleider, schließlich Mäntel, Anzüge, die ganze Herrenbekleidung, Socken und Hosenträger. Sonntagabends gehe er die Bücher durch und vergleiche die Eintragungen genauestens mit denen der Vorwoche. Das sei zwar nicht erforderlich, ebenso wenig wie es erforderlich sei, sich die einzelnen Kleidungsstücke zu notieren, die mehrfach abgelehnt worden seien, wenn man sie zur Ansicht verschickt habe. Doch so etwas interessierte ihn. All das gehöre zum Geschäft.

»Ich wette einen Shilling, dass er diese Woche vorbeikommt«, sagte Matilda, womit sie den Vertreter meinte, bei dem sie Kordel und Drell bestellten. »Er hätte schon im Februar kommen sollen.«

Mary Louise fragte sich, ob nächstes Mal wohl eine andere Schlacht auf dem Tisch nachgestellt wäre. Würde es zwei sich gegenüberstehende Armeen geben, mit unterschiedlichen Uniformen, die Worte in unterschiedlichen Sprachen auf die Pfeile gedruckt? Sie stellte sich ihren Cousin in dem Gemüsegarten vor, der ihn und seine Mutter am Leben erhielt. Sie sah vor sich, wie er sich im Sonnenschein über ein Beet beugte und zwischen den Salatreihen Unkraut jätete. Wie seltsam musste sein zurückgezogenes Leben sein! Und wie seltsam musste es für ihre Tante sein, reich geheiratet und doch kein Geld zu haben! Stimmte das, was sie über Letty durchblicken ließen? Ging sie aus demselben Grund mit dem Tierarzt aus wie sie selbst damals mit Elmer Quarry? Würde Letty ihn heiraten und nachts die Hand nach ihm ausstrecken, um die Wärme seines Körpers zu spüren? Oder hatte all das für Letty eine andere Bedeutung?

»Manche Vertreter werden langsam nachlässig«, sagte Elmer.

Sie und ihr Cousin hatten keine Gemeinsamkeiten; obwohl sie diese Erkenntnis verdrängt hatte, war sie immer da gewesen, seit er über die Schlacht in Frankreich gesprochen hatte. Er las gern; manchmal verstand sie nicht, was er sagte. Es würde ihn langweilen, wenn sie sonntags immer auftauchte; man konnte sehen, dass er trotz der Beteuerungen seiner Mutter gern allein war.

»Erstaunlich, dass sich deine Mutter mit Dennehys ungehobeltem Benehmen abfindet«, sagte Rose. »Ganz erstaunlich.«

II

Mit der Zeit begreifen alle, die genügend Verstand haben, dass heutzutage alles anders geregelt wird. Die drei Ärzte, die regelmäßig ins Heim kommen, sprechen der Reihe nach mit den Frauen, von denen sie glauben, dass es ihnen in der »Gemeinschaft« – auf diese Bezeichnung legen sie besonderen Wert – besser gehe. Wenn sie keine Familie mehr haben oder wenn die Familie nicht kooperiert, wird man dafür sorgen, dass sie in einem anderen Heim untergebracht werden.

»Handelt es sich um Gemeinschaftssingen?«, erkundigt sich Belle D. »Ist es das, was sie meinen?« Ihr Name ist Belle Dymock, doch aus Gründen, die nur ihr bekannt sind, hat sie sich den Gebrauch ihres Nachnamens verbeten und gleichzeitig darauf beharrt, dass man sie nicht nur mit dem Vornamen anspricht.

»Die Gemeinschaft ist das, wo du herkommst«, entgegnet ihr die Spanierin. Auch ihr Nachname hat Schwierigkeiten mit sich gebracht, nicht weil sie ihn nicht leiden, sondern weil ihn niemand aussprechen kann. Eigentlich ist sie gar keine Spanierin, sondern hat ihren Spitznamen erhalten, weil sie einen Spanier geheiratet hat, der sie in Gibraltar sitzenließ.

»Habt ihr schon mal so was gehört?«, fragt eine andere, bereits verblühte Frau, die nur dann spricht, wenn ein Thema ihr Interesse weckt.

»Es liegt an den Tabletten«, erklärt Mrs Leavy. »Die Medikamente wirken Wunder.«

Das sagen alle. Sie sagen und wiederholen es immer wieder: Die neuen Medikamente der achtziger Jahre haben dieses Wunder ermöglicht. Der Arzt, der sich um Belle D. kümmert, hat ihr gesagt, sie könne ohne weiteres wieder in der Teppichfabrik arbeiten. Die hübsche Bríd Beamish – nicht ihre Schuld, dass sie vom rechten Weg abgekommen ist – wird doch noch irgendwann ein Hochzeitskleid tragen, da spricht absolut nichts dagegen. Es muss bloß gewährleistet sein, dass alle die Medikamente einnehmen, täglich und genau nach Vorschrift. Die Hilfe der Familienmitglieder wird erforderlich sein, und man wird sich absichern wollen. »Ist das nicht der beste Abschied, den ihr euch wünschen konntet?«, fragt der bärtige Arzt freundlich und lächelt die ernsten Gesichter an. Pater Malley setzt sich mit allen Insassinnen zusammen, die das Heim verlassen, und erinnert sie an die Muttergottes und ihre Barmherzigkeit.

»Mary Louise! Komm her, Mary Louise!« Die kleine Sadie winkt sie zu sich und fragt, nachdem sie ihr Folge geleistet hat: »Gehst du wieder zum Friedhof, Mary Louise? Spielst du wieder deine Streiche?« Ein gackerndes Lachen entringt sich der Kehle der zierlichen Frau. Im Heim wird sie wegen der Geräusche, die sie macht, oft mit einem Huhn verglichen.

»Was sind denn das für Streiche, Sadie?«

Doch Sadie schüttelt nur den Kopf. Nachts wird sie allein im Zimmer eingeschlossen. Sie hat einmal einem Gärtner den Arm gebrochen. Sie ist im Heim, weil sie zu oft glaubt, Sachen kaputt machen und die Tapeten abreißen zu müssen. Vor einer Woche hat man ihr gesagt, sie müsse noch eine Weile in Obhut bleiben.

»Sadie hat Glück gehabt!«, schreit sie mit ihrer schrillen Stimme. »Arme alte Idioooten, was nützt euch das? Was nützt euch die Heilige Apostolische Kirche? Was nützen euch die Hunde in ihren Boxen? Jeder gegen jeden, Thundering Joe und Flashby. Und dann mit Kaninchenfleisch in die Dose.«

»Ach, halt doch endlich die Klappe«, faucht eine Frau.

12

Er trug ein Fernglas bei sich für den Fall, dass der Reiher da war. Er sagte, die Soldaten hätten seinem Vater gehört. Es gebe nur diejenigen, die sie gesehen habe, Franzosen und Deutsche: Die Zahl der Schlachten, die er nachstellen könne, sei begrenzt.

»Hast du von der Uhr gehört?« Er zog sie aus seiner Jackentasche. Sie standen am flachen Ufer des Flusses, von dem er gesprochen hatte. Wenn Mary Louise genau hinschaue, könne sie winzige Forellen vorbeischwimmen sehen.

»Das ist eine schöne Uhr.« Als sie zum ersten Mal gesehen hatte, wie er sie aufschnappen ließ, hatte sie sie nur wortlos bewundert. Sie war schmal und ganz aus Gold, das Gehäuse ziseliert, die Kette feiner gearbeitet als üblich.

»Mein Vater.« Er lachte. »Du hast davon gehört, oder?«

»Man erzählt davon.«

»Es stimmt. Wenn er gewusst hätte, dass die Soldaten sich noch im Haus befanden, hätte er versucht, auch sie zu verkaufen. Ich wünschte, ich hätte ihn gekannt.«

Er erklärte, dass er damals nicht wegen einer Verschlechterung seines Gesundheitszustands nicht mehr zur Schule gekommen war, sondern weil seine Mutter nicht mehr die Zeit aufbringen konnte, zweimal am Tag zu fahren. Sie konnte sich keinen Gehilfen für den Gemüsegarten leisten, von dem sie ihren Lebensunterhalt bestritten: Jede Stunde war kostbar.

»An den Abenden gab sie mir Unterricht. Nicht dass ich viel wüsste.«

»Du scheinst sogar eine ganze Menge zu wissen.«

»Mit bestimmten Themen haben wir uns überhaupt nicht befasst. Ich kann zum Beispiel nicht besonders gut zählen.« Er nahm das Fernglas, das er an einem Riemen um den Hals trug, und reichte es ihr. Sie stellte es scharf und suchte flussaufwärts und -abwärts das Gestrüpp ab. Er nahm es ihr wieder ab und schüttelte dann den Kopf.

»Wir haben heute kein Glück.«

Doch wenigstens sahen sie mehrere Forellen vorbeischwimmen. Er sagte, mit einem Netz könne man sie fangen.

»Arme kleine Dinger. Dazu hätte ich keine Lust.«

Er lachte. Er strich sich die Strähne aus der Stirn, das war seine häufigste Geste. Je kleiner die Forellen seien, erklärte er, desto besser schmeckten sie. Dann fügte er hinzu:

»Die Schwestern deines Mannes sind ein beängstigendes Duo, oder?«

»Da ist wohl was dran.«

»Lebst du mit ihnen in einer Wohnung?«

»O ja. Über dem Laden.«

»Ich weiß nicht, ob mir das besonders gefallen würde.«

Sie gingen den Weg zurück, auf dem sie gekommen waren. Er sagte:

»Bei deiner Hochzeit saßen meine Mutter und ich in der zweiten Bank. Ich habe mich die ganze Zeit gefragt, wie du wohl aussehen würdest. Du bist mit deinem Vater den Gang entlanggeschritten, aber ich habe dich nur von hinten gesehen.«

»Als alles vorbei war, habe ich mich doch umgedreht.«

»Aber da warst du schon Mrs Quarry.«

»Ja, das stimmt.«

»Ich hatte dich vorher seit einer Ewigkeit nicht mehr gesehen.« Er hielt inne. »Übrigens warst du an diesem Tag wunderschön. Das habe ich gedacht, falls es dich interessiert.«

Sie errötete und wandte den Blick ab.

»Um die Wahrheit zu sagen, ich finde schon immer, dass du eine Schönheit bist.«

»Eine Schönheit! Jetzt übertreib aber nicht, Robert!«

»Schon immer«, wiederholte er ruhig.

Er sah sie nicht an, betrachtete sie nicht wie am vorigen Sonntag. Er bückte sich, um einen Löwenzahn zu pflücken.

»Aber ich bin kein bisschen …«

»Doch, Mary Louise.«

Sie wünschte sich, dass er damit fortfuhr, es noch einmal sagte, auf Einzelheiten einging. Doch statt weiterzusprechen, zögerte er und verstummte schließlich.

»Ich bin kein bisschen schön.«

»Findet Elmer Quarry dich denn nicht schön?«

»Ich weiß nicht.«

»Frag ihn, und er wird es dir sagen. Natürlich findet er dich schön.«

Sie gingen nicht mehr in die Richtung, in der das Haus lag. Er hatte sich nach links gewandt, und sie überquerten ein abschüssiges Feld.

»Hast du schon mal russische Literatur gelesen?«, fragte er plötzlich, und sie war enttäuscht über diesen Themenwechsel.

Sie schüttelte den Kopf.

»Ich habe einen russischen Lieblingsautor«, sagte er.

Im Gehen sprach er weiter darüber. Er sprach von Leuten mit schwierigen russischen Namen. Er beschrieb einen Mann mit langem, hagerem Gesicht und einer spitz zulaufenden, flachen Nase.

»Wohin gehen wir?«

»Es gibt da einen Friedhof. Ein ganz besonderer Ort.«

Er erzählte ihr die Handlung einer Erzählung und gab von dem Helden und der Heldin eine so eingehende Beschreibung, dass sie in ihrer Vorstellung Gestalt annahmen. Ihre Gesichtszüge waren wie die Gesichtszüge, die man auf der Leinwand des Electric sah, zuerst etwas schemenhaft, dann aber immer deutlicher.

»Ich habe einmal geglaubt«, gestand er, »dass ich vielleicht selbst so etwas schreiben könnte.«

»Und hast du es versucht?«

»Ich habe dazu kein Talent.«

»Ach, ich bin sicher …«

»Nein, ich habe dazu kein Talent.«

Sie erreichten den Friedhof, an dem ein Weg entlangführte, der anscheinend nicht mehr benutzt wurde. Die kleine Eisenpforte lasse sich nicht öffnen, sagte er, doch es sei nicht schwierig, über die Mauer zu klettern. Er nahm ihre Hand und half ihr.

»Hier würde ich gern begraben liegen«, sagte er. »Es gibt noch genügend Platz, aber um den Friedhof kümmert sich niemand mehr.«

Zwischen den Grabsteinen war es heiß. Das Gras stand hoch zwischen den Gräbern, als wartete es darauf, geschnitten zu werden, obwohl gerade erst Frühling war.

»Ein verschwiegenes Plätzchen«, bemerkte er.

»Ja.«

Verkrüppelte Dornenbäume begrenzten den Friedhof innerhalb der Steinmauer. Wenn es je Wege gegeben hatte, so waren sie nicht mehr zu erkennen. Manche Grabsteine standen krumm und schief; die Grabplatten waren zumeist auf einer Seite eingesunken.

»Hier gefällt es mir«, sagte er.

Sie setzten sich in das hohe Gras und lehnten sich an einen Grabstein, der einen Todesfall in der Familie Attridge bezeugte. Ringsum lagen weitere Mitglieder der Familie Attridge, aus anderen Familienzweigen, anderen Generationen. James Attridge, geb. 1742, gest. September 1803. Für immer in Gottes Liebe. Percival Attridge, 1769–1828. Charlotte Jane Attridge, gest. 1840 im Alter von einem Jahr. Susan Emily, Frau von Charles. Für immer in Gottes Armen. Friede, vollkommener Friede.

»Es ist seltsam, dass es keine Kapelle gibt«, sagte Mary Louise.

»Sie steht eine halbe Meile von hier. Ist inzwischen verfallen.«

»Hier liegen Protestanten begraben, oder?«

»Ja, es sind Protestanten.«

»Das mit der Kapelle ist schade.«

»Sie ist völlig zugewuchert von einem Rosenstrauch. Er ist schon durch die Fenster gewachsen. Juni ist die richtige Zeit, um sich die kleine Kapelle anzusehen.«

»Ich würde sie gern sehen.«

»Ich zeige sie dir irgendwann einmal. Und den Reiher gibt es wirklich. Den habe ich mir nicht bloß ausgedacht.«

»Das habe ich auch nicht geglaubt. Warum solltest du das tun?«

»Damit du wiederkommst.«

Sie wollte sagen, dass sie befürchtet hatte, ihre Unwissenheit in allem, was ihm gefiel, würde ihn langweilen, doch sie brachte nicht den Mut dazu auf. Mit der Spitze ihres Zeigefingers zog sie das Muster auf ihrem lindgrünen Rock nach. Sie saß mit untergeschlagenen Beinen da. Der Stein, an den sie den Rücken lehnte, war warm.

»Ich wäre sowieso wiedergekommen.«

»Als meine Mutter mich von Miss Mullovers Schule nehmen musste, weil sie keine Zeit hatte, mich zu fahren, wollte ich versuchen, mit dem Fahrrad zu kommen. Ich habe es einmal probiert, aber es klappte nicht.« Er lächelte. Er trug dieselbe Kordhose und dieselbe Tweedjacke wie letzte Woche. Seine Krawatte war ebenfalls aus Tweed, ziemlich farbenfroh, in Grün und Rot gehalten. »Ich wollte mit dem Milchauto fahren, aber auch das klappte nicht, denn es fuhr einen ziemlichen Umweg, und ich wäre nicht wieder nach Hause gekommen.«

»Heutzutage gibt es für die Kinder, die auf dem Land wohnen, Busse.«

»Weißt du, warum ich unbedingt weiter zur Schule gehen wollte?«

»Nein.«

»Hast du etwas dagegen, wenn ich es dir sage?«

»Warum sollte ich etwas dagegen haben?«

»Es könnte dir peinlich sein.«

»Tessa Enright hat immer gesagt, dass mir alles peinlich ist. Sie hat mich Fräulein Peinlich genannt.«

»Ich habe dich gerngehabt, Mary Louise.«

Sie schloss die Augen. Sie spürte, dass sie errötete und wie ein heißer Schürhaken glühte, dass ihr die Hitze den Nacken heraufkroch, in ihre Wangen, über ihre Stirn, ja sogar in ihre Schultern. Ihr war so heiß, dass ihre Haut sich zu spannen schien. So schlimm war es noch nie, dachte sie.

»Es *ist* dir peinlich«, sagte er und fügte eilig hinzu: »Das war damals. Das hat mit jetzt nichts zu tun. Es war furchtbar, mich nicht umdrehen und dich ansehen zu können, als hätte man ein Stück von mir weggeschnitten. Ich kann es dir nicht beschreiben. Aber was hätte all das genutzt?«

»In diesem Alter …«

»Oh, ich weiß, ich weiß.«

Sie spürte, wie ihr die Farbe wieder aus Gesicht und Nacken wich. Ein Schweißtropfen kitzelte sie am Kinn, doch sie hob nicht die Hand, weil sie ihn nicht darauf aufmerksam machen, ihn nicht ablenken wollte.

»Das wollte ich dir schon immer sagen«, erklärte er.

Sie nickte, weil sie nicht wusste, wie sie sonst darauf reagieren sollte. Sie hätte erwidern können, dass sie selbst geglaubt habe, in ihn verliebt zu sein: Es wäre die natürlichste Sache der Welt gewesen, dennoch brachte sie es nicht fertig. Wusste sie von seinen Blicken in Miss Mullovers Klassenzimmer, ohne sich völlig darüber im Klaren zu sein? Was für eine Verbindung hatte zwischen ihnen bestanden? Da war etwas zwischen ihnen gewesen, etwas Reales – wenn auch nur für ein, zwei Wochen, bevor sie ihre Zuneigung auf James Stewart richtete. Dennoch hatten ein, zwei Wochen ausgereicht: Zumindest kam es ihr nun so vor.

»Kommst du trotzdem wieder, Mary Louise? Schließlich sind wir Cousin und Cousine. Und außerdem bist du jetzt verheiratet.«

»Natürlich komme ich wieder.«

»Man sollte wissen, dass man einmal bewundert wurde. Das ist meine Überzeugung.«

»Nett von dir, es mir zu sagen, Robert.«

Damit war die Unterhaltung beendet. Bald darauf gingen sie zum Haus zurück, wo Robert das Fernglas im Flur vor der Küche an einen Haken hängte, und dann saßen sie, genau wie am Sonntag zuvor, am Kamin und tranken Tee. »Ich möchte dir etwas vorlesen«, sagte er und nahm ein Buch von einem der Stapel ringsum.

Es war Zeit zu gehen, doch stattdessen sah sie ihm dabei

zu, wie er lächelnd das Buch aufschlug, ein, zwei Seiten umblätterte und die Brauen hochzog, bevor er etwas über die Länge des Vorworts murmelte und schließlich begann:

»Ein Herr Anfang vierzig in eingestaubtem Paletot und kariertem Beinkleid trat hinaus auf die niedrige Vortreppe des Gasthauses ...«

Sie vermeinte, noch nie einer so schönen Stimme gelauscht zu haben. Jedes seiner Worte wurde von der Freude in seiner Stimme liebkost, seine Sanftmut und Leidenschaftlichkeit passten zu den Wendungen und Sätzen. Und auch wenn er nur einen Fahrplan verlesen hätte, wäre sie verzückt gewesen.

»Es war der 20. Mai 1859 ...«

Mary Louise brach über zwei Stunden später auf als in der Vorwoche. Am Stadtrand stieg sie vom Rad und schraubte am Hinterrad das Ventil ab. Sie habe einen Platten gehabt, sagte sie, als sie ins Esszimmer trat. Das Abendessen war schon seit einiger Zeit vorüber.

Der Tierarzt Dennehy machte Letty weiter den Hof. Sie sahen sich den Film *Ein Satansweib* an, der noch einmal im Electric gezeigt wurde, außerdem *Schmutziger Lorbeer* und *Dämon der Frauen*. Dennehy tanzte gern, und als er vorschlug, einmal ins Dixie Tanzlokal zu gehen, hatte Letty, im Gegensatz zu früher, nichts einzuwenden. Es war dort gar nicht so schlecht, sie willigte auch dann noch ein, als sie schon ein paarmal hingegangen waren.

Dennehy holte sie immer mit dem Wagen ab. Er fuhr auf den Hof und hupte zweimal, dann rauchte er eine Zigarette und wartete auf sie. Wenn Mr Dallon über den Hof ging, stieg Dennehy aus und unterhielt sich mit ihm, gewöhnlich über die Viehpreise. Manchmal lud er Letty ins Rainbow Café ein, ein Restaurant, das in einer neunzehn Meilen entfernten Stadt eröffnet hatte; manchmal, wenn das Dixie geschlossen war oder sie den Film im Electric schon gesehen hatten, verbrachten sie den Abend in MacDermotts Bar. Wo auch immer sie gewesen waren, auf dem Heimweg machte Dennehy stets einen Umweg, fuhr zu einem leerstehenden Bauernhof und blieb davor stehen. Im Vorbeifahren beleuchteten die Scheinwerfer zerrissene Vorhänge, die in den Fenstern des Hauses hingen, und eine blaue Haustür in einer ausgebleichten Betonfassade. »Da ist ein alter Mann gestorben«, verriet Dennehy. »Das Haus wäre günstig zu haben.« Auf dem Hof schaltete er die Scheinwerfer aus und zog Letty in seine Arme. Er nahm sich Freiheiten heraus, die sie sich bei Gargan oder Billie Lyndon verbeten hätte. Irgendwann legte sie den Kopf gegen den Sitz zurück und ließ sich alles gefallen.

Miss Mullover kam zu Ohren, dass Elmer Quarry angefangen hatte zu trinken. Sie rief sich das ziemlich dicke, vierschrötige Kind, das er gewesen war, ins Gedächtnis, mit seinem ernsten Gesichtsausdruck, langsam im Niederschreiben seiner Schlussfolgerungen – weil er Wert auf Genauigkeit legte –, aber schnell im Denken, außer wenn es um Algebra ging. In ihrem kleinen Haus, in dem sie regelmäßig von ehemaligen Schülern aller Jahrgänge besucht wurde, dachte sie daran, dass Trunksucht normalerweise nicht zu den schwachen Seiten der Quarrys gehörte und dass vor der Hochzeit davon keine Rede gewesen war. Kamen sie nicht miteinander aus? Hatten sie Streit? War alles zu viel, weil die Schwestern mit ihnen zusammenwohnten? Die Zeiten, als Matilda und Rose Quarry im Umkreis von Meilen die Königinnen der protestantischen Whistturniere gewesen waren, entzückend aussehende Mädchen, waren längst vorbei.

Vor Jahren hatte eine ehemalige Schülerin Miss Mullover einmal gebeten, mit ihrem Mann »zu reden«, weil die Trunksucht ihre Ehe zu zerstören drohte. Dieser Mann, der weder seinen Respekt noch seine Zuneigung für Miss Mullover verloren hatte, kam mit dem Motorrad zu ihrem Haus gefahren. Unbeholfen und unglücklich saß er da, seinen Sturzhelm neben sich auf dem Fußboden. Nicht das Trinken habe den Schaden angerichtet, beteuerte er. »Das Problem ist«, sagte er, »dass ich sie nicht ausstehen kann.«

Tannon, der Buchhalter in der Brikettfabrik, fuhr jeden Donnerstagnachmittag vierzig Meilen, um die Frau eines Bankdirektors in einer anderen Stadt zu besuchen. Das ging schon sechsundzwanzig Jahre lang so und hatte dazu geführt, dass Tannon nie geheiratet hatte. Während des Ausnahmezustands im Krieg, als für Privatfahrzeuge kein Benzin verfügbar war, hatte er es so eingerichtet, dass einer der Lastwagen der Brikettfabrik ihn mitnahm und man sein Fahrrad auf der Ladefläche verstaute, damit er wieder zurückfahren konnte. Es hieß, wenn er an seinem Reiseziel eintraf, stellte er den Wagen in einer Seitenstraße ab und betrat das Bankgebäude durch ein kleines Tor in der doppelflügeligen Tür zum Hof. Miss Mullover fragte sich oft, wie die Frau des Bankdirektors aussehen mochte, wie alt sie war und ob sie wohl Kinder hatte. Sie malte sich eine Frau mit vollen Lippen aus, eine Frau mit faltigem Gesicht, gepudert und parfümiert, in teuren Kleidern. Sie stellte sich vor, wie sich Tannon an den Fenstern der Bank vorbei zum Hintereingang des Hauses schlich. Sie stellte sich vor, wie unten die ganzen Bankgeschäfte weitergingen, während oben das Pärchen seinen Fehltritt beging, wie Darlehen vergeben wurden, Geld ausgezahlt wurde, der Bankdirektor am Telefon mit der Zentrale sprach. Ein spindeldürrer Junge war Tannon gewesen, mit riesigen Schneidezähnen und sehr kurzen Hosen über den dünnen, knochigen Knien.

In der Stadt sprach man auch über andere, ähnlich unkonventionelle Beziehungen. Es hieß, dass sich ein bestimmtes älteres Ehepaar, seit es sich über die Mischehe der Tochter zerstritten hatte, untereinander nur noch über den Hund verständigte. Von einem der Postangestellten – der freundlichste Mann, wenn er einen am Schalter bediente, der die Briefmarken ganz behutsam entlang der Perforation auseinanderzupfte – hieß es, er neige zu Hause zur Gewalttätigkeit. Die allwöchentliche Anwesenheit einer jungverheirateten Frau im Dixie blieb ihrem Ehemann verborgen, weil er nachts im Elektrizitätswerk arbeitete. Einer der Brotlieferanten der Stadt brannte mit einer Zigeunerin durch, um kurze Zeit später zurückzukehren und zu sagen, alles sei nur ein Missverständnis gewesen. Keiner dieser Leute war bei Miss Mullover zur Schule gegangen, doch sie hatte alle gekannt, zumindest vom Sehen, als sie noch Kinder waren.

Es war eine bedrückende Neuigkeit, dass Elmer Quarry zu trinken begonnen hatte.

»Er geht in Hogans Bar«, berichtete Rose, die ihrem Bruder in der Bridge Street gefolgt war. Das flüsterte sie Matilda noch von der Treppe aus zu. Matilda wartete auf dem Treppenabsatz im ersten Stock.

»Ich habe mir schon gedacht, dass es Hogans Bar ist. Mit Renehan war er auch immer dort.«

»Mit Renehan, das war etwas anderes.«

»Das habe ich gar nicht bestritten.«

Rose stieg die verbleibenden Treppenstufen hinauf. Matilda ging vor ihr her ins Esszimmer. Rose schloss hinter ihnen die Tür. »Ich habe nicht geglaubt, dass er in ein Gasthaus geht«, sagte Matilda. »Eine Hotelbar ist schon etwas anderes.«

»Ich wäre mir nicht zu sicher, was er so alles treibt. Wenn du ihn nur gesehen hättest, wie er auf der Straße beinahe rannte. Als wäre der Teufel hinter ihm her.«

»Ich weiß nicht, was ich sagen soll.«

»Ich sage es an deiner Stelle, Matilda. Sie hat ihn so weit gebracht, dass er trinkt.«

Die Schwestern besprachen die Angelegenheit weiter. Sie begannen an dem Punkt, wo ihrer Meinung nach alles begonnen hatte – dem Tag, an dem ihr Bruder Mary Louise erstmals den Hof gemacht hatte. Sie gingen die Ereignisse der folgenden Monate durch und riefen sich ihre eigenen Einwände ins Gedächtnis. Sie äußerten ihre Meinung über James Dallons Geisteszustand und verglichen ihn mit dem seiner Schwester. Sie überlegten, ob sie so weit gehen sollten, sich in Kilkellys Mietwagen zum Hof der Dallons fahren zu lassen und die Dallons zu bitten, dass sie ihre Tochter zurücknähmen, bevor noch größerer Schaden angerichtet wurde. In dieser Hinsicht kamen sie zu keinem Entschluss. Schließlich hörten sie Elmers Schritte auf der Treppe, hörten, wie er das Wohnzimmer betrat, wo Ihre Durchlaucht vor dem Radio saß. Sie hörten, wie er vor Ausgelassenheit laut wurde und sie Liebes nannte.

Die Dallons, die sich inzwischen mit der Beziehung zwischen Letty und Dennehy abgefunden hatten und darüber erfreut waren, dass ihr Sohn erste Anzeichen von Reife erkennen ließ, begannen sich um ihre jüngere Tochter Sorgen zu machen. Wenn sie sonntags zu Besuch kam, blieb sie jedes Mal nur ganz kurz, und immer öfter kam sie überhaupt nicht. Während das Jahr voranschritt – der warme Frühling wurde von einem herrlichen Sommer abgelöst –, fragten sie sich des Öfteren, warum sie noch nicht Großeltern waren. Sie sprachen nicht darüber, doch eine Verwunderung, die anfangs nur sporadisch aufgetreten war, ergriff allmählich von ihnen Besitz. Natürlich gab es solche Verzögerungen häufiger: Das durften sie nicht vergessen, sie mussten Geduld haben. Das Auftreten ihrer jüngeren Tochter und die Ungeduld, die sie bei ihren sonntäglichen Besuchen an den Tag legte, sowie die Tatsache, dass sie gar nicht erst versuchte, eine Erklärung abzugeben, wenn sie sich überhaupt nicht auf dem Hof blicken ließ, bereiteten ihnen viel größere Sorge. Oft war sie geistesabwesend. Die Fragen, die man ihr über den Laden stellte, beschied sie kurz, doch zumeist blieben sie völlig unbeantwortet. Der Klatsch aus der Stadt fand nicht mehr den Weg in die Küche ihrer Eltern. Die Freude, die sie anfangs daran gehabt hatte, die Kunden im Laden zu beraten, wenn es um passende Farben oder den Sitz eines Kleides ging oder um die Frage, welcher Hut der richtige sei, schien sich in Luft aufgelöst zu haben. Auch die Witze der Textilvertreter erzählte sie nicht mehr weiter.

»Man kommt einfach nicht dahinter«, bemerkte Mrs Dallon eines Nachts kurz vor dem Einschlafen.

»Aber sie wirkt gar nicht unzufrieden.«

»Nein, eigentlich nicht.«

Wenn sich erst Nachwuchs einstellte, würde sie sich schon wieder fangen, dachten die beiden gleichzeitig. An einem dieser Sonntage würde sie eine Neuigkeit bereithalten, und dann wäre sie wieder sie selbst.

In der Stille des Friedhofs las er ihr vor. Sie lag auf dem Rücken und sah dabei zu, wie die weißen Wölkchen träge über den Himmel zogen. Anfangs war es nicht leicht, die schwierigen russischen Namen auseinanderzuhalten, doch nach mehrmaliger Wiederholung wurden sie ihr vertraut. »Bist du müde?« Manchmal unterbrach er sich, um sie danach zu fragen, aber sie war nicht müde. Sie sah in ihrer Vorstellung Pawel Petrowitschs Herrenzimmer, die Nussbaummöbel mit den grünen Samtüberzügen, die bunten Wandteppiche. Die Stimme ihres Cousins erteilte kurz und bündig Arkadis Befehle; schmerzlich vermittelte sie ihr Mitjas Krämpfe. *»Madame wird Sie in einer halben Stunde empfangen«*, sagte ein Diener. Die Schwalben flogen weit oben, in den Fliederbüschen summten Bienen. Ein Bauer mit einem Flicken auf der Schulter ritt ein weißes Pony durch die abendlichen Schatten. Fuchsienranken schmückten das Haar einer Frau in Schwarz.

Auf dem Friedhof wurde es langsam kühl, und das nahm er, wie jede Woche, zum Anlass, das mitgebrachte Buch zuzuschlagen. »Wir waren schon wieder zu lange hier«, sagte er immer und belustigte sie beide mit dieser höchst unangebrachten Bemerkung.

Da sie sonst nichts zu sagen wusste, machte Mary Louise ihren Mann darauf aufmerksam, dass er in der Vergangenheit im Sommer kein Billard gespielt habe.

»Ob Sommer oder Winter, Liebes, es ist erholsam, die Zeitschriften zu lesen.«

»Ich wusste gar nicht, dass es dort etwas zu trinken gibt.«

»Wovon redest du, Liebes?«

»Ich wusste nicht, dass es beim YMCA etwas zu trinken gibt.«

»Eigentlich gibt es dort auch keine Erfrischungen.«

Er stand mit heruntergezogenen Hosen in ihrem Schlafzimmer, wusste, was sie meinte, gab jedoch vor, es nicht zu wissen. Das Gespräch, das sie führten, war lächerlich. Vor langer Zeit, noch vor ihrer Heirat, hatte er ihr mit Bestimmtheit gesagt, dass er im Sommer nie ins Billardzimmer des YMCA gehe, weil ihn nur der Umstand dorthin zog, dass er im Winter bei zugezogenen Vorhängen gemütlich am Kaminfeuer sitzen konnte. Er hatte ihr die Vorhänge beschrieben: schwerer brauner Brokat, der zu Zeiten seines Vaters in Quarrys Laden gekauft worden war.

»Manchmal riechst du nach Alkohol«, sagte sie.

Er wiegte den Kopf hin und her. Das tat er, wenn er nicht mehr weiterwusste, es konnte alles Mögliche bedeuten. Dann pfiff er lautlos.

Mary Louise seufzte. Es spielte keine Rolle; ihr war es gleichgültig. Es kümmerte sie nicht, ob er seine Zeit im Billardzimmer verbrachte oder sonst wo. Aber gelegentlich musste sie etwas sagen, damit zwischen ihnen nicht nur Schweigen herrschte. Der Alkoholdunst war ein Geruch wie jeder andere; sie machte bloß eine Bemerkung dazu.

Er gähnte, während er seinen Pyjama anzog. Er hat seine guten Seiten, dachte sie, sogar mehr gute Seiten, als sie bei ihrer Hochzeit erwartet hatte. In manchen Dingen war er etwas knauserig, in anderen jedoch gar nicht. Sie hatte gesehen, wie er ein Stück Kohle aus dem Kamin geklaubt hatte, doch aus dem Laden konnte sie alles haben, was sie wollte, und für alles, was sie sonst noch brauchte, gab er ihr Geld – einen kleinen Betrag an jedem Ersten des Monats: Das vergaß er nie. Hätte sie sich über das unhöfliche Benehmen seiner Schwestern beklagt, hätte er vielleicht sogar mit den beiden gesprochen.

»Gute Nacht, Liebes«, sagte er, und sie streckte die Hand aus, um das Licht auszuschalten. Das tat sie jede Nacht, weil sie näher am Schalter lag.

»Gute Nacht, Elmer.«

Er war sofort eingeschlafen. Sein Atem, zunächst kaum hörbar, wurde tiefer und rasselte schließlich. Sie schmiegte ihre Beine an ihn. Ihre Hände lagen leicht auf seinem schlafenden Körper.

13

Die Frauen reden von verschiedenen Zeiten. In den Jahren, seit sie sich kennen, haben sie in ihren Gesprächen bestimmte Zeiten ausersehen, die sie bevorzugen. Während Mary Louise Ansprüche auf 1957 erhebt, kommt Mrs Leavy aus Youghal regelmäßig auf ihre Kindheit in den Jahren 1921 und 22 zurück, Dot Sterne auf 1984, Belle D. auf die Anfangszeit der Beatles und die Spanierin auf die Zeit äußerster Armut in Gibraltar, 1986. Andere haben Tage oder Augenblicke oder besondere Vorkommnisse festgehalten, den Zeitpunkt einer tragischen Begebenheit oder einer Gewalttat.

Auch auf Menschen wird Anspruch erhoben, auf ganz besondere Personen oder Angehörige, das persönliche Gepäck der Heiminsassinnen. Zu einem Gespräch, das immer aufs Neue belebt wird, steuert Mary Louise die Leute von Culleen und aus der Stadt bei, ihren Cousin und ihre Tante, ihren Mann und seine beiden Schwestern. Im Gegenzug hört sie von zahlreichen Leuten, die sie nicht kennt. Jeden Tag ist das Heim voller Menschen, eine mitunter undurchdringliche Menge.

»Es ist, weiß Gott, nichts Neues«, versichert die verblühte Frau, die bei einem ruhigeren Gespräch gewöhnlich schweigt. Es ist nichts Neues, hat sie nach einigem Nachdenken erkannt, dass Verrückte durch Irlands Straßen spazieren sollen. Das gab es schon einmal, in den alten Zeiten, bevor die großen Irrenanstalten aus Backstein erbaut wurden, bevor jede Stadt eine Kaserne besaß, in der man die Irren den Blicken entzog.

»Wovon redet sie?«, fragt Bríd Beamish, die Lippenstift aufgetragen hat.

»Von frei herumlaufenden Bekloppten.« Dot Sterne hat ihre Strümpfe heruntergerollt und hofft, dass Miss Foye es bemerkt und sie nicht dahin zurückschickt, woher sie gekommen ist.

»Ach, natürlich«, pflichtet Mrs Leavy ihr bei. »Wir alle kennen die Backsteinbauten der Irrenanstalten. Wie oft haben Elsie und ich über die Mauer geschaut!«

»Ich rede von der Zeit, bevor es Irrenanstalten gab«, korrigiert die verblühte Frau. »Von einer längst vergangenen Zeit.«

»Frei herumlaufende Bekloppte«, wiederholt Belle D.

»Wahnsinnige«, fügt eine Frau hinzu, die Haushälterin eines Priesters war. »Nicht mehr ganz richtig im Kopf.«

»Das ist jetzt was ganz anderes«, erinnert sie Mrs Leavy. »Die Tage der alten Wahnsinnigen sind vorbei. Wir benutzen diese Ausdrücke nicht mehr. Heute nicht mehr, hat die Schwester gesagt.«

»Nehmt eure Medikamente ein.« Die kleine Sadie lässt ein gackerndes Lachen ertönen. »Richtige Idiooooten seid ihr, wenn ihr eure Medikamente nicht einnehmt.«

»Einige von uns hätten diesen Ort hier nie betreten, wenn es die Medikamente schon früher gegeben hätte. Eine Flasche Arznei, und sie hätten sich wohlgefühlt.« Mrs Leavy hat das Gespräch an sich gerissen. Sie hat sich an die Spitze der Insassinnen gesetzt, die bald entlassen werden sollen. Sie trägt ihre Sache vor. Sie führt das medizinische Beweismaterial an, das sie von Miss Foye und einem der Ärzte persönlich hat, von dem Kahlköpfigen, nicht von dem mit dem Bart.

»Mary Louise sollte nie hier rauskommen«, faucht die kleine Sadie zurück. »Verdammte heidnische Hure!«

Nach diesen Worten bricht sie in Tränen aus, legt die Arme um Mary Louise und sagt, es tue ihr leid.

14

Es erschien selbstverständlich, dass Mary Louise ihren Cousin zu ihrem Vertrauten machte. Im September 1957, zwei Jahre nach ihrer Hochzeit, enthüllte sie ihm alles über die Brautwerbung, den Heiratsantrag auf der gewölbten Brücke, ihre Bitte um Bedenkzeit, die Verlobung, die Eisenbahn- und Busreise an ihrem Hochzeitstag und ihre Ankunft im Strand Hotel.

Im Juni hatten sie überall in der winzigen, verfallenen Kapelle die Wildrosen blühen sehen. Auf der Suche nach dem Reiher waren sie mehrmals an den Fluss zurückgekehrt. Doch Vertraulichkeiten gab Mary Louise auf dem Friedhof preis, zwischen den Grabsteinen der Attridges.

»Und was hast du da *gedacht*?«, unterbrach Robert sie manchmal fasziniert und kam dann auf irgendetwas zurück, das ihn besonders interessierte. Was war ihr durch den Kopf gegangen, als sie zum allerersten Mal neben Elmer Quarry gesessen hatte, in dem Film *Flammende Sinne*? Oder als sie vor dem Altar gestanden hatte? Als der rotwangige Pfarrer Harrington sie zu Mann und Frau erklärt hatte?

Sie ließ ihn an ihren Gefühlen während der ersten Augenblicke im Strand Hotel teilhaben, als sie Zweifel verspürt hatte, die vorher nicht da gewesen waren, als ihr Mann gesagt hatte, das Haus scheine durchaus komfortabel zu sein. Sie schilderte ihm, wie die Wirtin ihnen im Speisesaal einen Tisch zugewiesen hatte, an dem bereits drei Männer saßen und aßen. Sie nahm ihn mit auf den Spaziergang am Meer, wo die Kinder Schalentiere gesammelt hatten und der Hund den Möwen nachgejagt war. Sie führte ihn zu McBirney's, erzählte von den Cherry Brandys, die sie getrunken hatte, und davon, wie Mr Mulholland sie Kitty genannt und der Kahlköpfige gesagt hatte, er habe eine Sextanerblase.

Am Ende sei sie nicht mehr ganz nüchtern gewesen, und Elmer sei zu betrunken gewesen, um sich auszuziehen. Als sie morgens aufgewacht seien, hätten sie sich beide fürchterlich gefühlt. Sie hätten einen weiteren Strandspaziergang gemacht, bei dem Elmer gesagt habe, es gehe ihnen nicht so gut, weil sie es nicht gewohnt seien zu trinken. Sie rief sich den Rest der Flitterwochen ins Gedächtnis, mit den gleichen Gesprächen im Speisesaal wie bei McBirney's in ihrer Hochzeitsnacht. Am Sonntagmorgen verabschiedete sich Mr Mulholland und verkündete, dass es ihm zustehe, die Braut zu küssen. Nach dem Frühstück saß Elmer Tag für Tag vor dem Hotel und las von vorn bis hinten die *Irish Times*, während sie eine der Familien, die im Hotel wohnten, zum Strand begleitete. Sie spielte mit den Kindern und half ihnen, Sandburgen zu bauen. Sie kaufte sich einen Badeanzug und schwamm im Meer. Am Mittwoch führte der Kahlköpfige sie in der Tierfutterhandlung herum, in der er arbeitete. Am Donnerstag sahen sie dabei zu, wie Schiffsschaukeln aufgebaut wurden. Und am Freitag kehrten sie zurück.

»Warum hast du geheiratet, Mary Louise?«

»Wer weiß so etwas schon?«

Er schüttelte den Kopf. Er sagte, dass man es wisse, wenn man zurückblicke.

»Ich dachte, es wäre schon das Richtige. Ich dachte, mich würde sonst niemand heiraten. Ich wollte in der Stadt leben.«

»Mein Gott!«

Er ergriff ihre Hand und hielt sie fest. Er führte sie an seine Wange. Ich hätte es ihm nicht erzählen sollen, dachte sie, doch im gleichen Augenblick wusste sie, dass es keine Rolle spielte. Es spielte keine Rolle, dass sie hier war oder ihn ihre Hand halten ließ. Wie hätte es von Bedeutung sein können?

»Erzähl mir alles, was du sagen willst«, drängte er, noch immer ihre Hand haltend.

Er hörte von einer Ehe, die nicht vollzogen worden war, von dem Schock, den Mann und Frau im Strand Hotel erlitten hatten, als sie sich über die Lage klar wurden, in der sie sich nun befanden. Ihre Stimme war nur ein monotones Murmeln, niedergeschlagen und kraftlos. Fräulein Peinlich hatte ihre Freundin sie einmal genannt; doch Mary Louise, die so leicht errötete, war blass, als sie diese vertraulichen Dinge offenbarte. Erzählt sie mir alles, weil ich krank bin?, fragte sich Robert. Lag es daran, dass er nicht zählte, dass sie der Meinung war, er stehe außerhalb der menschlichen Gesellschaft, sei ebenso ohnmächtig wie ihr Mann?

»Er hat angefangen zu trinken«, sagte sie. »Und ich betrüge ihn schon nach zwei Jahren, indem ich sonntags herkomme.«

»Aber ich bin dein Cousin, Mary Louise. Weiß er nicht, dass du herkommst?«

»Das weiß niemand.«

Er stellte sie sich in dem Haus vor, wo sich die altjüngferlichen Schwestern über ihre Anwesenheit ärgerten, ja sie sogar hassten, während Elmer Quarry zur Essenszeit die Treppe hinaufstapfte und seine Scham mit Alkohol betäubte. Sie erzählte ihm von den Dachkammern, von den Spielsachen, mit denen die Kinder der Quarrys gespielt hatten, alle sorgfältig in einem Schrank aufbewahrt. Und dann sagte sie:

»Ich habe immer gedacht, dass ich in dich verliebt bin, Robert.«

»In *mich*?«

»Es könnte zu der Zeit gewesen sein, als auch du mich gernhattest. Vielleicht waren wir beide ineinander verliebt.«

Ihm fiel wieder der Schmerz ein, den es ihm bereitet hatte, nicht mehr zur Schule zu dürfen, sein Zorn auf seine Mutter, seine Weigerung, sie zu verstehen. Sie würden verhungern, wenn die Dinge weiterliefen wie bisher, hatte seine Mutter gesagt. Wie früh auch immer sie morgens aufstand, es war nie lange genug hell, besonders im Winter. Und sie hatte ihn nicht verstanden; er hatte es ihr nicht sagen können.

»Wenn James einmal in der Woche mit der Butter vorbeikam, habe ich immer das Gespräch auf dich gebracht. Ich habe oft überlegt, ihm einen Brief mitzugeben.«

»Ich glaube, damals hatte ich meine Aufmerksamkeit schon Mr Stewart zugewandt.«

Ein befreiendes Lachen erklang. Dann sagte er:

»Um die Wahrheit zu sagen: Ich bin immer noch in dich verliebt. Ich erwarte die Sonntage mit denselben Gefühlen wie damals.«

Auch für Robert spielte es keine Rolle. Es spielte keine Rolle, wie viel er noch von der Wahrheit erzählte, denn sie würde ohnehin nicht wiederkommen. Nachdem sie ihm all das anvertraut hatte, würde es ihr schwerfallen, am nächsten Sonntag und am Sonntag darauf herzuradeln, als wäre nichts Besonderes vorgefallen. Das wusste sie nicht, doch so würde es sein.

»Ich habe es nicht fertiggebracht, auf die Hochzeitsfeier zu kommen«, gestand er.

»Ich dachte, du hättest dich nicht wohlgefühlt.«

»Nein. Wir waren drauf und dran zu kommen. Wir hatten

es vor. ›Ich warte dann im Wagen‹, habe ich gesagt. Aber das wollte meine Mutter nicht.«

»Du könntest mich nicht lieben, Robert.«

»So etwas kann man sich nicht aussuchen.«

Meint sie, dass sie mich nicht lieben könnte?, fragte er sich. Meinte sie, dass sie sich auch vor ihrer Hochzeit nicht hätten lieben können, weil er nur ein halber Mensch war? Bei Kindern war das anders, zweifellos meinte sie auch das: Kinder merkten so etwas nicht immer.

Doch Mary Louise widersprach diesen Gedanken fast im gleichen Augenblick, als sie ihm durch den Kopf gingen. Sie sei es nicht wert, von jemandem geliebt zu werden, sagte sie. Sie habe ihren Mann aus Berechnung geheiratet. Sie habe aus Ungeduld und Langeweile geheiratet und habe beides mit Zins und Zinseszins zurückbekommen. Sie habe alles genau überlegt; kühl habe sie das Für und Wider abgewogen.

Robert lachte. Er nahm wieder ihre Hand, und erneut ließ sie es zu. Das hätte jeder andere auch getan, sagte er.

»Ich hätte es nicht getan, wenn unsere Freundschaft damals schon bestanden hätte, Robert.«

»Dann hätte *ich* darauf bestanden, dass ich der Schuldige bin.«

Er spürte den Druck ihrer Finger in seiner Hand. War das ein Zeichen, eine Erklärung, die sie nicht anders abgeben konnte? Seit der Zeit, in der sie zusammen bei Miss Mullover zur Schule gegangen waren, hatte er dann und wann, nicht besonders oft, in der Stadt einen Blick von ihr erhascht, wenn sie sich zufällig am selben Tag dort aufhielten. Jedes Jahr im Herbst fuhr seine Mutter mit Äpfeln und Weintrauben zum Hof der Dallons. Er hätte sie begleiten können, aber er hatte es nie gewollt, aus Angst, alte Gefühle wachzurufen. Um die Hochzeit herumzukommen war völlig unmöglich gewesen.

»Tut mir leid, dass ich das alles gesagt habe, Robert.«

»Es bedeutet mir unendlich viel, dass du es getan hast.«

Von seiner Seite gab es manches, das er ihren Schilderungen hätte hinzufügen können: seine gedrückte, unglückliche Stimmung auf der Rückfahrt von der Trauung, während seine Mutter im Wagen vor sich hin plapperte; der Kummer, den es ihm bereitet hatte, sie selbstsüchtig eines freudigen Wiedersehens beraubt zu haben; der noch größere Schmerz, wenn er sich die vor Glück strahlende Braut vorgestellt hatte. Während Mary Louise bei McBirney's ihren Cherry Brandy getrunken hatte, war sie noch immer in seinen Gedanken gewesen, noch immer im Hochzeitskleid, so, wie er sie zuletzt gesehen hatte. Er hatte unsägliche Qualen erduldet, während Mary Louise sich in Gegenwart ihres bereits bewusstlosen Mannes entkleidete und leicht benebelt in ihr Ehebett kroch. Während sie schlief, jungfräulich und allein, war er am bittersten Tiefpunkt seiner Melancholie angelangt.

»Was für eine Ironie!«, war alles, was er mit leiser Stimme auf dem Friedhof dazu sagte.

»Du bist der einzige Mensch auf der Welt, dem ich das erzählen konnte.«

Er küsste sie zärtlich, und ihre Lippen berührten sich nur ganz leicht. Dann stand er mühsam auf und streckte die Hände nach ihr aus. Sie gingen zurück zum Haus, ohne noch etwas zu sagen. Beide waren von einem wunderbaren Gefühl der Wärme erfüllt, dem erregenden Gefühl von Geheimnissen, die man endlich jemandem mitgeteilt hat, obwohl sie noch immer Geheimnisse bleiben; es herrschte die Intimität einer vertraulichen Wahrheit.

Während sie die Ackerböschung überquerten, hinter der das Haus und der Garten lagen, sagte Robert:

»Schau mal! Da ist er.«

An diesem Tag hatten sie das Fernglas nicht dabei. Dennoch konnte Mary Louise genau an der Stelle, von der aus sie oft die Fische hatten vorbeischwimmen sehen, die graue, kantige Gestalt des Reihers erkennen, auf den sie schon so lange gewartet hatten, um einen flüchtigen Blick auf ihn zu erhaschen. Mit gestrecktem Hals tauchte er seinen langen Schnabel ins Wasser und war anscheinend damit beschäftigt, nach den Forellen zu fischen, doch die Entfernung war zu groß, um sehen zu können, wie erfolgreich diese Bemühungen waren. Auf seinen unbeholfenen Beinen stelzte er näher ans Wasser, dann drehte er sich um, breitete die Flügel aus und flog davon.

»Kluges Tier«, meinte Robert.

Im Haus las er Mary Louise aus einem Nachschlagewerk vor. Was sie gesehen hatten, war ein Fischreiher, kein Silber- oder Purpurreiher: »Ardea cinerea«. Fischreiher waren zwar nicht selten, aber man sah sie nicht allzu häufig. Früher waren sie von den Anglern gejagt worden.

Er legte das Buch zur Seite und stöberte in einigen anderen herum. Es gebe viele Erzählungen von seinem russischen Lieblingsautor, sagte er, doch er besitze nur drei. Er breitete die Bände vor ihr aus, alle auf der Titelseite aufgeschlagen, als sei es für Mary Louise von Bedeutung, sie zu sehen.

»Warum hast du das getan, Robert?«

»Für den Fall, dass du nicht wiederkommst.«

»Natürlich komme ich wieder.«

»Man kann sich nie sicher sein.«

Die drei Bände blieben offen auf einem der Tische liegen, auf denen stapelweise andere Bücher lagen. Wenn schon nicht wegen alldem, was sie einander anvertraut hatten, dachte er, dann wegen alldem, was geschehen war: Sie würde nicht wiederkommen.

»Du warst so gut zu mir, Robert. Ich kann dir gar nicht sagen, wie viel es mir bedeutet, dass ich mit dir reden konnte.«

»Darf ich dich in diesem Zimmer küssen, Mary Louise? Nur einmal?«

»Ja.« Das sagte sie rasch, ohne auch nur einen Augenblick zu zögern.

Diesmal legte er die Arme um sie und drückte seine Lippen etwas fester auf ihren Mund, und nachdem sie sich voneinander gelöst hatten, hielt er noch einen Augenblick ihre Hand. Wieder sagte er, dass sie schön sei.

»Aber das stimmt doch gar nicht«, begann sie, wie sie es schon einmal getan hatte.

»Aber natürlich«, wiederholte auch er.

Sie tranken in der Küche Tee, und als Mary Louise gegangen war, trug Robert eine Tasse zu seiner Mutter hinaus, die gerade Himbeeren pflückte. Reicht es aus, dass wir so miteinander geredet haben?, fragte er sich. Konnte all das, was sie sich mitgeteilt hatten, ausgleichen, dass sie nicht mehr wiederkäme? Während er beim Beerenpflücken half, hatte Robert das Gefühl, als sei die Tatsache, dass seine Cousine so plötzlich in sein Leben getreten war, von Anfang an Teil eines größeren Plans gewesen, den ihr heutiges Gespräch mit dem Aussprechen der Wahrheit vollendet hatte. Es schien so, als sei ihre Liebeserklärung, unabhängig von ihrem eigenen Willen, vorherbestimmt gewesen. Dass seine eigene Liebe andauerte, während ihre sich verringert hatte, war nebensächlich; zumindest hatten sie das, was gewesen war, in Ehren gehalten. Aber konnte er, so fragte er sich, von den wenigen Augenblicken eines einzigen Nachmittags zehren?

Als sie die menschenleere Straße entlangradelte, hatte Mary Louise anfangs das Gefühl, dass sie vor einem Hirngespinst davonfuhr. Es kam ihr so unwirklich vor, dass Robert ihre Hand genommen, dass sie ihm so viel erzählt hatte und sie sich zweimal geküsst hatten. Und doch war all das geschehen. Was vorgefallen war, grenzte an Ehebruch; sie hatte eine Sünde begangen.

Aber sie empfand weder Reue noch die leiseste Schuld. Den ganzen Nachmittag über war sie von der Glut der Sünde erfüllt gewesen, und nun wollte sie nicht, dass dieses Gefühl nachließ. Sie wollte bis in alle Ewigkeit spüren, wie er seine Lippen auf ihren Mund drückte, wie seine kühle Hand in der ihren lag. Sie wollte ihn wieder mit der gleichen Unbefangenheit sagen hören, dass sie schön sei und er sie liebe.

In den Hecken war der Wiesenkerbel des Sommers verwelkt, nur seine spröden Stängel waren übrig geblieben. Zwischen den Dornen hatten sich bereits Schlehen und Mehlbeeren gebildet. Irgendwo in ihrer Nähe klapperte eine Vogelscheuche, dann noch einmal, doch als sie weiterfuhr, wurde das Geräusch schwächer. Eine Frau, die die Fuchsienhecke vor ihrem Landhaus stutzte, winkte und sagte, es sei ein wunderschöner Tag.

»O ja, wunderschön«, rief Mary Louise zurück, und ihr fielen die Fuchsien im Haar der schwarzgekleideten Frau ein. »Wunderschön.«

In dieser Nacht, kurz vor Mitternacht, träumte Robert, dass er es wäre, der seine Cousine auf ihrer Hochzeitsreise an die See begleitete. Die drei Männer, die sie ihm beschrieben hatte, standen auf einer Straße, und an einem breiten, endlosen Strand stieß eine Schar Möwen auf die auslaufenden Wellen herab. Miss Mullover sagte ihm, dass er nicht baden dürfe, nicht einmal planschen. »Dein Benehmen ist heute wieder mal erbärmlich!«, rügte Miss Mullover Berty Figgis. Als die Vögel den Sand berührten, konnte man sehen, dass es Reiher waren.

Er legte den Arm um die Taille seiner Cousine, und während sie den Strand entlanggingen, unterhielten sie sich über seinen Vater. In diesem Augenblick starb Robert.

15

Sie geht im Garten spazieren. Im Garten gefällt es ihr schon immer am besten, seit sie in das Heim gekommen ist. Sie kennt die Namen aller Blumen, sie hat ein Blumenbeet ganz für sich.

Niemand weiß, was aus dem Haus wird, und vielleicht spielt das auch keine Rolle. Vielleicht ist ein Ort, der einem anderen Zweck dienen wird, vielleicht ist ein Haus, das verfällt, nicht von Bedeutung, nur ein Sandkorn, das über den Strand geweht wird, sonst nichts. Dennoch, es ist traurig, dass ihr Blumenbeet vielleicht von Unkraut erstickt wird.

Sie nimmt keine Medikamente ein und hat auch nicht vor, es zu tun; kein einziges Mal wird sie sie einnehmen. »Du bist ungezogen, das weißt du«, sagte Miss Foye einmal, doch sie hat es nicht wegen der Medikamente gesagt, obwohl sie es ahnt. Miss Foye mag die Insassinnen, für die gezahlt wird, sie mag es, wenn die Schecks eintreffen. Prinzipiell ungezogen, hat Miss Foye gemeint, eine Neigung dazu. Die Schwestern schauen zu, wenn sie die Medikamente hinunterschluckt, doch Miss Foye weiß, dass zum Schlucken mehr gehört, als man mit bloßem Auge sehen kann. In diesen Dingen ist Miss Foye schlau wie ein Fuchs.

16

James Dallon füllte auf dem Hof gerade einen Traktorreifen mit Luft, als ein Mann, den er nicht kannte, aus einem blauen Lieferwagen ausstieg und fragte, ob dies das Haus der Dallons sei. Der Mann sagte, er habe wegen der Himbeeren und der letzten Erbsen bei James' Tante vorbeigeschaut, doch James hatte keine Ahnung, wovon er sprach. Dann sagte der Mann, dass er eine Nachricht habe. Er lächelte nicht und wirkte auch nicht glücklich. James führte ihn in die Küche.

Später an diesem Vormittag fuhr Mrs Dallon zu ihrer Schwester, um sie zu trösten. Sie saßen fast den ganzen Tag zusammen in der Küche, und Mrs Dallon machte am Nachmittag Tee und Toast und pochierte für beide ein Ei. Sie wollte über Nacht bleiben, doch ihre Schwester ließ das nicht zu. Sie sprachen über ihre Jugend, über die Zeit vor ihrer Hochzeit, über die Zeit, als die Männer, die sie geheiratet hatten, zum ersten Mal in ihr Leben traten, und darüber, dass ihr Leben deshalb so unterschiedlich verlaufen war. Sie sprachen über die Geburt ihrer Kinder, darüber, dass Robert nur knapp überlebt hatte. Sie sprachen über das Dasein, das er gefristet hatte.

Mary Louises sonntägliche Besuche wurden in diesem Gespräch nicht erwähnt, abgesehen davon, dass ihre Tante sagte: »Mary Louise war gut zu ihm.« Mrs Dallon dachte, das sei auf früher bezogen, als sie zusammen bei Miss Mullover zur Schule gegangen waren. Das kleine Missverständnis tat nichts zur Sache.

In dem Zimmer, in dem ihr Neffe sich meistens aufgehalten hatte, bekam sie die Bücher und die Soldaten in der Fensternische gezeigt. »Nimm dir ein paar Weintrauben mit«, bot ihr die Schwester am Ende des Tages an, denn sie hatte sich mittlerweile mit dem Tod ihres Sohnes abgefunden, von dem sie immer gewusst hatte, dass er schnell und wie aus heiterem Himmel eintreten würde.

»O nein, Liebes, lass doch!«, protestierte Mrs Dallon, doch sie schnitt ihr dennoch die Weintrauben ab.

Pfarrer Harrington kam ins Haus und später derselbe Leichenbestatter, der vor Jahren schon Roberts Vater aufgebahrt hatte. Von Roberts Vorliebe für einen Friedhof, der nicht mehr genutzt wurde, wusste niemand, weil er das geheim gehalten und nur seiner Cousine anvertraut hatte. Auf dem Friedhof der ländlichen Kirche, die seine Familie regelmäßig besucht hatte, in der Pfarrer Harrington einmal im Monat das heilige Abendmahl abhielt und jeden Sonntag um halb sieben den Abendgottesdienst zelebrierte, musste ein Grab neben dem seines Vaters geschaufelt werden.

Es habe sehr glückliche Zeiten in Roberts Leben gegeben, sagte der Geistliche in der Küche zum Trost. Robert habe sich an allem Möglichen belustigt, er habe gern gelacht und viel Spaß gehabt. All das sei besser als ein längeres Leben – von sechzig oder siebzig Jahren –, das in nörglerischer Verbitterung zugebracht werde. Die Mutter, die jetzt allein war, konnte aus diesen Worten nur wenig Trost ziehen, ließ sich davon aber nichts anmerken.

»Möchten Sie ein paar Weintrauben mitnehmen, Mr Harrington?«, fragte sie, und so fuhr auch Pfarrer Harrington mit Weintrauben in seinem Wagen davon.

Mrs Dallon fand es merkwürdig, dass ihre jüngere Tochter in Ohnmacht fiel, als man ihr vom Tod ihres Cousins erzählte, denn sie hatte ihn, abgesehen von der gemeinsamen Schulzeit, ja kaum gekannt. Er sei ganz ohne Schmerzen im Schlaf gestorben, hatte Mrs Dallon gesagt, als sie in den Laden gekommen war, um ihr die Neuigkeit zu überbringen und die Einzelheiten des Begräbnisses mitzuteilen. Mary Louise wurde kreidebleich. Im nächsten Augenblick zitterten ihr die Knie, und sie sank hinter dem Tresen zu Boden.

Elmer kam aus dem Büro geeilt, und er und Mr Renehan – den man rasch aus dem Laden nebenan geholt hatte – nahmen Mary Louise zwischen sich und trugen sie nach oben. Unterwegs kam sie wieder zu sich und rappelte sich auf dem Treppenabsatz im ersten Stock mühsam wieder auf. Erst weinte sie vor aller Augen, dann wandte sie sich ihnen den Rücken zu und eilte weiter die Treppe hinauf. Mrs Dallon wollte bei ihr bleiben, und nachdem sie mit Elmer und seinen Schwestern Rücksprache gehalten hatte, folgte sie ihr die Treppe hinauf. Doch obschon die Tür zu dem Zimmer, das sie ihr als Mary Louises und Elmers Schlafzimmer beschrieben hatten, offen stand, war Mary Louise nicht darin. Für den Fall, dass sie in ihrer Aufregung etwas falsch verstanden hatte, probierte Mrs Dallon auch die anderen Türen aus, fand aber nur leere Zimmer und eine schmale Stiege mit nackten Stufen vor.

In der Zwischenzeit hatte man Tee zubereitet und nach Dr. Cormican geschickt. Mary Louises Schwägerinnen ließen Mrs Dallon in dem großen Wohnzimmer Platz nehmen, Elmer kümmerte sich um den Laden und hielt Ausschau nach dem Arzt, und Mr Renehan sprach Mrs Dallon sein Mitgefühl wegen des Todesfalls in der Familie aus. Während Mrs Dallon den Schwestern noch erklärte, dass ihr Neffe nie besonders robust gewesen sei und eigentlich kein normales

Leben geführt habe, waren oben Mary Louises Schritte zu hören.

»Vielleicht war sie auf der Toilette«, mutmaßte Rose, und Matilda sagte etwas über ihre Tage.

Doch als Mrs Dallon die Tür geöffnet hatte, hinter der sich die Stiege zu den Dachkammern befand, hatte sie das unbestimmte Gefühl gehabt, dort oben ein schwaches Schluchzen zu hören. Ihre Tochter war zweifellos nicht auf der Toilette gewesen, denn diese Tür hatte sie auch geöffnet. Es machte sie stutzig, dass Mary Louise so theatralisch in Ohnmacht gefallen und dann anscheinend auch noch auf den Dachboden gelaufen war. Als sie dort oben gestanden hatte, hatte sie gedacht, dass sie die schwach beleuchtete Stiege nicht hinaufsteigen sollte, doch nun wünschte sie, sie hätte es getan.

»Sie weiß nicht, dass ich hier bin«, sagte sie, als man Schritte im Flur und dann auf der Treppe hörte. »Mary Louise!«, rief sie und eilte aus dem Zimmer. »Mary Louise!«

Mary Louise hatte die Diele erreicht. Sie blickte auf, das Gesicht noch immer tränenfeucht und blass. Sie hatte sich eine Strickjacke über ihr blaugeblümtes Kleid gestreift.

»Es geht schon wieder«, sagte sie. »Mach dir keine Sorgen um mich.«

»Der Arzt kommt gleich.«

»Ich brauche keinen Arzt.«

Sie ging davon. Irgendwo am Ende der Diele schlug eine Tür. Einen Augenblick später rief Rose aus dem Wohnzimmer, dass Mary Louise mit dem Fahrrad weggefahren sei. Sie hielt noch immer den Gardinensaum in den Fingern, und Mrs Dallon trat ans Fenster, um sich selbst davon zu überzeugen. Aber Mary Louise war bereits verschwunden.

Das Wetter war unverändert. Als sie zwei Tage zuvor spazieren gegangen waren, war der wolkenlose, frühherbstliche Himmel ebenso fahl gewesen. Die Sonne hatte nichts von der Energie eingebüßt, die sie im August gehabt hatte, und so blieb auch der nächtliche Tau keinen Augenblick länger liegen.

Die Stängel des Wiesenkerbels waren so spröde wie zuvor, und dieselbe Vogelscheuche knarrte in einem Kornfeld. Die Frau, die ihre Fuchsienhecke gestutzt hatte, war nirgends zu sehen, doch die verwelkten Schnipsel lagen noch auf der Straße. Derselbe Hund lief hinter Mary Louises Fahrrad her, ein scheckiger Terrier mit lebhaften Augen. Auf den Straßen musste sie denselben Schlaglöchern ausweichen.

Und doch war alles ganz anders. Aus der Gegend, durch die sie fuhr, war jegliches Leben gewichen, trüb und grau lag alles da. Sie hatten auf dem Feld vier Pilze entdeckt, und er hatte sie auf dem hölzernen Abtropfständer in der Küche nebeneinander aufgereiht: Sie sah sie noch lebhaft vor sich.

Sie ging zu dem Friedhof und setzte sich wieder zwischen die Grabsteine der Attridges. War das die Strafe für die Sünde, die sie begangen hatten? Wenn ja, dann fand sie diese Strafe ungerecht, denn weiterzuleben war für sie eine größere Qual als sein Tod. Sie wollte den Friedhof nicht mehr verlassen, sondern ebenfalls sterben, hier an ihrem Lieblingsort.

»Ich liebe dich, Robert«, flüsterte sie, da sie nun wusste, was sie in den letzten Stunden seines Lebens nicht gewusst hatte. »Ich liebe dich«, sagte sie noch einmal.

Dann kamen ihr wieder die Tränen, und sie flossen ungehinderter als zuvor. Und als sie sie schließlich fortwischte, dachte sie: Könnte das Ganze vielleicht ein Irrtum sein? Hatte sie dummerweise die Worte ihrer Mutter falsch verstanden? War er nur krank? War nicht er, sondern ihre Tante

Emmeline gestorben? Wenn es ein Irrtum war, wenn sie nun den grasbewachsenen Weg hinunterfuhr und ihn in der Küche um seine Mutter trauern sah, dann würde sie nie mehr von seiner Seite weichen. Sie würde bei ihm im Haus bleiben und so für ihn sorgen, wie noch nie zuvor jemand für einen Menschen gesorgt hatte. Sie würde alles wiedergutmachen, und nichts davon wäre ein Opfer, denn sie wollte bloß bei ihm sein, beide eins mit dem anderen.

Aber Robert war tot. Ihre Mutter hatte das klar und deutlich gesagt. Wenn man jemanden vom Tode eines Menschen unterrichtet, begeht man keine Fehler, und sie hatte ihre Worte auch nicht falsch verstanden. Robert war tot und hatte nicht gelitten. Robert war bereits eiskalt, sein Körper steif und nutzlos, sein belustigter Gesichtsausdruck für immer verschwunden.

Als die Dämmerung hereinbrach, blieb Mary Louise auf dem Friedhof. Zitternd und voll Todessehnsucht blieb sie auch noch, als es dunkel wurde. Sie dachte, sie würde den Friedhof vielleicht nie mehr verlassen, und tat es tatsächlich erst bei Tagesanbruch.

17

Ihr Blumenbeet hat sie für ihn angelegt. Das hat ihr der Heimaufenthalt möglich gemacht: Keine dummen Fragen, genügend Zeit bei der Auswahl der Pflanzen, Versuch und Irrtum bei der Aufzucht, das Aufbrechen der Knospen in ihren unterschiedlichen Farben, die Ansammlung der Blütenblätter.

»Ach, ich denke, es wird verschwinden«, erwidert der Gärtner mürrisch, als sie ihn nach dem Schicksal des Blumenbeets fragt. Es ist nicht der Mann, dem Sadie mit der Hacke den Arm gebrochen hat. Der war noch jung, ungeeignet für diesen Ort, und kündigte auf der Stelle. Dieser Mann hier ist alt; er arbeitet schon so lange sie denken kann im Heim; kein Wunder, dass er betrübt ist. Er sagt, dass aus dem Heim ein Hotel werden soll.

»Mein Blumenbeet wird mir in Erinnerung bleiben. Ich hoffe, dass sie den Garten gut pflegen.«

»Ich habe gehört, dort soll ein Parkplatz entstehen.«

Sie schlendert umher und stellt sich vor, wie die Wagen reihenweise aufgestellt sind, in unterschiedlichen Farben. Tessa Enright hat sie einmal besucht, sie heißt jetzt Tessa Hospel, ist Mutter von vier Kindern, Frau eines Austernhändlers. In der Nachmittagshitze spazierten sie ebendiese Pfade entlang, und plötzlich sagte ihre Freundin: »Ich habe mich verliebt.« Sie habe es keiner Menschenseele erzählt, und das werde sie auch nicht tun. »Keinem außer dir.« Sie weinte in ein lilafarbenes Spitzentaschentuch und sagte, sie schäme sich, dass Mary Louise schon seit sechzehn Jahren in dem Heim lebe und sie erst jetzt zu Besuch komme. Sie habe sich in einen Engländer verliebt, den sie kennengelernt habe, als sie und ihr Mann mit den Kindern in Frankreich am Meer Urlaub machten. Ihr Mann sei reich; sie hätten ein Kindermädchen. Der Engländer habe gesagt, er könne ohne sie nicht mehr leben. »Stell dir das vor! So etwas zu sagen! Wo er mich doch kaum kannte!« Tessa Enright hatte sich nicht verändert. Spindeldürr, hohe Wangenknochen, das Haar wie sonnengebleichte Seide. In ihrem Blick hatte schon immer dieser erstaunte Ausdruck gelegen, ihre Lippen bildeten noch immer einen unbeteiligten Schmollmund. Sie wäre nie hergekommen, wenn sie nicht dringend eine Mitwisserin gebraucht hätte: Hier war ihr Geheimnis so sicher wie nirgends sonst.

Fünfzehn Jahre später, allein in dem Garten, ruft sich Mary Louise den Lilaton des Taschentuchs exakt ins Gedächtnis. Er war etwas heller als der ihrer Kleidung, der Bluse, die bis zum Hals geknöpft war, dem sehr kurzen Rock, den schicken kleinen Schuhen. Sie weiß noch, dass Tessa ihr erzählt hat, sie habe den Austernhändler auf einer Party kennengelernt. Der Engländer hatte mit Booten zu tun, er brachte sie im Auftrag anderer Leute von einem Hafen zum anderen. Mary Louise stellt sich diesen Mann vor, wie sie sich einmal Jeanne d'Arc vorgestellt hat, später den Vater ihres Cousins und noch später die Menschen in den Romanen, aus denen ihr Cousin ihr vorgelesen hat. Sie sieht die Kinder ihrer Freundin vor sich, beaufsichtigt von einem ruhigen Kindermädchen; sie sieht ihren Mann vor sich. Sie platziert die Familie in den Speisesaal eines Hotels, inmitten von Kellnern, die sich auf Französisch etwas zurufen und fachkundig Wein einschenken. Der Engländer naht, in Flanellhose und einem Blazer mit Emblem darauf, haselnussbraun, mit unbeteiligtem Lächeln. Etwas später, wenn sie allein sind, legt ihr Freund ihre Arme um seinen Körper, sie lässt die Hände unter den Blazer mit dem Emblem gleiten, und ihre Finger liegen auf seinen Rückenmuskeln.

Mary Louise bückt sich und hebt ein Rosenblütenblatt auf, das heruntergefallen ist. Es ist strengstens verboten, die Blumen zu pflücken. Bríd Beamish hat es einmal getan und durfte den Garten sieben Monate lang nicht betreten, denn sieben war die Anzahl der Blumen, die sie stibitzt hatte. Das Blütenblatt verströmt keinen Duft, doch auf Mary Louises Hand sieht es so schön aus wie alles, was sie je berührt hat, Karmesinrot mit weißen Streifen. Sie hat in ihrem Blumenbeet hauptsächlich Rosen gepflanzt, und am Rand stehen Maiglöckchen. Sie ist froh, dass nicht sie den Austernhändler geheiratet und vier Kinder bekommen hat. Sie ist froh, dass sie sich in vertraulichen Angelegenheiten nie an eine Freundin aus Kindertagen wenden musste, die in sicherem Gewahrsam sitzt und der ohnehin niemand glauben würde.

18

Die Herbstnebel setzten ein. Sie hingen an den Häusern der Bridge Street und verschmierten die Schaufenster mit Tropfen und kleinen Rinnsalen. Über weiten Teilen der Stadt lag der Geruch von verbranntem Torf, der in der feuchten Luft etwas Beißendes hatte. Die kürzer werdenden Tage waren zwischen den Jahreszeiten gefangen, bis der November kam und sie für den Winter beanspruchte.

In der Mitte jenes Monats schien das Begräbnis bereits eine Ewigkeit zurückzuliegen. Mary Louise hatte mit ihrer Familie in der kleinen Kirche gestanden, in der ersten Bank, durch den Mittelgang von ihrer allein sitzenden Tante getrennt. Alle möglichen Leute waren gekommen – Nachbarn hauptsächlich, ein paar Leute aus der Stadt, Miss Mullover, die Edderys, Verwandte aus dem anderen Familienzweig, die die Dallons noch nie gesehen hatten. Auf dem Friedhof wurde der Sarg ins Grab hinabgelassen; Pfarrer Harrington hielt die Grabrede; auf den glänzend lackierten Sarg wurde eine Handvoll Erde geworfen. Danach wusste niemand, wie er sich verhalten sollte: Die Leute spürten, dass der Anlass traurig war – ein so kurzes Leben –, zu traurig für einen Leichenschmaus. Und doch kamen einige Trauergäste mit in das Haus ihrer Tante.

Seit dem Tod ihres Cousins war der Umstand, dass er unabänderlich tot war, morgens nach dem Aufwachen stets der erste Gedanke, der Mary Louise durch den Kopf ging.

Robert, spindeldürr im Klassenzimmer, war nicht mehr da. Robert, lächelnd in dem unaufgeräumten Zimmer, das er so mochte, war nun nur noch eine Ausgeburt ihrer Phantasie. Ein Schatten deutete auf den Reiher und bückte sich, um die Pilze zu pflücken. Ein Schatten küsste sie zweimal. Die verblassenden Bilder waren nicht so gut wie Fotos, doch sie besaß kein Foto ihres Cousins.

Das war der Grund, warum Mary Louise an einem Sonntagnachmittag mitten im November wieder zum Haus ihrer Tante radelte. Sie wusste nicht genau, was sie sagen sollte, wenn sie dort eintraf, noch wusste sie, was sie dort vorfinden würde. Sie fragte sich, ob sie sonderlich willkommen sei.

So war es tatsächlich. Ihre Tante war im Garten und riss die abgeernteten Stangenbohnen aus. Sie trug Gummistiefel und einen alten Regenmantel. In der Nähe schwelte ein Feuer.

»Mary Louise!«

»Störe ich dich?«

»Nein, nein. Ich bin gerade an der letzten Reihe.«

Sie riss alles, was von der Reihe noch übrig war, heraus und warf die Ranken ins Feuer. Eine Arbeit, die sie nicht ausstehen könne, sagte sie und führte Mary Louise zur Rückseite des Hauses.

»Ich habe mich gefragt, wie's dir geht«, begann Mary Louise in der Küche.

»Ach, ich komme ganz gut zurecht.«

In der Küche machte Mary Louise Tee, während ihre Tante sich die Stiefel auszog und den Regenmantel über dem Herd zum Trocknen aufhängte.

»Es ist nett von dir, mal vorbeizukommen, Mary Louise.«

»Ich hatte noch keine Gelegenheit, dir mein Beileid auszusprechen.« Sie hielt inne und goss das kochende Wasser in die Kanne. »Ich habe es ganz für mich gebraucht.«

»Nichts auf der Welt tröstet mich so sehr wie die Tatsache, dass ihr beide in den letzten paar Monaten Freunde wart.«

»Ich hatte Robert sehr gern, Tante Emmeline.«

Ihre Tante stand am Spülbecken und wusch sich die Hände. Sie drehte die Wasserhähne auf und schrubbte die Handflächen und Finger mit einer Bürste. Mary Louise goss zwei Tassen Tee ein.

»Robert hatte dich auch gern, Mary Louise.«

Das war alles, was sie dazu sagte. Von der Tiefe ihrer Beziehung hatte die Tante eindeutig nichts geahnt. Nichts daran hatte ihr Sorgen bereitet, als ihr Sohn noch am Leben war. Sie hatte keine Veranlassung gesehen, in einem Leben, dem bestimmte Gefühle vorenthalten blieben, eine harmlose Zuneigung zu unterbinden.

»Da ist ein Kuchen, den hat mir deine Mutter geschickt. Deine Mutter war gut zu mir.«

Auf einem Teller lag ein noch nicht angeschnittener englischer Kuchen. Mary Louise hatte gehofft, sich ihrer Tante anvertrauen zu können, hatte gehofft, dass ihre Tante sie verstehen und ihr zuhören würde. Doch stattdessen schnitt sie Stücke von dem englischen Kuchen ab, und Mary Louise spürte, dass sie das Thema besser nicht weiterverfolgte. Dass sie und Robert sich gerngehabt hatten, war das eine, aber über ihre Liebe Stillschweigen zu bewahren etwas ganz anderes.

»Komm mich besuchen«, sagte ihre Tante, »wann immer du Lust hast.«

Die Einladung milderte, was man als Schroffheit hätte auslegen können, doch es quälte Mary Louise, wieder in dem Haus zu sein, und sie wusste, dass sie schwerlich wiederkommen würde. Der einsame Friedhof und die verfallene Kapelle, durch die im Hochsommer die Rosen wucherten, waren angenehmere Orte. Dort gab es keine Ablenkung und keine Stimmen, die nicht dorthin gehörten; dort musste man zu niemandem höflich sein.

»Was meinst du, kann ich eine von Roberts Zeichnungen haben?«

»Oh, natürlich. Lass uns mal nachsehen.«

Die drei Bücher lagen aufgeschlagen auf dem Tisch, genau wie er sie hingelegt hatte. Die französischen und die deutschen Bataillone waren in eine Schlacht verwickelt, die er nachgestellt haben musste, nachdem sie gegangen war. Das Zimmer war ein wenig aufgeräumt worden, aber das war auch schon alles.

»Das nehme ich als Nächstes in Angriff«, sagte ihre Tante, doch ihre Stimme verriet, dass sie nicht den Mut fand, sich dieser Aufgabe zu widmen. »Ich komme nicht oft hier rein.«

Mary Louise hätte nicht das Geringste verändert, sie hätte die Bücher, das Gekritzel und die Zeichnungen da liegen lassen, wo sie gerade lagen. Sie hätte seinen Sessel am Kamin nicht um einen Zentimeter verrückt. Im Winter würde sie das Feuer anzünden und es jeden Tag brennen lassen.

»Schön, dass du eine haben willst«, sagte ihre Tante, als sie sich eine Zeichnung mit Bäumen im Winter ausgesucht hatte. »Nimm dir alles, was du sonst noch gern hättest.«

Mary Louise blickte sich um und bekam wieder das Gefühl, dass sie stören könnte.

»Die vielleicht«, bat sie widerstrebend, indem sie auf die drei Bücher deutete.

»Die sollst du natürlich haben.«

Sie verließen das Zimmer und tranken in der Küche noch eine Tasse Tee. Einen Augenblick schwiegen beide. Dann sagte ihre Tante:

»Deine Mutter hat gesagt, ich könnte in Culleen wohnen. Was würdest du davon halten, Mary Louise?«

Mary Louise dachte, dass man von ihren sonntäglichen Besuchen in diesem Haus erfahren würde: Im täglichen Umgang würde das nicht ausbleiben. Doch was zu seinen Lebzeiten noch von Bedeutung war, spielte jetzt keine Rolle mehr. Selbst wenn die Tante durch Mary Louises Enthüllungen am heutigen Tag irgendwann Verdacht schöpfte, spielte das keine Rolle. Sie wünschte nur, sie hätte schon an ihrem letzten gemeinsamen Sonntag gewusst, dass sie ihren Cousin mit der Leidenschaft liebte, die sein Tod offenbar werden ließ.

»Hier ist es einsam für dich, Tante Emmeline.«

»Tja, das glauben deine Eltern auch. Und es stimmt. Besonders jetzt, obwohl ich mich vielleicht daran gewöhne.«

»Es wäre vernünftig.«

»Ja, es wäre vernünftig. Wenn Letty und Dennehy heiraten, wäre ein Zimmer frei.«

Der Bank of Ireland gehöre mehr von dem Haus als ihr selbst, fügte sie hinzu. Wenn sie es vom Hals hätte, wäre eine Last von ihr genommen. Auf der Westseite sei das Dach undicht, die Dachrinnen müssten erneuert werden, das Abflussrohr sei voller Löcher.

»Ich habe James gern«, sagte sie. »Es wäre schön, wieder einen jungen Menschen um sich zu haben.«

Mary Louise begriff, was ihrer Tante und ihren Eltern durch den Kopf ging. Die Vorstellung – auf dem Hof hatte man es fast schon als Tatsache betrachtet –, dass Letty und James nun, da Mary Louise geheiratet hatte, dort zusammen alt werden würden, entsprach offenbar nicht mehr der Wirklichkeit. Inzwischen war es wahrscheinlicher, dass Letty den Tierarzt heiratete und auch James eines Tages heiraten würde.

Da dann ein Zimmer übrig war, schien es unter den gegebenen Umständen ganz selbstverständlich, es einer einsamen Tante als neues Zuhause anzubieten.

»Aber ich bin mir nicht sicher, Mary Louise. Ich bin mir nicht sicher, ob ich nicht stören würde.«

Mary Louise schüttelte den Kopf. Das sei das Letzte, worum sie sich sorgen müsse, versicherte sie ihr. Wenn man ihr den Vorschlag gemacht hatte, dann hatte die ganze Familie vorher darüber gesprochen. Dann war ihr Vater einverstanden, und James auch. Vermutlich hatte sich Letty für Dennehy entschieden.

»Ganz unter uns, ich glaube, das stimmt«, sagte ihre Tante.

»Das wusste ich nicht.«

»Bei Mischehen hält man es immer eine Weile geheim. Dennehys Priester will noch mal mit Letty reden.«

»Letty würde nie konvertieren.«

»Aber der Geistliche will bestimmt, dass die Kinder katholisch erzogen werden.«

Mary Louise hatte das Gefühl, dass sie das nichts anging. Früher hätte Letty ihr alles schon vor einer Ewigkeit erzählt. Sie hätten in dem Zimmer, das bald leerstehen würde, wach gelegen, und Letty wäre jede Einzelheit ihrer Liebe durchgegangen, Art und Umstände des Heiratsantrags und ihre Überredungskünste gegenüber dem Pfarrer. Als sie mit Gargan ausgegangen war, war sie nachts mit allen möglichen Neuigkeiten ins Schlafzimmer gekommen und hatte Mary Louise oft geweckt, um ihr davon zu erzählen: was Gargan alles ausprobiert hatte, was er ihr über die sexuellen Wunschvorstellungen seiner Jugend anvertraut und über die Bankkunden enthüllt hatte, wer zahlungsfähig war und wer nicht. Nun wollte ihre Schwester anscheinend einen Mann heiraten, mit dem Mary Louise nur ein- oder zweimal gesprochen und über den Letty ihr nicht das Geringste erzählt hatte. Nach der Hochzeit würde auf dem Hof alles anders werden – Tante Emmeline würde ihr ehemaliges Zimmer bewohnen, und James würde vielleicht die Tochter der Edderys oder ein anderes Mädchen heiraten. Nichts davon gehörte mehr zu Mary Louises Welt. Ihre Welt bestand aus dem Textilgeschäft und der Wohnung darüber, aus ihren Schwägerinnen, ihrem Mann, den Dachkammern, der Erinnerung an die Liebe ihres Cousins. Ihre Welt war die Stadt, nach der sie sich so gesehnt hatte, deren Luft nach verbranntem Torf roch und deren Bewohner sich für ihre vermeintliche Unfruchtbarkeit interessierten.

»Die Geistlichen wollen immer, dass die Kinder katholisch erzogen werden«, sagte ihre Tante. »Na ja, das ist durchaus verständlich.«

»Ich muss mich auf den Rückweg machen.« Sie zögerte. »Du hast wohl kein Foto von Robert übrig?«

Zum ersten Mal schien ihre Tante überrascht zu sein. Dann ging sie davon und kehrte mit einem Album zurück, in dem etwa ein Dutzend Fotos lose zwischen den Seiten lagen. Nicht eines war eingeklebt. »Die von Robert sind kostbar für mich«, gab sie zu verstehen. »Ich habe keins, auf dem er schon erwachsen ist.«

Mary Louise sah sich eins nach dem anderen an: Robert als Säugling, Robert mit drei oder vier Jahren, Robert mit Mütze und Mantel, so, wie sie ihn aus ihrer Kindheit kannte. Sie gab die Fotos zurück.

»Wir haben nicht viele Bilder gemacht«, sagte die Tante.

Es gab noch andere Fotos, und ihre Tante zeigte sie ihr – vom Haus und von Leuten, die sie nicht kannte, von der Tante als kleinem Mädchen und von Roberts Vater, mit Schnurrbart.

»Danke, dass du sie mir gezeigt hast, Tante Emmeline.«

Bald nachdem sie vom Weg auf die Straße abgebogen war, hörte sie das Echo der Stimme ihres Cousins.

»An einem der heißesten Sommertage des Jahres 1853 ruhten zwei junge Männer im Schatten einer hohen Linde am Ufer der Moskwa, unweit Kunzowo …«

Mary Louise hatte recht mit ihrer Vorstellung, dass die Stadtbewohner sich für ihre Kinderlosigkeit interessierten. Man dachte auch, dass sie langsam wunderlich werde, und oft wurde ein Zusammenhang hergestellt. Frauen, die in den Laden kamen, nahmen an ihr ein Verhalten wahr, das sie als merkwürdig betrachteten, und tuschelten miteinander. Sie redeten in den anderen Geschäften darüber – in Renehans Laden nebenan, in Foleys Laden und anderswo. Sie waren geschwätzig oder neugierig oder erzählten von ihren dunklen Vorahnungen, je nachdem, wer es war. Die junge Frau sei zerstreut, sagten sie; man spreche sie an, doch oft höre sie einen nicht. Man frage nach Nähseide, und sie drehe sich um und reiche die Seidenmuster herunter. Sie sei nicht mehr so freundlich wie früher; manchmal lächle sie einen kaum an, und dann erinnere sie sich und zeige ein überschwängliches Lächeln.

Eines Tages kam Letty in den Laden, um ihrer Schwester mitzuteilen, dass sie sich mit Dennehy verlobt habe. Ihr fiel sofort auf, was sie ihrer Mutter später als »Mary Louises seltsames Benehmen« beschrieb. Sie hatte gefragt, ob sie für ein paar Minuten nach oben gehen könnten, und Mary Louise hatte sie in das große Wohnzimmer geführt, in dem Letty noch nie gewesen war. Sie saßen zu beiden Seiten des leeren Feuerrosts. Dennehy hatte den Bauernhof mit allen Nebengebäuden gekauft, zu dem sie so oft gefahren waren, wenn sie ungestört sein wollten. Letty versuchte sich an die Zimmer zu erinnern und nahm in Gedanken Maß, um zu ermitteln, ob irgendeins davon so groß wie dieses hier war. Sie pries die Tugenden ihres Verlobten, seine Ergebenheit und alles, was sie für die Zukunft geplant hatten. Als sie sagte, sie sei bis über beide Ohren in ihn verliebt und sei es schon von ihrer ersten Verabredung an gewesen, wandte sie sich ab. Sie sagte, er sei begierig darauf, Mary Louise näher kennenzulernen.

»Sie hat kein einziges Wort gesagt«, berichtete Letty später. »Sie saß da, ohne die Miene zu verziehen.«

Das war etwas übertrieben, aber dennoch vermittelte es ein sorgfältiges und zutreffendes Bild, weil es auch Lettys beträchtlicher Überraschung Rechnung trug.

»Ist sie krank?«, fragte Mrs Dallon.

Letty schüttelte den Kopf. Ihre Schwester war nicht krank. Es war nichts dergleichen.

»Oh, mir ist auch etwas aufgefallen«, sagte Mrs Dallon und rief sich ihren Besuch bei den Quarrys kurz nach dem Tod ihres Neffen ins Gedächtnis. Als sie später noch einmal darüber nachgedacht hatte, war sie zu dem Schluss gekommen, dass Mary Louises Verhalten etwas damit zu tun hatte, dass sie noch nicht schwanger war. Mrs Dallon hielt die Launenhaftigkeit ihrer Tochter – die Niedergeschlagenheit, die sich in Euphorie verwandelte, oder aber die düstere Trauermiene, die sie in den letzten Monaten aufgesetzt hatte – zunehmend für eine Folge dieses Umstands. Weder sie noch ihr Mann hatten es je für nötig erachtet, sich über die bekannte Tatsache zu unterhalten oder sie auch nur zu erwähnen, dass für die Quarrys der Entschluss zu heiraten seit Generationen eher eine Notwendigkeit als ein Verlangen dargestellt hatte. Mary Louise hatte in die Stadt gewollt, also hatte sie sich entschlossen, mit Elmer Quarry auszugehen. All das führte nicht dazu, dass die Dallons ihre Sorge über Mary Louises künftiges Glück offen zum Ausdruck brachten, wenn sie allein in ihrem Schlafzimmer waren oder sich allein in der Küche aufhielten, weil James zum Kartenspielen gegangen und Letty mit Dennehy unterwegs war. Von ihrem Glück hatten sie vor der Hochzeit nicht miteinander gesprochen; sie taten es auch danach nicht. Es war kein Wort, das von Natur aus zu ihrem Wortschatz gehörte. Ihnen wäre leichter ums Herz gewesen, wenn Elmer Quarry jünger, wenn er ein ganz anderer Mensch oder ein besserer Gefährte für das Mädchen gewesen wäre. Doch man musste auch andere Faktoren bedenken. Es war reines Pech, dass es bisher noch nicht zu einer Schwangerschaft gekommen war.

»Sie hat nicht gesagt, dass sie sich freut oder so was«, fuhr Letty fort. »Sie hat bloß genickt. Ich habe ihr von dem Haus erzählt, und sie hat nicht einmal gefragt, wo es liegt.«

»War sie vielleicht enttäuscht, weil du nicht gefragt hast, ob sie deine Brautjungfer sein will?«

»Man kann doch keine verheiratete Frau als Brautjungfer nehmen. Das habe ich ihr gesagt, aber hinterher habe ich mich gefragt, ob sie es überhaupt gehört hat.«

»Sie sollte mal zu Dr. Cormican gehen. Man kann heutzutage Tests machen lassen.«

»Ich glaube nicht, dass es daran liegt.«

»Aber woran denn sonst?«

»Er hat angefangen zu trinken.«

»Wer?«

»Elmer.«

»Du bist wohl nicht ganz gescheit, Letty. Dieser Mann rührt keinen Tropfen an. Das haben die Quarrys nie getan.«

»Er hat damit angefangen. Die ganze Stadt spricht darüber.«

Wenn Letty es gewusst hätte, hätte sie hinzufügen können, dass man in der Stadt die Ansicht vertrat, Elmer Quarrys überraschende Flucht in den Whiskey hänge mit der kinderlosen Ehe zusammen. Seine Schwestern ließen inzwischen ganz unverhohlen durchblicken, dass er die Heirat als einen Fehler betrachte.

»Hogans Bar«, sagte Letty. »Ich habe ihn selber da gesehen.«

»Mein Gott!«

»Man würde sie am liebsten durchschütteln, wenn sie so dasitzt und keinen Ton von sich gibt. Aber schon im nächsten Moment würde es einem leidtun.«

Mrs Dallon wiederholte später das ganze Gespräch, Wort für Wort, ihrem Mann gegenüber. Auch er wusste nicht, dass Elmer Quarry begonnen hatte, seine Zeit in Hogans Bar zu verbringen. Auf den Viehmärkten hatte man es ihm gegenüber nie erwähnt, doch Mrs Dallon sagte, das liege wahrscheinlich daran, dass es sich um ein heikles Thema handele.

»Wenn erst mal ein Kind kommt, legt sich das alles«, sagte Mrs Dallon.

»So Gott will.«

Doch Mrs Dallon konnte in jener Nacht nicht schlafen. Sie lag da und dachte an die Einzelheiten von Mary Louises Geburt – das Baby war erst sehr spät gekommen – und dann daran, wie leicht sie es im Vergleich zu Letty und James gehabt hatte. In ihrer Kindheit war Mary Louise ein Mädchen mit großen, unschuldigen Augen gewesen, nicht so aufgeweckt wie Letty, nicht so ein Wirbelwind wie James. Manchmal ärgerte man sich über ihre Verträumtheit, manchmal vergaß sie etwas zu tun, und man glaubte, sie hätte es absichtlich vergessen, aber das war nie der Fall. Eines Tages war sie in der Scheune durch die Falltür gestürzt und hatte eine halbe Ewigkeit im Stroh gelegen, bis sie durch das Bellen der Hütehunde darauf aufmerksam wurden. Einmal hatte Miss Mullover ihr ins Zeugnis geschrieben, dass sie jetzt wenigstens aufpasse. Dr. Cormican hatte einmal gedacht, sie habe Blinddarmprobleme, und sie hatten sich schon Gedanken über die Krankenhauskosten gemacht, doch dann hatte sich herausgestellt, dass ihr gar nichts fehlte. Sie hatte noch nie so gestrahlt wie in ihrem Hochzeitskleid mit dem Limerickschleier, den sie sich von Emmeline geborgt hatte.

Kurz vor Tagesanbruch schlief Mrs Dallon ein. Sie träumte, konnte sich jedoch später an nichts erinnern und hatte nur das unbestimmte Gefühl, dass die Gedanken an Mary Louise als Baby, als Kind und als Braut, die sie noch in wachem Zustand gehabt hatte, in einen Wirrwarr aus Traumphantasien übergegangen waren.

Am ersten Weihnachtsfeiertag ging Mary Louise mit ihrem Mann und ihren Schwägerinnen in die Kirche; danach überreichten sie einander Geschenke, wie es die Quarrys traditionsgemäß schon immer taten, und dann wurde der Truthahn tranchiert. Im Januar wurde es bitterkalt, und Mary Louise stellte sich vor, dass der Fluss mit den Forellen zugefroren war, und fragte sich, ob Reiher im Winter nach Süden flogen.

Rose und ihre Schwester erzählten einem bestimmten Kundenkreis, dass sie glaubten, ihre Schwägerin sei nicht bei vollem Verstand. Mit dieser Familie stimme etwas nicht, sagten sie, James Dallon sei nicht ganz richtig im Kopf, und der Cousin, der gestorben war, sei nach allem, was man höre, ein seltsamer Mensch gewesen. Im neuen Jahr richteten die Schwestern ihre Gedanken zunehmend auf die Beobachtung ihrer Schwägerin und den seelischen Verfall, den sie ihrer Ansicht nach bei ihrem Bruder ausgelöst hatte. Wenn sie mit den Kunden tratschten, kamen sie jedoch nie auf das letztgenannte Thema zu sprechen, da sie das Gefühl hatten, es sei eine Schande für die Familie.

»Was kann es schon schaden?«, sagte Matilda Anfang Februar, nachdem sie sich einmal mehr – doch diesmal ernsthafter – über die Idee unterhalten hatten, die Dallons auf ihrem Hof zu besuchen und ihre Sorge zum Ausdruck zu bringen. Sie redeten noch eine weitere Woche darüber und vereinbarten am Zwanzigsten des Monats mit Kilkelly in seiner Werkstatt, dass er sie am folgenden Tag nach Culleen fahren sollte.

Mary Louise hielt es nicht mehr geheim, wenn sie zu den Dachkammern hinaufstieg, sondern ging unverhohlen die Treppe hinauf und ließ sogar die untere Tür offen stehen. Natürlich hatte man zu ihrem Verhalten Stellung genommen. Elmer hatte gefragt, ob sie dort oben etwas suche, und als Rose das Thema im Esszimmer zur Sprache brachte, entgegnete Mary Louise, dass sie in die Dachkammern gehe, wenn sie sich zurückziehen wolle. Sie hatte begonnen, die Tür der Kammer, in der sie sich am liebsten aufhielt, abzuschließen, und einmal rüttelte Matilda am Türgriff, ohne dass Mary Louise es beachtete. »Ist mit dir alles in Ordnung, Mary Louise?«, rief ihre Schwägerin, doch sie gab keine Antwort. Sie hatte alles, was sich dort befunden hatte, in den Raum nebenan geschafft, bis auf den Sessel, in dem sie saß. Wenn sie irgendetwas haben wollten, konnte sie ihnen das sagen.

In ihrer Dachkammer war es oft kalt, aber das hatte für sie keine Bedeutung. Sie saß mit untergeschlagenen Beinen im Sessel und dachte an ihren Cousin in seinem Grab, an die Knochen, die sich schon in seinem Gesicht zeigten, und sein verwesendes Fleisch. Das machte sie Gott zum Vorwurf;

in ihrer Dachkammer erklärte sie Gott zu ihrem Feind, weil ihr von ihrem Cousin nur das Echo seiner Stimme geblieben war – die Art, wie er bestimmte Worte ausgesprochen hatte, der Klang seines Tonfalls, die Bilder, die seine Stimme heraufbeschwor.

»Ich grübelte, trauerte und weinte sogar, aber durch die Tränen und die Melancholie, die bald von einem klangvollen Vers, bald von der Schönheit eines Abends ausgelöst wurden, brach gleich Frühlingsgräsern das frohe Gefühl …«

Immer wieder sprach seine Stimme diese Worte. Ihre eigene Stimme fiel nun ein. Denn er hatte gesagt, das seien Worte, die sie auswendig lernen müsse.

19

Teilnahmslos packt sie ihre Sachen. Wie viele Frauen sind in einunddreißig Jahren gekommen und gegangen? Einige von ihnen sind gestorben, andere wurden fortgebracht, weil es nicht anders ging. Das Essen ist einunddreißig Jahre lang annehmbar gewesen, aber häufig auch schlecht. Im Winter haben sie dann und wann gefroren, aus Sparsamkeitsgründen.

»Es wird dir gutgehen«, versichert Miss Foye. »Du wirst draußen zurechtkommen.«

»Ich dachte, ich würde bis zu meinem Tod hierbleiben.«

»Na, na! Jetzt aber!«

Miss Foye wischt das mit einem Lächeln beiseite. Ihr fällt ein, dass diese Frau schon länger in diesem Heim lebt als alle anderen. Sie könnte rührselig darauf hinweisen, entscheidet sich aber dagegen. Der Gedanke daran könnte sie aus der Fassung bringen.

20

»Unter normalen Umständen«, sagte Rose, »wären wir nicht hergekommen.«

»Wir wollten nicht kommen«, betonte Matilda.

»Nein, wir wollten eigentlich gar nicht kommen. Wir haben gezögert … wie lange bloß, Matilda? Würdest du sagen: ein Jahr?«

»Ein gutes Jahr.«

Die Bestürzung, die die ersten Äußerungen der Schwestern bei Mrs Dallon ausgelöst hatten, legte sich nicht. Noch bevor sie das Haus betraten, noch während Kilkellys Angestellter den Wagen auf dem Hof wendete und zum Stillstand brachte, um auf sie zu warten, hatten sie bereits eine Erklärung für ihr unangemeldetes Erscheinen genannt und mit anderen Worten das wiederholt, was bereits Letty berichtet hatte: Mit Mary Louise stimme etwas nicht.

»Sie war bestimmt nicht ganz auf der Höhe.« Mr Dallons schmales, altersgraues Gesicht war plötzlich von der gleichen Sorge erfüllt wie das seiner Frau.

»Nun, wir wissen natürlich nicht, wie sie sich verhält, wenn mit ihr alles in Ordnung ist«, sagte Rose. »Genau genommen. Damit will ich sagen, Mr Dallon, dass wir nur den Menschen kennen, den Elmer ins Haus gebracht hat. Um ganz offen zu sein, sie hat sich von Anfang an merkwürdig benommen.«

»Aber natürlich nicht so seltsam wie jetzt, Mr Dallon. Bei weitem nicht.«

Innerlich aufgewühlt, goss Mrs Dallon den Tee ein, den sie aufgebrüht hatte, und fragte sogar, ob der Mann, der im Wagen wartete, gern eine Tasse hätte. Die Schwestern sagten, darüber brauche sie sich keine Gedanken zu machen, doch Mr Dallon meinte, man solle dem Mann etwas geben, und brachte eine Tasse hinaus. In der Tat war Mary Louise stiller geworden, dachte er auf dem Weg. Letty hatte letzten Abend wieder davon geredet: Jede Frau, die mit Quarry verheiratet sei, würde stiller werden, hatte sie behauptet. Doch die Hochzeit habe schon vor einer Ewigkeit stattgefunden, hatte sie hinzugefügt, und jedes Mal, wenn sie Mary Louise sehe, sei sie noch ein wenig stiller geworden. Als Mr Dallon wieder in die Küche kam, sagte Rose gerade:

»Wir sitzen abends im Wohnzimmer. Dort kann man Radio hören. Und Elmer kauft die Zeitschriften, die der YMCA nicht mehr braucht, dann bekommt er sie fast umsonst. Die liegen im Wohnzimmer, sie könnte sie sich anschauen, wenn sie Lust hätte.«

Mr Dallon sah, dass die Augen seiner Frau geschwollen waren. Sie traten hervor und blickten starr geradeaus. Er konnte sich nicht erinnern, ihre Augen in all den Jahren, die er sie kannte, je in so einem Zustand gesehen zu haben. Sie wandte sich ihm zu und sagte:

»Mary Louise hält sich immer in dieser Dachkammer auf. Ich habe dir doch erzählt, dass sie an dem Tag, als ich vorbeigeschaut habe, dort hinaufgegangen ist. Anscheinend schließt sie sich ein.«

»Das ist aber längst noch nicht alles, Mr Dallon«, beeilte sich Rose zu bekräftigen. »Wie wir gesagt haben.«

»Man stellt ihr eine Frage, Mr Dallon, und sie gibt keine Antwort.«

»Warum geht sie in eine Dachkammer hinauf?«

»Wir haben sie danach gefragt, Mr Dallon, und Elmer hat sie mehrmals gefragt. Sie lässt sich zu keiner Antwort herab.«

»Hinzu kommt, dass Matilda und ich selbst bestimmte Aufgaben haben und Mary Louise nur wenig zu tun hat. Darauf haben wir uns geeinigt, aber um die Wahrheit zu sagen: Wenn es nach ihr ginge, wäre das ganze Haus eine einzige Müllhalde.«

»Eine Müllhalde?«

»Starrend vor Dreck«, erklärte Rose. »Wenn sie eine ihrer Launen hat, rührt sie keinen Finger. Sie stellt Teller auf den Tisch, die seit der letzten Mahlzeit nicht gespült wurden. Die Teller sind dreckig und speckig, ohne dass es ihr etwas ausmacht.«

»Und dann erst im Laden, Mr Dallon. Es kommt jemand herein und fragt nach Wachstuch, und sie sagt, wir hätten keins vorrätig. Dabei haben wir Wachstuch in drei unterschiedlichen Qualitäten und mehr als einem Dutzend Mustern.«

»Um die Wahrheit zu sagen, wir werden es nicht los.« Rose erlaubte es sich, abzuschweifen, doch sie presste bei diesen Worten die Lippen zusammen. »Heutzutage legt niemand großen Wert auf Wachstuch, aber Elmer sagt, wir sollen es nicht wegwerfen, deshalb tun wir es nicht.«

»Gestern zum Beispiel hat sie zu einem Kunden gesagt, dass man vielleicht nebenan, in Renehans Eisenwarenhandlung, Wachstuch bekommen könnte.«

»Vielleicht wusste Mary Louise nicht …«

»Es gibt im Laden keinen Artikel, den wir ihr nicht gezeigt haben.«

»Sie schließt die Tür der Dachkammer hinter sich ab, Mr Dallon. Sie hat viele Sachen aus einer Dachkammer in die nächste geräumt. Eigentlich stand es ihr nicht zu, irgendwas davon anzurühren, aber das kümmert uns nicht. Man klopft an die Tür und fragt, ob ihr schlecht ist, aber sie sagt kein Wort.«

»Nicht ein einziges Wort«, bestätigte Matilda.

»Wir haben gedacht«, stieß Mrs Dallon schließlich hervor, »Mary Louise könnte darüber enttäuscht sein, dass sie noch kein Kind bekommen hat.«

»Empfinden Sie es nicht auch als Segen, dass es sich so verhält, Mrs Dallon?«

»Ich nenne Ihnen ein Beispiel«, bot Matilda an. »Vor etwa einer Woche habe ich den Laden geschlossen und zu ihr gesagt: ›Einen Augenblick, Mary Louise, ich möchte ein paar von den Röcken anprobieren, die heute Morgen gekommen sind.‹ Sie sollte mir bloß ihre Meinung sagen – manchmal kann jemand anders so etwas besser beurteilen als man selbst. Aber sie stand völlig reglos am Fuß der Treppe, die zum Büro hinaufführt, als hätte die Lehrerin in der Schule sie in die Ecke geschickt. ›Wie findest du den?‹, fragte ich, als ich den ersten Rock mit malvenblauem Hahnentrittmuster übergestreift hatte. Wissen Sie, was ich zur Antwort bekam?«

Die Dallons gaben zu verstehen, dass sie es nicht wussten.

»Sie sagte, ich sähe in diesem Rock lächerlich aus. Dann ging sie. Lächerlich. Ohne Begründung.«

»Und noch etwas.« Wieder kehrte Rose zur Liste der Unzulänglichkeiten zurück. »Wir besitzen einen kleinen Eierbecher aus Porzellan, der meiner Mutter gehörte. Außer mir benutzt niemand diesen Eierbecher. ›Rose kann meinen Eierbecher haben‹, hat meine Mutter eine Woche vor ihrem Tod gesagt. Eines Tages kam ich in die Küche, und da saß Mary Louise und aß ein Ei daraus.«

»Sie nimmt ihre Mahlzeiten jetzt manchmal in der Küche ein«, erklärte Matilda. »Wenn sie ihre Launen hat, setzt sie keinen Fuß ins Esszimmer.«

»›Das ist ein besonderer Eierbecher, Mary Louise‹, habe ich nicht ärgerlich, sondern ganz freundlich gesagt. Und das, obwohl ich sie schon einmal darauf aufmerksam gemacht hatte. ›Mir wäre es lieber, wenn du ihn nicht benutzt, Mary Louise‹, habe ich gesagt.«

Mrs Dallon wollte gerade sagen, dass es jedem passieren könne, so eine Bitte zu vergessen oder einen Eierbecher mit einem anderen zu verwechseln. Doch bevor sie auch nur ein halbes Dutzend Worte von sich gegeben hatte, schüttelte Rose schon den Kopf.

»Eine Woche später entdeckte ich, dass er am Rand angeschlagen war. Man konnte ihn jetzt nicht mehr bei Tisch benutzen.«

»Es bereitet mir größere Sorgen, dass sie immer in die Dachkammer geht«, gestand Mrs Dallon. »Und ihre Mahlzeiten in der Küche einnimmt. Warum tut sie das?«

»Das ist das Problem, das wir haben«, sagte Matilda. »Man weiß nie, warum sie etwas tut. Aus diesem Grund sitzen wir hier.«

Mr Dallon fragte, was Elmer von dem Ganzen halte.

»Elmer leidet sehr darunter«, erwiderte Rose. »Man muss sich den bedauernswerten Mann nur ansehen.«

Ebenso wenig wie in der Stadt wollten sie hier erwähnen, dass ihr Bruder angefangen hatte zu trinken. Wenn das Mädchen erst einmal aus dem Haus war, würde er innerhalb eines Tages wieder normal werden, daran hatte keine von beiden den geringsten Zweifel. Er würde kommen und gehen, wie er es vor der unglückseligen Liaison getan hatte, ohne bei der Rückkehr jedes Mal den Geruch einer Whiskeybrennerei zu verströmen. Über diese unerfreuliche Zeit würden sie den Schleier des Vergessens breiten.

»Aber was um alles in der Welt ist Ihrer Meinung nach mit Mary Louise los?«, rief Mrs Dallon in höchster Erregung. »Was macht ihr so zu schaffen?«

»Aus diesem Grund sitzen wir hier, Mrs Dallon«, wiederholte Matilda. »Um Ihre Hilfe in Anspruch zu nehmen. Wir haben uns gefragt, ob es die Nerven sein könnten.«

»Die Nerven?«

»Wenn Sie zehn Minuten mit ihr zusammen im Haus wären, würde Ihnen dieses Wort in den Sinn kommen. Ist es denn normal, wenn jemand drei Viertel des Tages in einer Dachkammer zubringt?«

»Ich dachte, das wäre nur abends so.«

»Hauptsächlich abends. Aber manchmal blickt man sich im Laden um und kann sie nirgends entdecken. Nun, Sie haben es ja selbst erlebt.«

»Auch sonntags«, setzte Matilda hinzu. »Oft den ganzen Sonntagmorgen.«

»Außerdem fährt sie sonntags nach dem Abendessen mit dem Fahrrad weg, und man hat Angst, sie könnte ins Moor gefahren sein oder so was. Vor neun oder zehn Uhr ist sie nicht zurück.«

»Sonntags kommt sie immer her, aber so spät fährt sie nie los.«

»Neun oder zehn, stimmt's, Matilda?«

»Ach, keine Frage. Und die langen Abende, an denen sie bis sonst wann ausbleibt.«

»Eines Nachts ist sie überhaupt nicht zurückgekommen.«

»Was?« Einen Augenblick klang Mrs Dallon hysterisch. Ihr Mann hob die Hand, als wollte er sie beruhigen. »Was?«, fragte sie noch einmal; diesmal im Flüsterton.

»An dem Tag, an dem Sie vorbeigekommen sind, verließ sie das Haus und kam erst um sechs Uhr früh am nächsten Morgen wieder.«

»Aber wo in aller Welt war sie denn?«

»Matilda und ich wollten schon die Polizei verständigen. ›Sie ist nach Culleen gefahren‹, hat Elmer gesagt.«

»Hier war sie nicht.«

»Tja, da haben Sie's. Um die Wahrheit zu sagen, Mrs Dallon, wir sind ständig in Sorge. In ihrem Zustand könnte ihr sonst was passieren. Man hört heutzutage die schrecklichsten Dinge.«

»Davon haben wir nichts gewusst.« Mr Dallon hatte vor Kummer die Stirn in Falten gelegt und schüttelte bedächtig den Kopf.

»Sie fährt mit dem Rad ziellos in der Gegend herum, Gott weiß wohin. Ein anderes Mal mussten wir Elmer losschicken, um nach ihr zu suchen.«

Matilda verschwieg, dass sie gesehen hatten, wie Elmer sich geradewegs in Hogans Bar begeben hatte und erst um zehn Uhr zurückgekehrt war, eine Stunde nach Mary Louises Eintreffen. Keine der beiden Schwestern verriet, dass Elmer den Standpunkt vertreten hatte, es sei die Entscheidung seiner Frau, ob sie eine Fahrradtour machen und wie lange sie fortbleiben wolle. Rose berichtete:

»Vor einer Woche hat sie im Laden zu Mrs Riordan gesagt: ›Ich würde das nicht nehmen. Die breiten Aufschläge stehen Ihnen nicht.‹ Die Frau hatte das Geld schon auf dem Ladentisch. So kann man keinen Laden betreiben. Wenn Elmer auch nur einen Teil davon wüsste, würde er aus der Haut fahren.«

Dann erwähnte Matilda ein Haus, von dem sie gehört hätten, eine Anstalt für Frauen, deren Geisteszustand besorgniserregend war. Sie hätten da keine Erkundigungen eingezogen; das habe ihnen jemand erzählt, und das spreche ja für sich.

»Sehr gut geführt«, versicherte Rose. »Mit Garten. Das Essen ist unübertroffen.«

»Mein Gott!« Entsetzt starrte Mrs Dallon ihre Besucherinnen an. Das war ein schrecklicher Vorschlag; allein der Gedanke verursachte ihr Übelkeit. Wie merkwürdig sich Mary Louise auch benehmen mochte, warum sollte man sie deswegen in ein Heim einweisen?

»Mary Louise ist nicht verrückt«, wandte Mr Dallon ein. »Damit hat das doch gar nichts zu tun.«

»Dieses Haus ist nicht mir eingefallen«, erinnerte Rose ihn. »Da wollte bloß jemand helfen.«

»Sie sollte unbedingt zu Dr. Cormican gehen.« Er wandte sich seiner Frau zu. »Wir fahren in die Stadt und reden einmal mit Cormican.«

Die Schwestern, für die dieser Entschluss das Zeichen zum Aufbruch darstellte, erhoben sich unverzüglich. Doch bevor sie gingen, sagte Rose:

»Natürlich hätte niemand vor, das Mädchen irgendwo einzusperren, wenn sich ihre eigenen Leute um sie kümmern könnten. Wir wollen nicht gehen, ohne das gesagt zu haben.«

»Ihre eigenen Leute?«

»Wir meinen ihre Familie.« Rose ließ ihren Blick durch die Küche schweifen. »Wo ihr alles vertraut ist.«

Abgesehen von den Abschiedsfloskeln wurde nichts weiter gesagt. Kilkellys Wagen brachte die Schwestern zurück in die Stadt. Die Dallons bereiteten sich darauf vor, Dr. Cormican unverzüglich aufzusuchen.

Bridget, die Direktorin von Hogans Hotel, wusste alles, was in der Stadt vor sich ging. In den letzten achtzehn Monaten hatte sie mit Interesse verfolgt, wie Elmer Quarrys Sucht immer stärker wurde. Es war seltsam und äußerst überraschend, dass ein Quarry auf solche Abwege geriet, denn die Familie war seit Generationen für ihre Enthaltsamkeit bekannt. Bridget war auch Elmers Gewohnheit aufgefallen, die Bar durch die Tür zu verlassen, die ins Foyer des Hotels führte, und dort noch ein paar Minuten zu verweilen. Sie hatte beobachtet, wie er durch die gläserne Trennscheibe der Rezeption zu ihr herüberschielte, während er vorgab, die Geweihe am Fuß der Treppe zu bewundern oder den diesjährigen Veranstaltungskalender für Pferderennen zu studieren. Wenn sie aus Neugier herauskam, machte er eine Bemerkung über das Wetter und fragte, wie es ihr gehe. Dann verabschiedete er sich und ging.

Bridget, die in ihrer beruflichen Stellung an die verstohlenen oder offenen Aufmerksamkeiten von Männern gewöhnt war, wusste, dass sie sich mit ihrem diesbezüglichen Verdacht nicht täuschte. Der direkte Weg von der Bar auf die Straße führte durch die andere Tür: Keiner der Barbesucher musste den Weg durch das Hotel nehmen. Und obendrein lag in Elmer Quarrys leicht benebeltem Blick ein Ausdruck, der jeden weiteren Zweifel ausschloss: Wenn er alkoholisiert war, warf er gern einen Blick auf sie. Bridget machte das nichts aus – wenn einem das etwas ausmachte, konnte man gleich den Beruf wechseln. Doch sie machte sich über das Mädchen Gedanken, das Elmer Quarry geheiratet hatte, ein Kind, das sie vor gar nicht langer Zeit noch mit einem Schulranzen auf der Straße gesehen hatte. Sie hatte gehört, dass das Mädchen es wohl nicht leicht habe mit den zwei alten Drachen, die ihr im Nacken säßen; umso schlimmer, dass Quarry angefangen hatte zu trinken und nicht abgeneigt war, ein Auge auf andere Frauen zu werfen.

»Was hältst du von Quarry?« Diese Frage stellte sie eines Abends dem Schankkellner, als sie sich nach der Sperrstunde in der Bar zu ihm gesellte. Um diese Zeit kam sie gewöhnlich noch einmal herein und trank einen halbtrockenen Sherry, während Gerry das Glas Stout austrank, an dem er den ganzen Abend genippt hatte.

»Es geht ihm besser, wenn er ein paar Gläser intus hat.« Mit der nötigen Erfahrung in solchen Angelegenheiten war Gerry entschieden in seinem Urteil.

»Aber es hat doch ganz plötzlich angefangen. Es gab eine Zeit, da hat er nur Limonade getrunken.«

»Das kann man manchmal bei alten Junggesellen beobachten.« Gerry hielt inne. Er nahm einen weiteren Schluck Stout und wischte sich dann bedächtig über die Lippen. »Die Quarrys heiraten, um ein Kind in die Welt zu setzen«, sagte er.

»Ich weiß.«

»Sie hat vorher gewusst, was sie erwartet. Liegt es nicht an beiden, wenn sie dem Mann seinen Wunsch nicht erfüllen kann?«

»Ich wäre nicht abgeneigt, in diesem Haus Mäuschen zu sein.«

»Ich will dir was sagen. In einem Jahr ist er Alkoholiker.«

Später in dieser Nacht, als sie sich in ihrer Kammer unterm Dach des Hotels entkleidete, dachte Bridget immer noch an Elmer Quarry und das Mädchen, das ihn geheiratet hatte. Besonders in ihrem Schlafzimmer wäre sie gern Mäuschen gewesen. In Elmer Quarrys Kopf wäre sie gern Mäuschen gewesen, um zu erfahren, was er dachte, wenn er sich neben seine junge Frau legte, und warum er im Foyer des Hotels herumtrödelte. Aber als sie im Bett lag und das Licht ausgeschaltet hatte, vergaß sie die Quarrys und dachte an den Hilfsgeistlichen, in den sie als junges Mädchen verliebt gewesen war und den man in einen anderen Pfarrbezirk versetzt hatte. »Ich gebe alles für dich auf«, hatte er geflüstert, bevor Kanonikus McGuire eingeschritten war.

»Wir haben uns gedacht, wir schauen einfach mal, wie's dir geht«, sagte Mrs Dallon im Laden. »Wir hatten sowieso in der Stadt zu tun.«

»Wir haben dich eine Weile nicht mehr gesehen«, setzte Mary Louises Vater hinzu.

Ihre Tochter stand hinterm Ladentisch und hörte sich ihre Erklärung an. Sie fragte, ob sie mit nach oben kommen wollten, und ging dann voran. Die Schwestern begrüßten sie mit beifälligem Nicken.

»Ihr habt aber reichlich Platz hier«, sagte Mr Dallon im großen Wohnzimmer.

Mary Louise brühte Tee auf und brachte ihn herein. Ihre Mutter sagte:

»Wir haben uns um dich Sorgen gemacht, Mary Louise.«

»Sorgen? Warum denn?«

Keiner von beiden antwortete, weil keiner wusste, was er sagen sollte. Dr. Cormican hatte ihnen erklärt, dass er nichts tun könne, es sei denn, Mary Louise habe Beschwerden und komme zu ihm. Es könne ein Dutzend Gründe geben, hatte er gesagt, warum sie so viel Zeit hinter verschlossenen Türen verbringen wollte. Manche Leute benähmen sich noch viel wunderlicher. »Warum reden Sie nicht einmal selbst mit ihr darüber?«, hatte er vorgeschlagen.

»Geht's dir gut, Mary Louise?«, fragte Mrs Dallon. »Ist mit dir alles in Ordnung?«

»Warum fragst du?«

»Na ja, Mary Louise«, begann ihre Mutter, besann sich dann aber anders. »Wir meinen, dass du dich vielleicht einsam fühlst. Vielleicht fehlen dir die Familie und der Hof.«

»Ich bin schon seit zweieinhalb Jahren verheiratet.«

»Trotzdem, Liebling.«

»Hat jemand etwas gesagt?«

»Man hat hier und da bemerkt, dass du einsam wirkst.«

»Du besuchst uns sonntags nicht mehr. Das fehlt uns, Mary Louise.«

»James fehlt es. Und Letty hat neulich das Gleiche gesagt.«

»Letty heiratet selber bald.«

»Ja.«

»Wenn dich irgendwas quält, Mary Louise ...«

»Nein, nichts.«

Sie redeten über andere Angelegenheiten, über Lettys Hochzeit über den Umzug von Mary Louises Tante Emmeline nach Culleen und darüber, wie James sie zurzeit herumkommandierte und wie sehr sie sich freuten, dass er weiterhin Initiative zeigte. Auf der Rückfahrt zum Hof schwieg Mr Dallon. Durch den Besuch war seine Stimmung umgeschlagen. Er kam sich dumm vor. Er hätte vorhersehen müssen, dass eine Ehe mit einem so großen Altersunterschied keine leichte Sache sein würde: Er hätte sich dagegen aussprechen sollen. Doch er hatte es nun mal nicht getan. Er hatte viel Zeit damit vergeudet, den Quarry-Schwestern zuzuhören, dann zu warten, bis Dr. Cormican Zeit für sie hatte, und schließlich den Rest des Vormittags bei einer Tasse Tee herumzusitzen. Nichts ärgerte ihn so sehr wie Zeitvergeudung.

»Diese Frauen sind Unruhestifterinnen«, sagte er.

Mrs Dallon nickte und pflichtete ihm bei. Doch bereits

während sie sprach, teilte sie unwissentlich die Ansicht der Quarrys, dass sich Mary Louises Vernunftehe als ein schrecklicher Irrtum erwiesen hatte. Und diese Meinung sollte sie nie mehr ändern.

Mary Louise änderte ihr Verhalten nicht. Sie hatte sich mit Elmer und seinen Schwestern eingerichtet; fürchtete sich nicht mehr vor den zornigen Worten der beiden Frauen und hatte längst aufgehört, ihren Mann zufriedenstellen zu wollen. Inzwischen öffnete sie ihr Schlafzimmerfenster weiter, weil sein Atem abends so stark nach Whiskey roch, dass sie durch das Einatmen des Geruchs ein-, zweimal leicht benommen gewesen war.

Obwohl ihre Mutter sie darauf hingewiesen hatte, dass man bereits über sie rede, bemerkte Mary Louise weiterhin nichts davon. Auch wusste sie weder, dass ihre Mutter sich ständig Sorgen machte, weil sie das qualvolle Bild einer einsamen Gestalt in einem verschlossenen Raum vor Augen hatte, noch dass ihr Vater auf sich selbst wütend war, weil er eine Ehe mit so großem Altersunterschied zugelassen hatte. Immer öfter hielt sie sich während der Mahlzeiten in der Küche auf, trotz Elmers Beteuerungen, dass sie damit seine Schwestern kränke. Warum sollte sie das nicht tun? Sie mochte die beiden nicht.

»Bersenew fuhr mit einer Retourdroschke nach Moskau, denn er wollte Insarow aufsuchen. Allein er fand den Bulgaren lange nicht; Insarow war nämlich in eine andere Wohnung umgezogen ...«

Seine Suche ließ die Einrichtung im Esszimmer der Quarrys vor ihren Augen verschwimmen, der trostlose Serviertisch, die Anrichte, die doppelten Vorhänge aus Spitze und Chintz. Mary Louise hasste das Esszimmer. Sie hasste den Orientteppich darin, die braunen Bilder, den Salz- und den Pfefferstreuer in der linken Schublade der Anrichte und den Geruch von altem Essen. Aber wenn sie allein in der Küche aß und lauschte, hörte sie oft das Rattern von Bersenews Droschke. Ohne die Augen zu schließen, sah sie die Backsteinfassade des Hauses vor sich, in dem Insarow wohnte.

Jelena Nikolajewna liebte Insarow, ohne es zu wissen. Jelena war ein hochgewachsenes, grauäugiges Mädchen von olivfarbenem Teint, das ein kompliziertes Wesen hatte. Sie hatte ihren Vater vergöttert, doch später war ihre Beziehung zu ihm abgekühlt, und sie hatte sich stattdessen ihrer Mutter zugewandt. Schließlich hatte sie sich von beiden distanziert. Mary Louise versuchte, sich das vorzustellen. In ihrer eigenen Kindheit war nichts vorgefallen, was auch nur annähernd daran erinnert hätte. Ihre erste Erinnerung war, wie sie sich mit Letty auf einem Stoppelfeld befand, neben Lettys Puppe saß, und Letty sagte, sie müsse still sein, weil Puppen immer still seien. Letty tat so, als gäbe sie ihr, genau wie ihrer Puppe, etwas zu essen. Die Sonne schien ihr warm auf Kopf und Gesicht. In der Nähe pickte ein winziger Vogel im Stoppelfeld, und Letty versuchte, ihn zu Mary Louise und der Puppe zu locken, damit sie alle drei füttern konnte, doch der Vogel flog davon. An ihrem ersten Schultag bei Miss Mullover hatten sie den Einspänner benutzt, und James und Letty hatten abwechselnd die Zügel gehalten. Sie banden das Pony im Hof von Hogans Hotel fest, und dann nahmen ihr Bruder und ihre Schwester sie an der Hand. »A wie APFEL«, sagte Miss Mullover, und die Spitze ihres Rohrstocks deutete auf den rosigen Apfel auf ihrer Schautafel. Dann glitt er weiter: »B wie BALL.« Miss Mullover gab ihr Buchstaben, die sie abschreiben sollte. »MARY LOUISE«, sagte sie; und während sie auf jeden einzelnen Buchstaben deutete, sagte sie, so sehe ihr

Name aus. Später fuhren sie nicht mehr mit dem Einspänner zur Schule. Mary Louise saß auf der Stange von James' Fahrrad, und der musste versprechen, langsam zu fahren. Schließlich lernte Mary Louise, auf Lettys Fahrrad zu fahren, und Letty erbte das ihrer Mutter. Freitags gab Miss Mullover stets mehr Hausaufgaben auf als an anderen Tagen, und James und Letty beklagten sich während der ganzen Rückfahrt zum Hof. Zwei Gedichtzeilen, zehn Aufgaben zur Rechtschreibung, drei Rechenaufgaben, einen Aufsatz, Geschichte oder Erdkunde und das Einmaleins. Montags hatte Miss Mullover immer schlechte Laune. Dann las sie mit spöttischer Stimme einen Aufsatz vor, der schlecht geschrieben war, und klopfte den Schülern mit ihrem Rohrstock auf die Finger. »Du bleibst heute länger, James«, fauchte sie fast jeden Montag. »Du wirst diesen Raum erst verlassen, wenn du diese Verse richtig aufsagen kannst.« Als Mary Louise zum ersten Mal die Geschichte der Johanna von Orleans hörte, stellte sie sich vor, wie das Bauernmädchen auf der umgepflügten Erde kniete und die Stimmen hörte. Sie stellte sich vor, wie sie, an den Brandpfahl gebunden, wartete und beobachtete, wie der Scheiterhaufen errichtet wurde, auf dem sie verbrannt werden sollte. Manchmal riefen die Jungen von der Schule der Christlichen Brüder den drei Dallons Schimpfwörter zu, wenn sie vorbeifuhren, nannten sie Ketzer und sagten, dass sie in der Hölle schmoren würden. James gab ihnen immer die passenden Antworten, doch Letty schenkte ihnen keine Beachtung. »Warum werden wir in der Hölle schmoren?«, fragte Mary Louise, und Letty erwiderte, das sei Unsinn.

Weil Robert Tante Emmeline nie nach Culleen begleitete, wenn sie zu Besuch auf den Hof kam, erfuhr Mary Louise erst von seiner Existenz, als sie in die Schule kam. »Ich bin dein Cousin«, sagte er eines Tages auf dem Schulhof, und das war ihre erste Erinnerung an ihn. Danach fiel ihr auf, dass er die Buchstaben stets schneller als die anderen abschrieb und dass er in Rechtschreibung und beim Einmaleins der Beste war. Ihre Mutter erklärte ihr, was es bedeutete, ein Cousin zu sein. »Tante Emmelines einziges Kind«, sagte ihre Mutter. Als Mary Louise sich in ihn verliebte, war sie zwölf.

In der abgeschlossenen Dachkammer oder zwischen den Gräbern der Attridges schwelgte Mary Louise in den Vertraulichkeiten, denen der Tod ebenso wenig anhaben konnte wie der Liebesgeschichte von Jelena und Insarow. Robert wurde von einem entfernten Verwandten seines Vaters zum Erben eingesetzt: Somit war er nicht mehr arm. Einen Tag nachdem Elmer sie zum ersten Mal ins Electric Filmtheater eingeladen hatte, traf Robert auf dem Hof ein. »Nein«, sagte sie, als Elmer sie bat, ihn wieder zu begleiten, und machte sich stattdessen mit ihrem Cousin auf die Suche nach dem Reiher. Nachdem sie geheiratet hatten, reisten sie durch Frankreich und Italien. Sie saßen vor einem Café am Meer und beobachteten, wie die Leute vorbeischlenderten, Robert in hellem Anzug und dazu passendem Hut. Er beugte sich über den Tisch und küsste sie, wie er es zum ersten Mal auf dem Friedhof getan hatte. Leicht wie ein Schmetterling tanzten seine Küsse ihren Arm entlang, von den Fingerspitzen bis zu den Schultern. Das Orchester des Cafés begann zu spielen. Sie tranken Weißwein.

Ohne die Augen zu schließen, sah Mary Louise, wie die Lichter der Gaslaternen flackerten und die schneebedeckten Kutschen hielten. Hochgewachsene Russen unterhielten sich in frisch gebohnerten Räumen; die Wände waren von Spiegeln gesäumt, überall standen kleine, ovale Tische, auf denen samtene Tischdecken mit goldenen Fransen lagen. Über allem lag ein Dunstschleier, in dem die Stimme ihres Cousins ertönte und ihre eigene Stimme die schwierigen russischen Namen wiederholte, ein Dunstschleier, durch den sie beide hindurchgingen wie sanft getönte Schatten.

21

Bríd Beamish muss als Erste gehen. Bríd Beamish hat Botschaften von U2 erhalten. Man sagte ihr, U2 sei in Schwierigkeiten. Sie setzte sich ständig mit der Polizei in Verbindung und sagte, die IRA sei hinter U2 her. Dave Lee Travis sprach persönlich zu ihr und sandte ihr durch sein Diskjockeygeplauder Botschaften. Als ihr Vater sagte, er wolle den Namen Dave Lee Travis in seinem Haus nicht mehr hören, zündete sie eine Zigarette an und warf sie in den Tank seines Ford Cortina. Auf der Suche nach dem Kaffeehausleben fuhr sie nach Lincolnshire und galt einen Monat lang als vermisst. Später sagte sie, sie sei auf den Strich gegangen, eine Redensart, die ihre Familie verwirrte, bis jemand in einer Bar ihrem Vater erklärte, was das bedeutete. Die Diagnose lautete Schizophrenie. Und leichte Erotomanie.

Bríd Beamish winkt den versammelten Frauen zu. Sie steht neben der offenen Tür des Wagens, den ihr Vater kaufen musste, als sie seinen Ford Cortina zerstört hatte. Sie wird kerngesund sein, vorausgesetzt, es klappt alles mit den Medikamenten: Sie soll vorzeigbar sein, und als die Frauen sie betrachten, sind sie sich einig, dass sie jetzt wesentlich vorzeigbarer ist als an dem Tag, an dem sie hergebracht wurde, kein Grund, zu bezweifeln, dass sie einmal heiraten wird. »Mach's gut!«, ruft die Spanierin, und der guten alten Schwester Hannah, die eine große Zuneigung zu Bríd Beamish entwickelt hat, die ihre Vertraute war, laufen Tränen übers Gesicht.

Die Tür des Wagens schlägt zu, die Reifen knirschen auf dem Kies.

»Zurück in die Prostitution«, prophezeit die kleine Sadie mit ihrer schrillen Stimme.

22

Lettys Hochzeitsfeier war ganz anders als die von Mary Louise. Sie fand in dem Gasthaus statt, das Rose genannt hatte, als die Nachricht von Lettys Liebe zum ersten Mal im Esszimmer über dem Laden erwähnt worden war. Wie Rose gesagt hatte, befand sich das fragliche Gasthaus an einer Kreuzung, ein langgestrecktes, einstöckiges Gebäude, das mit blauen und gelben Neonbuchstaben als »Dennehy's Lounge« für sich warb. In grauem Rauputz stand es ein Stück von der Straße entfernt, und davor lag ein großer Parkplatz. Dennehy's war im Umkreis von mehreren Meilen bekannt und wurde normalerweise ausschließlich von der Landbevölkerung besucht. Die Brauerei Harp hatte die Leuchtreklame gestellt, die an auffallender Stelle für ihr Bier warb.

Nach der Trauung wurden Mary Louise und Elmer von Bleheen, der in der Besamungsstation arbeitete, abgeholt, einem Mann mit dem Aussehen eines Frettchens, der in Elmers Alter war und immer noch die geeignete Frau suchte. Das Gespräch im Wagen erinnerte Mary Louise an das Gespräch mit den drei Speisenden im Strand Hotel am Abend ihrer eigenen Hochzeit. Sie saß hinten und beteiligte sich nicht daran.

»Oh, schön, dass ihr gekommen seid!«, begrüßte Letty die beiden, als sie den Saal des Gasthauses betraten. Sie trug noch immer ihr Hochzeitskleid und rauchte eine Zigarette.

»Aber das ist doch selbstverständlich«, erwiderte Elmer.

Ein paar Wochen lang hatte im Haus eine unangenehme Stimmung geherrscht, weil Rose und Matilda nicht eingeladen waren. Sie hatten empört darauf hingewiesen, dass sie sich durch dieses Versehen gekränkt fühlten, da sie doch zur Verwandtschaft gehörten. Als Elmer Mary Louise gebeten hatte, mit ihrer Schwester darüber zu reden, hatte sie nur mit dem Kopf geschüttelt.

»Sie trinken doch ein Glas, Mr Quarry?«, fragte der Vater des Bräutigams, der hinter der Theke stand. »Was darf ich Ihnen einschenken?«

Elmer entgegnete, dass er gern einen Whiskey hätte. »Ist schließlich ein besonderer Anlass, Sir«, setzte er liebenswürdig hinzu. »Meinen Sie nicht auch?«

»Aber natürlich, Mr Quarry. Unser Sohn ist ein richtiger Glückspilz.«

»Ja, das stimmt.«

Damit endete ihr Meinungsaustausch. Elmer kehrte wieder an Mary Louises Seite zurück. Er schüttelte ihrem Vater und ihrer Mutter die Hand und sagte noch einmal, dass es ein bedeutender Anlass sei.

»Man heiratet nur einmal im Leben, Elmer«, erwiderte Mr Dallon.

»Stimmt genau, Sir.«

Mrs Dennehy trat zu ihnen und wies darauf hin, dass die Getränke aufs Haus gingen. Für eine Frau ihres Alters, dachte Elmer, hat sie viel Lippenstift aufgetragen. Obendrein waren ihre Fingernägel rot lackiert. Sie war riesig und hatte eine blecherne Stimme.

»Was kann ich Ihnen bringen?« Mrs Dennehy zog die Brauen hoch und blickte gastfreundlich von einem Gesicht zum anderen. Als sich alle entschieden hatten, ging sie davon, um die Getränke zu holen. Elmer hätte am liebsten ihren

Hintern betrachtet, dachte dann aber, dass er besser darauf verzichtete. Er sagte:

»War das nicht großartig, dass wir Letty den Stoff für das Kleid zum Einkaufspreis überlassen konnten, Mr Dallon?«

»Das war wirklich nett, Elmer.«

»Wann auch immer wir Ihnen in so einer Angelegenheit gefällig sein können, Sir, kommen Sie einfach im Laden vorbei.«

Rose hatte gesagt, er solle seine angeheirateten Verwandten zumindest darauf ansprechen, wie man sie behandelt hatte. Während er bis über beide Ohren in Arbeit steckte, war sie ins Büro gekommen und hatte wieder davon angefangen. Sie wollte wissen, was Mary Louise gesagt habe, als er ihr das Ganze erzählt hatte, und er musste sich eine Ausrede einfallen lassen. »Manieren wie die Kesselflicker«, hatte seine Schwester ihn schließlich angefaucht. »Was nützt es dir, dass du dich mit ihnen eingelassen hast?«

Der Nutzen liege darin, dass sie eine zusätzliche Kraft im Laden und im Haushalt hätten. So drückte er sich aus, weil das eine Sprache war, die sie verstand. Er sagte, sie sollten froh sein über die zusätzliche Kraft, doch Rose schenkte dem keine Beachtung. Sie sprach von seiner Trunksucht. Die sei bereits Stadtgespräch, sagte sie.

Er trinke bloß ab und zu ein Gläschen. Er gehe aus, um wie andere Männer etwas Geselligkeit zu haben. Was für eine Geselligkeit liege darin, dass sie ihn dreimal täglich im Esszimmer anfauchten oder beleidigt seien? Man könne im YMCA zwei Stunden Billard spielen, ohne, außer bei der Begrüßung des alten Hausmeisters, ein einziges Mal den Mund aufmachen zu müssen. »Du säufst wie ein Loch«, sagte Rose.

Mrs Dennehy kehrte mit einem Tablett zurück, auf dem

Gläser für Mary Louise und ihre Eltern standen. Auch für sich selbst hatte sie eins mitgebracht, aber nicht für ihn.

»Auf das Brautpaar«, begann Mrs Dennehy, doch Elmer unterbrach sie. Er wies darauf hin, dass er nicht mit ihnen anstoßen könne, weil sein Glas leer sei. Er ging zur Theke, aber Mrs Dennehy sagte, das könne sie nicht zulassen. Sie ergriff sein Glas und bat ihn, so lange auf ihres aufzupassen.

»Ihr müsst alle einen Augenblick warten!«, befahl sie auf ihre ausgelassene Art. »Keiner darf auch nur einen Tropfen trinken, bevor Mr Quarrys Glas wieder voll ist!«

Er konnte sich nicht erinnern, sie je im Laden gesehen zu haben. Da wäre sie ihm bestimmt aufgefallen, bei dem Lippenstift und den Fingernägeln. Plötzlich fiel ihm ein, wie er, ungefähr mit fünfzehn, ins Wohnzimmer gekommen war und dort eine Frau von ähnlicher Statur gerade Unterröcke anprobiert hatte.

»Ein Schlückchen Hochprozentiges!« Sie reichte ihm sein Glas, und er merkte, dass es mehr als ein kleiner Whiskey war. Alle erhoben die Gläser, außer Mary Louise, die sich in den Kopf gesetzt hatte, woanders hinzugehen. Es war Elmer peinlich, dass sie sich in Gesellschaft ihrer Eltern und Mrs Dennehys so verhielt.

»Wir freuen uns, Mrs Dennehy«, sagte Mr Dallon, doch Elmer bezweifelte das: Warum sollten sie, seit einer Ewigkeit mittellose Protestanten, sich darüber freuen, dass ihre Enkel zu Katholiken erzogen wurden?

»Auch ich bin höchst erfreut. Höchst erfreut!«, rief Mrs Dennehy. Ihre Zähne standen im richtigen Verhältnis zu ihrer Körpergröße. Wenn sie jemanden ansprach, öffnete sie weit den Mund, und vielleicht lag es daran, dass ihre Stimme so laut war. Man konnte geradewegs bis zu ihren Backenzähnen sehen.

»Bei unserer eigenen Hochzeit haben Sie ein großartiges Festessen aufgetischt«, raunte Elmer seiner Schwiegermutter zu, die nicht so recht in das Gespräch einbezogen zu sein schien. »Sie haben an diesem Tag wahre Wunder vollbracht, Mrs Dallon.«

Er hörte sich an, wie Mrs Dallon erzählte, dass auch diese Hochzeitsfeier ursprünglich in Culleen stattfinden sollte. Doch vor einem Monat sei Mrs Dennehy vorbeigekommen und habe zu bedenken gegeben, dass es angesichts der vielen Gäste, die man erwarte, vielleicht gut wäre, von der üblichen Vorgehensweise abzuweichen, da die Dennehys ein so geräumiges Haus hätten und die Bewirtung von Gästen ihr Beruf sei. Letty sei ebenfalls dafür gewesen, und so habe sich Mrs Dallon widerwillig gefügt.

»Aber natürlich. Und haben Sie damit nicht auch ein bisschen Geld gespart?«

Ein vertrautes, angenehmes Gefühl der Euphorie begann Elmer zu durchströmen. Er hatte sich angewöhnt, eine kleine Flasche John Jameson im Wandsafe des Büros aufzubewahren, denn unter bestimmten Umständen brauchte ein Mann etwas zu trinken. Matilda hatte einmal die Bemerkung gemacht, er benehme sich wie ein Hamster im Käfig. Dabei hatte sie an ihre Kindheit gedacht, als ein Mann mit drei Hamstern im Käfig in den Laden gekommen war und versucht hatte, sie auf unkundige Art zu verkaufen – schönes weiches Fell, hatte er immer wieder gesagt. Ihr Vater hatte Elmer und die Mädchen heruntergerufen, damit sie sich die Tiere genau ansehen konnten, und hatte den Mann dann hinausgeworfen. Aus Elmers Sicht war es keine schlechte Beschreibung seines Zustands, dass er im Käfig sitze, doch er hatte nicht vor, Matilda die Befriedigung zu verschaffen, dass er ihr beipflichtete. Lächerlich, hatte er auf ihre Bemerkung erwidert. Außerdem konnte man so eine Zwangslage wieder zurechtrücken, wenn man ein, zwei Gläser getrunken hatte – aber auch das konnte er Matilda natürlich nicht sagen.

»Ochsen bringen zur Zeit gutes Geld«, sagte er zu seinem Schwiegervater. »Was kostet der Zentner noch gleich?«

»Fünfunddreißig letzte Woche.«

»Nicht zu verachten, Sir.«

Mrs Dallon hatte beobachtet, dass Elmer das erste Glas, das man ihm gegeben hatte, schneller geleert hatte als alle anderen. Jetzt hatte er bereits drei Viertel seines zweiten Glases getrunken, und sein Hals und seine Stirn begannen zu glühen. Sie warf einen Blick zur Theke hinüber, wo der Bräutigam mit Letty und einigen anderen Leuten stand, die sie nicht kannte. Zu ihrer Erleichterung sah sie, dass Dennehy irgendeinen Fruchtsaft trank.

»Ich habe keinen Ochsen, den ich verkaufen kann«, hörte Mrs Dallon ihren Mann sagen. »Leider.«

Sie wandte ihre Aufmerksamkeit wieder dem Mann ihrer jüngeren Tochter zu. Seine Worte klangen nicht vernünftig. Er redete unzusammenhängendes Zeug und ließ sich gerade darüber aus, wie viel irgendein Ochse auf einem Viehmarkt vor zehn Jahren gebracht hatte. Als Mrs Dennehy bei ihnen gestanden hatte, hatte er ihr die ganze Zeit in den Mund gestarrt. Schließlich war er einen Schritt zurückgetreten, um sie von oben bis unten zu mustern.

»Der höchste Preis, der je in der Stadt gezahlt wurde«, sagte er soeben.

Dennehy, den Arm um Lettys Taille gelegt, dachte gerade, dass sie wirklich Stil habe. Sie konnte sich seelenruhig im

Haus seiner Familie behaupten. Das Kleid stand ihr ausgezeichnet, grünlich und von etwas Glänzendem durchzogen, in dem sich das Licht fing, wenn sie sich bewegte. Am Träger ihres Kleides befestigt trug sie als Glücksbringer eine Brosche, die er ihr geschenkt hatte. Der smaragdgrüne Verlobungsring steckte noch immer an ihrem Finger, der goldene Trauring direkt daneben.

»Hallo«, sagte jemand schräg hinter ihm, sodass er den Kopf drehen musste. Er ließ den Arm von Lettys Taille gleiten und lächelte Mary Louise an. »Sie ist etwas verwirrt«, hatte Letty gesagt und ihn gebeten, nett zu ihr zu sein.

»Hallo, Mary Louise, wie geht's dir?«

»Gut. Und dir?«

»So gut wie noch nie. Hast du noch was in deinem Glas?«

»O ja, danke.«

Er hörte Letty sagen, dass das Ziel der Hochzeitsreise ein Geheimnis sei. Als sie noch unschlüssig waren, hatte sie ihm Orte genannt, von denen er vorher noch nie gehört hatte. Er hatte Tramore ins Spiel gebracht, und auf Tramore hatten sie sich geeinigt.

»Ich hoffe, es gefällt dir, Mary Louise? Die Hochzeit?«

Sie nickte kaum merklich, mit ernstem Gesichtsausdruck. Sie erweckte den Eindruck, als hätte sie darüber nachgedacht, als hätte sie sich tatsächlich gefragt, ob es ihr gefalle oder nicht. Dennehy war beruhigt, aber dennoch wünschte er sich, seine Schwägerin wäre etwas gesprächiger. Es sei völlig verrückt von ihr gewesen, Elmer Quarry zu heiraten, hatte Letty gesagt, und in Mary Louises Gesellschaft konnte Dennehy nicht umhin, ihr beizupflichten. Ob sie Protestantin war oder nicht, sie hätte es mit Sicherheit besser treffen können, als einen Textilhändler zu heiraten, der fast doppelt so alt war wie sie.

»Hast du gehört, dass ich ein Haus in Rathtrim gekauft habe?«, fragte er.

»Letty hat es mir erzählt.«

»Wir haben alles renovieren lassen.«

»Dann wird alles so, wie sie es gern hätte.«

»Ach, es ist wirklich nicht schlecht.« Er nippte an seinem Ananassaft. Es war ein Schluck Gin darin, damit er anregend wirkte. »Es müssen nur noch ein paar Kleinigkeiten verändert werden. Das wird erledigt, während wir weg sind.«

»Ich bin sicher, dass bei eurer Rückkehr alles fertig ist.«

»Wenn nicht, werden sie mich meilenweit hören.«

Die Bar des Salons füllte sich. Emmeline gesellte sich zu ihrer Schwester Mrs Dallon und sagte, außer den Edderys und Miss Mullover kenne sie keinen Menschen. Letty habe noch mehr Leute eingeladen, die sie kenne, erwiderte Mrs Dallon, doch die seien noch nicht da. Anscheinend kämen sie gemeinsam in einem Wagen. »Würdest du sagen, dass Elmer nüchtern ist?«, flüsterte sie, und beide Frauen musterten ihn kurz. Er redete noch immer über Viehpreise. Sie traten näher heran und lauschten.

»Geht es Ihren Schwestern gut?«, unterbrach ihn Mrs Dallon, als er sich noch weiter darüber ausließ. Es sei typisch für sie, nicht zu Lettys Hochzeit zu kommen, hatte sie schon zu ihrer Schwester gesagt. Typisch, so eingebildet zu sein.

Elmer sagte, seinen Schwestern gehe es gut. Keine von beiden sei auch nur einen einzigen Tag ihres Lebens krank gewesen. Als sie noch klein waren, hätten sie vielleicht die Masern gehabt, er wisse es nicht mehr genau, ob es Masern oder Windpocken waren, doch sie hätten nie eine Erkältung bekommen. Sie könnten den ganzen Tag im Laden stehen, und obwohl der Ofen brenne und die Kunden Bazillen hereinschleppten, seien sie nie erkältet. Auch von Verdauungsstörungen seien sie verschont geblieben. Was er von sich selbst nicht gerade behaupten könne.

Mrs Dallon blickte ihre Schwester und dann ihren Mann an. Sie hatte Elmer Quarry noch nie so reden hören, weder im Laden noch sonstwo. Nach seiner eigenen Trauung sei er der Anstand in Person gewesen.

»Soll ich Ihnen noch etwas holen?«, fragte er und streckte die Hand nach ihren drei Gläsern aus. Mrs Dallon legte die Hand auf ihr Glas. Sie habe Winter's Tale Sherry getrunken, aber ein Glas sei genug.

»Ach, das ist nett von dir, Elmer«, sagte Mr Dallon. »Soll er dir etwas mitbringen, Emmeline?«

»O nein, nein, danke.«

»Er ist betrunken«, sagte Mrs Dallon, als Elmer gegangen war.

»Er hat bestimmt schon ein paar Gläser intus«, pflichtete ihre Schwester ihr bei.

Mr Dallon war bisher nichts aufgefallen, doch als er das hörte, wurde ihm bewusst, dass der Textilhändler unbekümmerter war als gewöhnlich. Er hatte es nicht für bare Münze genommen, als Letty gesagt hatte, dass ihr Schwager trinke.

»Sternhagelvoll«, sagte Mrs Dallon bestimmt.

Während er darauf wartete, dass die Gläser gefüllt wurden, dachte sich Elmer, dass es keinen Grund gab, warum er die Unstimmigkeiten bei ihnen zu Hause nicht ansprechen sollte, da man ohnehin über Rose und Matilda sprach und das Gespräch in Gang gehalten werden musste. Sie hatten gefragt, wie es den beiden gehe, und es gab keinen Grund, warum man die Sache nicht beim Namen nennen sollte. Er konnte davon erzählen, wenn er ihnen die Gläser reichte, am besten, man ließ es nicht unausgesprochen, sondern schaffte es aus dem Weg.

»Wer wurde nicht eingeladen?«, fragte Mrs Dallon.

»Haben wir nicht von meinen Schwestern gesprochen?«

»Ihre Schwestern sind eingeladen worden, Elmer. Ich habe die Einladung selbst geschrieben.«

Er schüttelte den Kopf. Die beiden seien völlig verärgert, sagte er.

»Du selbst hast keine schriftliche Einladung bekommen, Elmer. Dass du mit Mary Louise kommst, galt als selbstverständlich. Aber alle anderen habe ich schriftlich eingeladen.«

»Darüber wissen sie Bescheid. Nur, dass für sie keine Einladung kam.«

Sie hatte die Einladung Mary Louise mitgegeben. Eines Sonntags im März war Mary Louise wie früher zu Besuch gekommen, nachdem sie sich seit Weihnachten nicht mehr auf dem Hof hatte blicken lassen. Mrs Dallon war gerade damit beschäftigt gewesen, die Einladungen zu schreiben, und hatte ihr die für Matilda und Rose mitgegeben. Mary Louise hatte gesagt, sie würden zu keiner katholischen Hochzeit kommen, hatte dann aber den Umschlag mitgenommen und versprochen, ihn den beiden zu geben.

»Tut mir leid, Elmer. Sag deinen Schwestern bitte, dass es mir ungeheuer leidtut. Die Einladung …« Mrs Dallon hielt inne und begann dann den Satz noch einmal. »Die Einladung muss irgendwie verlorengegangen sein. Das ist mir sehr unangenehm.«

»Ich hätte nichts gesagt, wenn es sie nicht so schwer getroffen hätte.«

Während sich Mr Dallon das Ganze anhörte, fiel ihm ein, wie Rose vorgeschlagen hatte, Mary Louise solle nach Culleen zurückkehren, damit man sich auf dem Hof um sie kümmern könne. Plötzlich wünschte er, das wäre möglich, und sie könnten sie vor Elmers Schwestern retten. Offenbar hatte sie es nicht über sich gebracht, ihnen die Einladung auszuhändigen. Gott allein wusste, was für ein Leben sie führte.

»Meinen Sie, ich hätte das besser für mich behalten sollen?« Elmers massige Gestalt schwankte leicht, und es sah mehrmals so aus, als würde er sich verbeugen. »Aber sie haben mich damit wahnsinnig gemacht.«

Am anderen Ende der Bar ging Baney Neligan den Text eines Liedes durch, und Dennehy gab sich alle Mühe, ihn am Singen zu hindern. Letty hatte ausdrücklich darum gebeten, dass nicht gesungen werde. Sie hatte gesagt, das könnten ihre Eltern nicht ausstehen.

»Sind Sie auch verheiratet?«, hörte er jemanden Mary Louise fragen.

»Ja.«

»Du bist wohl blind, Ger?«, rief jemand anders. »Die Frau trägt doch einen Ring am Finger.«

Der Mann bat um Verzeihung, und dann entfernten sich die Leute. Dennehy machte Mary Louise mit weiteren Hochzeitsgästen bekannt, doch sie schien keine große Lust zu haben, sich zu unterhalten. Aus dem Augenwinkel sah er, dass sie wieder allein war, aber zu seiner Erleichterung stellte er fest, dass ihr Bruder und die Edderys zu ihr traten.

»Da ist ja unser tapferer Bursche!« Pater Mannion, der sie getraut hatte, schlug ihm auf die Schulter. Baney Neligan fing an zu singen.

»Ist Herr Insarow noch jung?«, erkundigte sich Soja.

»Er ist hundertvierundvierzig Jahre alt«, antwortete Schubin verdrossen.

»Worüber lachst du, Mary Louise?«, fragte James, und sie gab zur Antwort, sie lächle nur.

»Wie geht's dir, Mary Louise?«, fragte einer der Edderys.

Ihr Bruder und die Edderys rauchten. Sie tranken aus Halblitergläsern und hielten diese ganz lässig, als würden sie immer aus so großen Gläsern trinken.

»Mir geht's gut«, sagte sie.

»Mein Gott, das werde ich nie vergessen.« Einer der Edderys rief sich ins Gedächtnis, wie er und sein Bruder an Mary Louises Hochzeitstag die leere Kreosotbüchse an die Stoßstange von Kilkellys Wagen gebunden hatten.

Die drei lachten. Der jüngere der beiden Edderys fragte, wie es ihr in der Stadt gefalle. Er selbst könnte es in einer Stadt nicht aushalten, er würde sich eingesperrt fühlen.

»Fühlst du dich eingesperrt?«, fragte sein älterer Bruder.

»Man gewöhnt sich daran.«

»Din Lafferty ist aus Birmingham wiedergekommen.«

Mary Louise sagte, sie glaube, dass ihr Birmingham nicht gefallen würde.

»Lafferty ist dort überhaupt nicht zurechtgekommen.«

Als sie und Elmer von ihrer Hochzeitsreise zurückkehrten, hatten seine Schwestern sie auf dem Treppenabsatz im ersten Stock begrüßt, und Rose hatte gesagt, sie werde sogleich Tee aufsetzen, denn sie müssten doch einen furchtbaren Durst haben. Doch als Erstes hatte Elmer sie in das Schlafzimmer geführt, das einmal seinen Eltern gehört hatte und nun ihres sein würde. Die Fenster waren fest verschlossen gewesen, und es hatte dort muffig gerochen, das breite Doppelbett war ungemacht. »Sie werden dir sagen, wo die Bettlaken sind«, hatte Elmer gesagt, und im Esszimmer hatte er seinen Schwestern ins Gedächtnis gerufen, dass er aus seinem alten Zimmer ausziehe und sie dort künftig Stoffe lagern könnten.

»Kennst du Din Lafferty?«, fragte der ältere der Eddery-Brüder, und sie erwiderte, sie sei ihm früher ein paarmal begegnet.

»Ein richtiger Tollpatsch«, sagte James.

Mary Louise entfernte sich.

»Na, willst du dich ein bisschen um den alten Mann kümmern?« Ihr Vater lächelte sie an. Ihre Mutter und ihre Tante waren mit Mrs Dennehy nach oben gegangen, um die Hochzeitsgeschenke zu bestaunen. Elmer stand mit Bleheen an der Theke.

»Ist Tante Emmeline schon eingezogen?«, fragte sie ihren Vater.

»Es kann jeden Tag so weit sein.«

»Sie ist einsam seit Roberts Tod.«

»Ach, das alte Haus ist schrecklich für sie. Traurige alte Erinnerungen.«

»Wie war der Mann, den sie geheiratet hat?«

»Zu nichts nütze.«

»Wie meinst du das?«, fragte Mary Louise.

»Er hat die arme Frau zum Narren gehalten. Eher hätte er sie verhungern lassen, als sich von der Rennbahn fernzuhalten.«

Sie erinnerte ihren Vater daran, dass er von dem Mann, über den sie gerade sprachen, einmal gesagt hatte, er habe übermäßig viel Charme gehabt, doch er gab keine direkte Antwort darauf.

»Er war keinen Pfifferling wert, Mary Louise. Ein ganz liederlicher Kerl.«

»Ohne ihn wäre Robert nicht der gewesen, der er war.«

»Tja, das ist wohl wahr.«

Die Stimme ihres Vaters klang überrascht, und einen Augenblick überlegte Mary Louise, ihm zu erzählen, dass sie und Robert sich geliebt hatten, zuerst als Kinder und dann wieder, als sie schon verheiratet war. Ihr Vater würde es für sich behalten, weil er niemandem Sorgen bereiten wollte: Das war seine Art. Sie hätte ihm erzählen können, dass Elmer stets betrunken ins Bett kam. Sie hätte ihm sagen können, warum ihre Ehe kinderlos war. Ihr Vater würde auch das nicht weitererzählen. Und spielte es eine Rolle, ob er all das wusste, ob sie jemandem die Wahrheit anvertraute? Vielleicht spielte es keine Rolle, doch gleichzeitig würde es ihn mit Sorge erfüllen.

»Pater Mannion«, sagte eine Stimme, und ein Geistlicher streckte die Hand aus, um die ihres Vaters zu schütteln. »Guten Tag, Mr Dallon.«

Der Geistliche lächelte, das große, rosige, jungenhafte Gesicht eines Mannes in mittlerem Alter, rosiger Hals und rosige Stirn. Er streckte auch Mary Louise die Hand hin, und sie legte ihre Hand in seine. »Guten Tag, Mrs Quarry«, sagte er.

Sie konnte es nicht ausstehen, so genannt zu werden. Seit dem Begräbnis konnte sie es nicht mehr ausstehen. Sie hörte nicht zu, als der Geistliche und ihr Vater sich in nüchternem Ton über etwas unterhielten. Ihr Vater nickte in regelmäßigen Abständen, und der Geistliche streckte von Zeit zu Zeit die Hand aus, um seinen Arm zu drücken. Während Mary Louise den schwarzen Stoff von Pater Mannions Ärmel anstarrte, rief sie sich das Bettlaken ins Gedächtnis, das an jenem ersten Abend auf dem Bett im Hause der Quarrys ausgebreitet war und das sie mit ihren eigenen Händen glatt gestrichen hatte. Sie war um das Bett herumgegangen und hatte das Laken festgesteckt, dann hatte sie das zweite ausgebreitet und auch bei diesem die Falten glatt gestrichen. Nun fiel ihr wieder ein, wie kühl diese Laken gewesen waren, als sie später gemeinsam im Bett seiner Eltern schliefen, er auf der linken und sie auf der rechten Seite.

»Sinaida trank den ganzen Tag Eiswasser«, sagte ihr Cousin, und Mary Louise wandte sich ab, um zu lächeln. Die alte Fürstin klagte, dass so viel Eiswasser einem Mädchen mit einer schwachen Brust nicht bekommen könne. Was sie selbst anbetreffe, so habe sie Zahnschmerzen …

»Als Brautjungfer muss man noch unverheiratet sein«, sagte Letty. »Das habe ich dir doch gesagt, Mary Louise, oder?«

»Ja.«

»Bist du deswegen so verärgert?«

Mary Louise versicherte, dass sie daran keinen weiteren Gedanken vergeudet habe. Angela Eddery, deren Kleid den gleichen grünlichen Ton hatte wie das von Letty, war Brautjungfer, weil die Edderys entfernte Verwandte waren.

»Ich bin nicht verärgert«, versicherte Mary Louise ihrer Schwester noch einmal.

»Du bist anders als früher.«

»Ich komme euch mal besuchen, wenn ihr euch in dem Haus eingelebt habt.«

»Ja, tu das«, bat Letty sie eindringlich und legte die Hand auf Mary Louises Arm. »Komm, wann immer du willst.«

Nun stimmten andere Leute in Baney Neligans Gesang ein. Jemand spielte Klavier; zwei Mädchen hatten begonnen zu tanzen. An der Theke standen die Männer dicht gedrängt und redeten und lachten. Ein uniformierter Polizist, der noch seine Fahrradklammern trug, bahnte sich seinen Weg durch die Menge, um Mr Dennehy die Hand zu schütteln. Zwei Zigeunerkinder versuchten, den Salon zu betreten, und wurden ohne viel Federlesens hinausgeworfen. Männer, die sie nicht kannte, legten die Arme um Lettys Taille oder küssten sie und sagten, das stehe ihnen zu. Mrs Dennehy ging unter den Gästen umher und verkündete, im Speisesaal, an der Damentoilette vorbei und dann den Flur entlang, sei die Tafel gedeckt.

»Ich kann mich noch von der Schule der Christlichen Brüder an ihn erinnern«, verriet Pater Mannion Mr Dallon über den Bräutigam. »Ich musste ihnen regelmäßig eine Moralpredigt halten. Ihr Schwiegersohn saß ganz außen.« Mr Dallon sagte, das sei interessant, und Pater Mannion fügte hinzu, es sei eine wunderbare Zeit gewesen. »Ich mache lieber noch mal die Runde«, sagte er. »Ich muss ein paar Leuten die Hand schütteln.«

In einem Schlafzimmer im ersten Stock begutachteten Mrs Dallon und ihre Schwester die Hochzeitsgeschenke, die auf einer Tagesdecke aus Frottee, auf der Frisierkommode und einem größeren Tisch ausgelegt waren. Es handelte sich um Teller und Bettlaken, Tischdecken, Aschenbecher, Vasen, Tassen und eine Teekanne, um einen elektrischen Wasserkessel, ein elektrisches Bügeleisen, Untersetzer, weitere Teller, Besteck, Salz- und Pfefferstreuer, ein spezielles Nudelholz, einen Korkenzieher, verschiedene Küchenutensilien, um Kochtöpfe, eine Fußmatte, Schüsseln, Schalen, Krüge, Backformen und ein gerahmtes Bild der Jungfrau Maria mit einer Herz-Jesu-Darstellung. Letzteres kränkte Mrs Dallon. Das hatte entweder jemand geschenkt, der nichts von Lettys Glauben wusste, oder jemand, der das Bildnis in dem frisch gegründeten Hausstand für unverzichtbar hielt. Letty würde es nicht aufhängen, sie würde es bestimmt weglegen.

»Ach ja«, beeilte sich Mrs Dennehy zu sagen, als sie merkte, dass das Bild Mrs Dallons Aufmerksamkeit auf sich zog. »Das ist bestimmt problematisch.«

»Das sind schöne Sachen.« Mrs Dallon war fest entschlossen, ihr Missfallen zu verbergen. Man musste mit peinlichen

Situationen rechnen. In jeder Mischehe gab es Dinge, die sich erst langsam einspielten, da nützte es nichts, sich etwas vorzumachen.

»Na, sind die Leute nicht freigebig, Mrs Dallon? Wenn es darauf ankommt, sieht man, dass sie freigebig sind.«

Andere Frauen kamen herein, und Mrs Dallon und ihre Schwester verließen das Zimmer. Auf dem Treppenabsatz stand auf einem Sockel eine Heiligenfigur, und im Erdgeschoss hing ein Bild, unter dem ein rotes Licht flackerte und das so ähnlich aussah wie das Geschenk für Letty. Plötzlich fragte sich Mrs Dallon, wen James wohl heiraten würde.

»Steht das Grün Letty nicht gut?« Angela Eddery trat zu Mary Louise, um ihre Bewunderung zum Ausdruck zu bringen. Sie hatte eine Art, in gedämpftem, ehrfurchtsvollem Ton zu sprechen, ihre eng und schief stehenden Zähne nur wenige Zentimeter vom Gesicht der angesprochenen Person entfernt. Ihr Atem war warm.

»Findest du, es steht mir auch, Mary Louise? Letty steht es ziemlich gut, aber ich hab mich gefragt, wie es bei mir aussieht.«

»Mary Louise«, sagte eine andere Stimme in vorwurfsvollem Ton. »Du hast Rose und Matilda die Einladung nicht gegeben. Warum denn nicht, Liebes?«

Sie gab sich alle Mühe, es zu erklären. Ihre Mutter sagte, wenn es je etwas gebe, das sie bekümmere, solle sie mit ihren Sorgen nach Culleen kommen. Dafür sei eine Familie doch da.

»Das kannst du mir glauben, Liebes«, betonte ihre Mutter, obwohl Mary Louise gar nicht versucht hatte, es in Abrede zu stellen. Kurz zuvor hatte sie irgendwo zwischen all den Menschen das runzlige Gesicht von Miss Mullover erblickt.

Der alten Lehrerin konnte sie es erzählen, sie würde es nicht so erschüttern wie ihren Vater.

»Ich hab dich seit einer Ewigkeit nicht mehr gesehen, Mary Louise.« Das wettergegerbte Gesicht ihrer Tante tauchte auf. Vom Alkohol war es noch röter geworden. »Geht's dir gut?«

»Ja, mir geht's gut. Was wird aus den Soldaten, wenn du das Haus verkaufst? Und den Büchern und allem?«

Es trat Schweigen ein. Dann sagte ihre Tante:

»Es findet eine Versteigerung statt. Dein Vater meinte, es sei am besten, alles zu versteigern.«

Mary Louise fragte sich, was mit Roberts Kleidung geschehen würde. Manchmal wurde die Kleidung eines Verstorbenen an eine Wohlfahrtseinrichtung gegeben, es sei denn, sie wurde verkauft, weil man knapp bei Kasse war. Kleidungsstücke würde man nicht versteigern; so etwas hatte sie noch nie gehört.

»Was wird aus seiner Uhr?«

»Die behalte ich, Liebes.«

Bei diesen Worten lächelte die Tante Mary Louise an. Mary Louise fragte, wann die Versteigerung stattfinden werde, und ihre Tante erwiderte, wenn alles gutgehe, am 2. Mai.

»Gibst du seine Kleidung weg?«

Die Frage schien Bestürzung auszulösen. Die Mutter bat Mary Louise, ihre Worte zu wiederholen, und das tat sie.

»Es gibt da eine bedürftige Familie«, sagte ihre Tante schließlich, »der Vater ist arbeitslos.«

Auf Mary Louises Drängen fügte sie hinzu:

»Das schäbige, blaugetünchte Häuschen an der Straße nach Clonmel.«

Der Aufforderung Mrs Dennehys folgend, waren einige der Gäste im Speisesaal gewesen und saßen nun an den Tischen in der Gaststube und aßen von Papptellern. Miss Mullover, die eine kleine Portion Zunge mit Salat vor sich hatte, sah Mary Louise allein dastehen und winkte ihr quer durch den Raum zu. Die Gerüchte über Elmer Quarry sind wahr, hatte sie nur einen Augenblick zuvor gedacht. Sie hatte es an diesem Nachmittag mit eigenen Augen gesehen: der verschwommene Blick, die herunterhängenden Lider. Wie ein an die Theke gelehnter Sack Kartoffeln.

»Hallo, Mary Louise.«

Jedes Mal, wenn ihr das Mädchen begegnete, schien sie schweigsamer geworden zu sein. Inzwischen musste man ihr jedes Wort aus der Nase ziehen. »Die Zunge schmeckt gut«, sagte sie, doch die Empfehlung entlockte Mary Louise nicht die geringste Bemerkung. Dann reagierte Mary Louise auf eine höfliche Erkundigung nach dem Wohlergehen ihres Mannes mit plötzlicher Schwatzhaftigkeit, als könnte sie Gedanken lesen. Elmer sei ein friedfertiger Mensch, sagte sie; er wolle niemandem etwas Böses. Er habe noch nie jemanden geschlagen; er werde nie wütend; nie schreie er jemanden an oder bereite ihr irgendwelchen Verdruss.

»Miss Mullover, können Sie sich noch erinnern, dass mein Cousin die Buchstaben immer als Erster abgeschrieben hatte? Er hat immer den Umschlag seines Heftes vollgekritzelt. Mein Cousin Robert?«

Miss Mullover war so überrascht, dass sie sich nicht mehr daran erinnern konnte.

»Wissen Sie, wir haben uns geliebt, mein Cousin Robert und ich. Wir waren schon in der Schule ineinander verliebt. Als er gestorben ist, war das immer noch so. Wir haben immer zusammengehört.«

Mary Louise unterbrach Elmer und Bleheen bei ihrem Gespräch an der Theke. Sie wollte nach Hause fahren.

»Man ist da zu Hause, wo man sich wohlfühlt«, sagte Elmer, dem diese Redensart seiner Mutter plötzlich einfiel. Er senkte die Stimme. Er habe sich das Ganze erklären lassen, sagte er: Eine Einladung sei geschrieben worden, doch sei sie nicht bei ihnen angekommen. Er solle Rose und Matilda die Entschuldigung ihrer Mutter überbringen.

»Können wir jetzt gehen, Elmer?«

»In diesem Fall trinken wir rasch noch einen für den Heimweg«, sagte Bleheen und hob sein leeres Glas, um auf sich aufmerksam zu machen.

»Noch fünf Minuten, Liebes«, bat Elmer, »bis Mr Bleheen seine Batterien aufgeladen hat.«

Die Bemerkung war nicht witzig gemeint, dennoch lachte der Besamer. »Wir drei laden unsere Batterien auf«, verkündete er. »Was wollen Sie trinken?«

»Nichts mehr, ich habe genug, Mr Bleheen.«

Mrs Dennehy tauchte neben ihr auf und erinnerte sie daran, dass im ersten Stock die Hochzeitsgeschenke auslagen. »Ihre Mutter ist mit Ihrer Tante schon oben gewesen. Wollen Sie nicht selbst einmal raufgehen?«

»Geh ruhig rauf und schau dir alles in Ruhe an, Liebes«, drängte Elmer; doch Mary Louise sagte, sie sollten sich lieber auf den Heimweg machen. Sie würde ihre Mutter um die Beschreibung der Hochzeitsgeschenke bitten, wenn sie sich das nächste Mal sähen.

»Na, war das nicht eine großartige Feier für Ihre Schwester?«, fragte Bleheen, als sie im Wagen saßen. »Da wurde an nichts gespart.«

Elmer, der vorn neben ihm saß, pflichtete ihm bei. Die Uhr am Armaturenbrett zeigte an, dass es fünf nach fünf war.

Sobald Rose und Matilda hörten, wie sich der Schlüssel im Schloss drehte, würden sie auf dem Treppenabsatz sein und warten, wie sie es sich seit einiger Zeit angewöhnt hatten. Sie würden sofort meckern, dass das Haus rieche wie eine Whiskeybrennerei, als könnte ein normaler Mensch auf eine Feier gehen, ohne dass man es ihm bei der Rückkehr anmerkte. Mary Louise würde an den beiden vorbeigehen und sich, anders als früher, nicht von ihrer Gegenwart einschüchtern lassen. Er hingegen würde ein paar Minuten lang in der Diele bleiben und dann ins Büro gehen. Vielleicht zehn Minuten später würde er sich dann in Hogans Bar schleichen.

»Alles in Ordnung, Liebes?« Er wandte sich bei der Frage halb zu seiner Frau um, doch sie schien ihn nicht zu hören.

23

Miss Foye gibt ihr einen Kuss. Er trägt ihre beiden Koffer. Die Quarrys sind anständige Leute, hört sie Mrs Leavy sagen, dafür sind sie bekannt. Während sie im Flur wartete, hat Mrs Leavy weitere Geschichten aus der alten Zeit in den Irrenanstalten erzählt und von den furchterregenden Szenen berichtet, die sie und ihre Freundin Elsie gesehen haben, wenn sie über die Backsteinmauer blickten.

Die Frauen winken, wie bei Bríd Beamish. Die Irrenanstalten wurden als Wohlfahrtseinrichtungen gebaut, Barmherzigkeit war damals Mode, wie es jetzt die Medikamente sind. Sie winkt zurück, kurbelt das Fenster des Wagens herunter und winkt noch einmal.

Sie hat das Heim schon zweimal verlassen: zum Begräbnis ihres Vaters und eineinhalb Jahre später zu dem ihrer Mutter. Jedes Mal wurde sie an den Tod ihres Cousins erinnert, nicht dass man sie daran hätte erinnern müssen; doch die Abschiedsworte waren die gleichen, und sie hatte gedacht, dass die Toten sich in nichts auflösen, wenn man müde wird, sie am Leben zu erhalten. Unter den Toten kann man sorgfältig auswählen; die Lebenden werden einem aufgezwungen.

»Sind sie noch am Leben?«, sagt sie und bricht mit der Frage, die sich ganz selbstverständlich aus ihren Gedanken ergibt, plötzlich das Schweigen.

»Wen meinst du?«

»Deine Schwestern.«

Das Auto reagiert auf den Schock, den ihm die Frage versetzt, und fängt an zu ruckeln. Er lenkt es auf einen Feldweg und hält, um sich wieder zu fangen. Er dreht sich um und blickt sie an.

»Warum sollten meine Schwestern nicht mehr am Leben sein?«

»Jeder stirbt irgendwann.«

»Sie sind noch nicht tot.«

»Das konnte ich nicht wissen.«

»Das hätte man dir doch gesagt, Liebes.«

Sie verschweigt, dass man es ihr vielleicht erzählt hat, sie aber nicht daran interessiert war. Sie sagt nichts, sondern lauscht nur seinen warnenden Worten, dass es Veränderungen gibt, die ihr auffallen werden, in der Stadt und in seinem Alltagsleben.

»Weißt du noch, was ich dir über den Laden gesagt habe?«

Sie überlegt einen Augenblick und gesteht dann, dass sie es nicht mehr weiß.

»Ich habe ihn vor neun Jahren an die Renehans verkauft. Sie haben die beiden Häuser miteinander verbunden.«

»Ja, ich erinnere mich.«

Das Fernsehen sagt einem, wie es auf der Welt aussieht, hat die alte Schwester Hannah immer gesagt, und was sich verändert hat. Wenn man Lust hat, sich damit zu beschäftigen, wird einem das Fernsehen alles sagen, was man wissen will.

»Über dem Laden ist alles beim Alten«, sagt er.

»Ja, davon bin ich überzeugt.«

Schwester Hannah ist eine kluge Frau. Das Leben eines Menschen folgt keinen Regeln, behauptet Schwester Hannah; es verläuft wirr, bewegt sich in und außerhalb der Zeit.

Die Gegenwart ist kaum vorhanden; die Zukunft existiert nicht. In den kurzen Augenblicken eines Menschenlebens zählt nur die Liebe.

24

Am Tag der Versteigerung im Haus ihrer Tante radelte Mary Louise kurz vor acht Uhr aus der Stadt. In den Straßen herrschte Stille. Mrs Renehan war mit ihrem Cockerspaniel draußen. Die Glocke der Marienkirche läutete. Ein mit Fässern beladener Lastwagen hielt am Stadtrand und wartete darauf auszuliefern, der Fahrer und der Beifahrer saßen im Führerhaus und lasen Zeitung. Die Bäckereien und die Zeitungsläden hatten geöffnet. In Foleys Laden legte der ältliche Verkäufer Speckscheiben ins Schaufenster. Zwei Nonnen waren unterwegs zu den neuen Klassenräumen des Klosters an der Straße nach Clonmel.

Mary Louise fragte sich, ob er es wusste. Wenn man an Gott im Himmel glaubte, bestand kein Grund zu der Annahme, dass er es nicht wusste. Sie stellte sich vor, wie er sie mit dem Anflug eines Lächelns beobachtete, wohl wissend, was sie vorhatte. Als sie sieben oder acht war, hatte ihre Mutter Letty und sie zu der Versteigerung mitgenommen, die nach dem Tod des alten Colonel Esdaile stattfand, drei Wochen nachdem seine Frau gestorben war. Sie konnte sich an eine weiße Marmorstatue im Garten erinnern, eine Frauengestalt mit drapiertem Gewand. »Einzigartig in Irland«, hatte der Versteigerer gebrüllt. »Bis runter zu den Zehennägeln alles an seinem Platz.« Und er hatte recht gehabt: Die Zehennägel waren behutsam herausgearbeitet, sie hatte es sich zusammen mit Letty angesehen. Mrs Dallon hatte gehofft, einen Posten zu ersteigern, der aus einer Wäscheleine, mehreren Scheuerbürsten und einem Eimer bestand, doch leider hatte der Versteigerer, weil ihm die Zeit davonlief, das Ganze für sie unerschwinglich gemacht, indem er es zwei weiteren Posten mit Haushaltsgegenständen zugeschlagen hatte.

Der Morgen war mild und sonnig. Am Straßenrand blühten noch Schlüsselblumen. Die Hecken waren mit Knospen gesprenkelt, Kätzchen hingen schwer an den neuen Trieben. Noch immer blassgrün, warteten Wiesenkerbel und Holunder auf ihre Zeit.

Auf dem grasbewachsenen Weg fuhr ein Wagen vor Mary Louise. Er schlich geradezu, als wollte er sich vor dem ungewohnten Untergrund in Acht nehmen. Sie beobachtete, wie er sich von ihr entfernte und auf die Wiese fuhr, bevor er das Haus erreichte. Sie konnte nur erkennen, dass mehrere Gestalten ausstiegen. Als sie näher kam, las sie auf einem Pappschild: BITTE HIER PARKEN.

»Junge Frau, die Versteigerung beginnt erst um zwei«, sagte ein Mann in der Küche. Er saß zusammen mit einem weiteren Mann und einem Jungen am Tisch. Auf dem Tisch standen eine blaue Thermosflasche und drei Tassen ohne Unterteller. Der Junge aß einen Doughnut, den er sich aus einer aufgerissenen Papiertüte neben der Flasche genommen hatte.

»Ich will mich nur etwas umsehen«, sagte Mary Louise.

Die beiden Männer wirkten unschlüssig, der Junge zeigte kein Interesse. Der Mann, der sie angesprochen hatte, sagte, man könne sich die Sachen ab zehn Uhr anschauen. Es sei für zehn Uhr angekündigt, fügte er hinzu.

»Ich bin ein Familienmitglied«, erklärte Mary Louise, und die beiden Männer schienen erleichtert zu sein.

»In diesem Fall können Sie sich ruhig umsehen«, sagte der zweite Mann, und Mary Louise durchquerte die Küche.

Ihre Tante hatte erklärt, es sei zu qualvoll für sie, der Versteigerung beizuwohnen, und unter diesen Umständen würde ihre Mutter vermutlich auch nicht kommen. Zwar würden andere Leute erscheinen, die sie kannte, doch das spielte keine Rolle, sofern sie nicht von ihrer Neugier belästigt wurde. Sie stieg die Treppe hinauf und öffnete die Tür des ersten Zimmers, an dem sie vorbeikam. Es war eindeutig das frühere Zimmer ihrer Tante. Die Matratze lag zusammengerollt auf dem Bett und war mit einem Strick zusammengeschnürt. Auf jedem Möbelstück klebte eine Nummer.

Im Zimmer ihres Cousins gab es weitere Nummern, schwarze Zahlen auf einem kleinen, blauen Rechteck. Ein Bild in einem stark beschädigten vergoldetem Rahmen hing gegenüber vom Bett und trug die Nummer 91: altmodisch gekleidete Landarbeiter, die sich um das Rad eines Heuwagens scharten, das unter der Last gebrochen war; in der Nähe jagte ein Hund eine Ratte über ein Stoppelfeld. Die Matratze auf diesem Bett war ebenfalls zusammengerollt und verschnürt. Ein Porzellankrug und die Schüssel, in der er stand, trugen die Nummer 97, der Waschtisch die 96. Es gab einen von der Sonne ausgebleichten Kleiderschrank und eine Frisierkommode ohne Spiegel, auf dem Fußboden lag braunes Linoleum. Durch das einzige Fenster des Zimmers konnte man in der Ferne den Fluss sehen, und Mary Louise erinnerte sich, wie ihr Cousin erzählt hatte, er habe den Reiher das erste Mal von seinem Schlafzimmer aus gesehen. Auf dem Kaminsims lag sein Fernglas, als hätte er es gerade erst dort zurückgelassen. Der eingebaute Eckschrank war leer; genau wie der Kleiderschrank. Die Frisierkommode hatte eine einzige Schublade, die mit altem Zeitungspapier ausgelegt war. Auch sie war leer, bis auf einen Kragenknopf und eine Flasche grüne Tinte. Beides nahm sie an sich.

Unten, in dem Zimmer, das er so geliebt hatte, hatte man die verstreut herumliegenden Blätter weggeräumt. Bücher waren zu Bündeln zusammengeschnürt. Die französischen und deutschen Soldaten, immer noch in der gleichen Schlachtordnung, in der er sie zurückgelassen hatte, trugen die Nummer 39. Mary Louise zog die Schubladen heraus und durchsuchte die Mahagonischränke zu beiden Seiten der Tür, doch die Blätter ihres Cousins, seine Zeichnungen und Kritzeleien, waren nicht da. Sie hatte gehofft, sie wie die Bücher zu einem Bündel verschnürt zu finden – nicht als Versteigerungsposten, sondern bloß weggeräumt. Sie kam zu dem Schluss, dass ihre Tante Emmeline sie wohl behalten hatte; vielleicht hatte sie sie nach Culleen mitgenommen. Eines Tages, wenn ihre Tante sie nicht mehr haben wollte, würde sie fragen, ob sie sie bekommen könne.

Mary Louise ging zum Fluss hinunter, um sich die Zeit zu vertreiben, doch an diesem Tag waren keine Fische zu sehen. Auf dem Weg tauchten Wagen auf, erst nur einer oder zwei, dann mehrere auf einmal. Sie setzte sich am Ufer ins Gras und beobachtete, wie sie bei dem Schild abbogen, das den Weg zum Parkplatz wies, und die Leute ausstiegen. Das Geräusch von Stimmen und schlagenden Türen drang zu ihr herunter. Sie machte sich wieder auf den Weg zum Haus.

Irgendwann während der ersten paar Wochen in der Wohnung über dem Laden hatte Elmer sie, um ihr eine Freude zu machen, in die raffinierte Konstruktion des Wandsafes im Büro eingeweiht. Es gebe keinen Schlüssel, hatte er ihr erklärt, sondern der Safe werde mittels einer sogenannten Kombination geöffnet. Man müsse einzelne Ziffern eingeben, die, aufeinander folgend, eine festgelegte Zahl ergaben. Danach müsse man erst einen und dann einen zweiten Hebel umlegen, damit sich die Safetür öffne. »Probier's mal«, hatte

Elmer sie aufgefordert, als seien sie zwei spielende Kinder. Die Zahlenkombination war ihr im Gedächtnis geblieben, sie war ihr öfter wieder eingefallen, als hätte sie unbewusst damit gerechnet, dass sie eines Tages davon Gebrauch machen müsste.

Am vorangegangenen Abend, als Elmer in Hogans Bar war und ihre Schwägerinnen bereits im Bett lagen, hatte sie entdeckt, dass dort die Einnahmen einer ganzen Woche lagen, und ganz hinten, in einer Geldkassette, die eine Flasche Jameson und ein Glas verbarg, ein mit einem Gummiband umschlungenes Bündel Fünfpfundnoten. Außer den Münzen nahm sie alles an sich: Später zählte sie 403 Pfund. Alles, was sie nicht ausgab, wollte sie wieder zurücklegen.

»Spielzeugsoldaten!« Die Stimme des Auktionators klang müde und ungeduldig, beinahe abweisend. »Farbenprächtiger Satz Soldaten! Wer macht das Anfangsgebot von einem Pfund?«

Niemand meldete sich. Mary Louise erstand die Soldaten für zehn Shilling.

Als Elmer den Wandsafe öffnete, traute er seinen Augen nicht. Er hatte an diesem Tag bereits einen Schock bekommen – als Rose ihm verkündet hatte, seine Frau sei mit dem Fahrrad weggefahren, ohne gefrühstückt zu haben. Als er um ein Uhr das Esszimmer betrat, erzählte man ihm sogleich, dass sie noch nicht zurückgekehrt sei. Nun war er allem Anschein nach auch noch beraubt worden.

Er ließ die Tür des Safes offen stehen, setzte sich an seinen Schreibtisch und bemühte sich, das Ganze zu durchdenken. Hatte er die Einnahmen woanders hingelegt? Hatte er die Banknoten aus der Geldkassette genommen und es dann versäumt, sie wieder hineinzulegen? Manchmal musste er, bevor er sich auf den Weg zu Hogans Bar machte, den Safe öffnen und heimlich ein paar Pfund einstecken, um später bezahlen zu können. Manchmal öffnete er zwischendurch den Safe, weil er sich müde fühlte und eine Stärkung brauchte. War es möglich, dass er in der Eile vergessen hatte, ihn wieder zu schließen? Hatte sich jemand Zutritt zum Büro verschafft, dann bemerkt, dass die Safetür nur angelehnt war, sich bedient und die Tür hinter sich zugeschlagen? Doch es gab keinerlei Anzeichen für einen Einbruch, es sei denn, jemand war durch ein Fenster des Hauses eingedrungen und dann, in der Hoffnung, dass etwas offen herumliegen könnte, die Treppe hinuntergestiegen.

Falls er nach der Rückkehr aus Hogans Bar müde war, setzte er sich manchmal noch an den Schreibtisch und döste kurz. Wenn er zehn Minuten später aufwachte, fühlte er sich oft benebelt, wie jeder nach einem Nickerchen. Er ging dann ins Bett, doch wenn er am nächsten Morgen das Büro betrat, sah er, dass ein paar Sachen nicht an ihrem Platz lagen, als hätte er sie in die Hand genommen und im Halbschlaf nicht mehr gewusst, wo sie hingehörten. Das Glas und die Flasche bewahrte er im Safe auf, damit niemand etwas merkte. Er hatte das Glas in Renehans Laden gekauft, denn er wusste, es wäre aufgefallen, wenn er eins aus der Küche genommen hätte.

Es konnte sein, dass er letzte Nacht nach seiner Rückkehr noch einen Schluck getrunken hatte. Wenn er eingenickt war, konnte er danach die Safetür geöffnet und vergessen haben, sie wieder zu schließen. Es war sogar möglich, dass er das Geld herausgenommen hatte, um es zu zählen, denn das tat er von Zeit zu Zeit. Vielleicht war er dann ins Bett gegangen und hatte das ganze Geld auf dem Schreibtisch liegen lassen.

Doch das Glas und die Flasche standen, wie immer, hinten

im Safe: Plötzlich überkam ihn das Verlangen, und er nutzte die Gelegenheit aus, dass sie griffbereit dort standen. Seine Hände zitterten. Hätte es in dem Büro einen Spiegel gegeben, hätte er gesehen, dass sein Gesicht überall, wo das Blut daraus gewichen war, eine graue Färbung angenommen hatte.

Er durchsuchte das Büro. Er sah in den Aktenschränken und auch dahinter nach. Als er einen schnellen Blick in den Laden geworfen hatte, um sich zu vergewissern, dass seine Schwestern sich dort aufhielten und beschäftigt waren, verließ er das Büro, ohne sie aus dem Auge zu lassen. Lautlos durchquerte er den Lagerraum hinter dem Laden und stieg die Treppe zur Wohnung hinauf. Er überprüfte die Fenster im ersten Stock, konnte aber kein Anzeichen für einen Einbruch finden. In ihrem gemeinsamen Schlafzimmer durchsuchte er die Schubladen im Kleiderschrank und blickte sogar unters Bett, für den Fall, dass er dort im Halbschlaf irrtümlicherweise Geld versteckt hatte. Dann durchsuchte er die Taschen seiner Anzüge.

Im Laden inspizierte er – unter dem Vorwand, dass das Schloss nicht mehr richtig schließe – die Eingangstüren auf verräterische Spuren. Im Lagerraum schaute er überall nach: hinter den Stoffballen, hinten auf den Regalen, in den Körben mit den Stoffresten. Wenn er eine Stärkung zu sich genommen hatte, stellte er das Glas manchmal irgendwo im Büro ab und konnte sich später nicht mehr erinnern, wo es stand. Manchmal schlenderte er in den Lagerraum hinunter, um sich zur Nachbestellung ein Stoffmuster abzuschneiden, und ihm passierte das Gleiche. Das endete stets damit, dass er die Hauptbeleuchtung anschalten musste, um das Glas zu suchen.

Elmer kehrte in sein Büro zurück und setzte sich wieder an seinen Schreibtisch. Er versuchte, sich zu erinnern, wo er in der vorigen Nacht überall gewesen war. Er versuchte, sich zu erinnern, ob er sich nach seiner Rückkehr einen Schluck eingeschenkt hatte oder nicht. Durch das Fenster des Lagerraums konnte sich niemand Zutritt verschafft haben, denn es war vergittert. Als er aus der Wohnung gekommen war, hatte er sich die Haustür angesehen: Niemand hatte sich daran zu schaffen gemacht.

»Seid ihr am Safe gewesen?«, fragte er eine Dreiviertelstunde später eindringlich im Laden. Er hatte gewartet, bis eine Frau, die Strickwolle gekauft hatte, gegangen war. Zuvor hatte er noch ein paar Gläser getrunken. »Hat eine von euch den Safe geöffnet?«

Er wusste, dass das höchst unwahrscheinlich war. Eine von beiden legte die Tageseinnahmen immer auf den Schreibtisch. Er konnte sich nicht einmal entsinnen, ob sie überhaupt die Kombination kannten.

»Was ist?«, fragte Rose mit schriller Stimme.

»Aus dem Safe ist Geld verschwunden.«

Mary Louise sprach mit zwei Lastwagenfahrern, die das Angebot machten, die gekauften Möbel auszuliefern. Sie gab ihnen die Nummern der Sachen, die sie erstanden hatte – die Soldaten und die Schlafzimmermöbel. Die Männer versprachen, die Sachen am folgenden Tag vorbeizubringen.

Froh, dass es ihr gelungen war, das zu erstehen, was sie haben wollte, fuhr sie davon: Sie war wegen der Versteigerung nervös gewesen, doch die Soldaten hatte sonst niemand haben wollen, und die Möbel waren billiger gewesen, als sie erwartet hatte. Am Stadtrand stieg sie an dem blaugetünchten Häuschen, das ihr die Tante auf Lettys Hochzeitsfeier genannt hatte, vom Rad. Sie stellte sich einer bleichen Frau mit einem Kind im Arm vor.

»Ich glaube, meine Tante hat Ihnen Kleidungsstücke geschenkt.«

»Ja, Gott segne sie.«

»Hätten Sie lieber das Geld?«

»Geld? Was für Geld meinen Sie?«

»Wenn ich die Kleidungsstücke von Ihnen zurückkaufen könnte, würde ich Ihnen den Neupreis bezahlen.«

Die Frau rief erschrocken nach ihrem Mann. Er war groß und musste sich bücken, um nicht an den Türbalken zu stoßen. Noch bevor er erfuhr, worum Mary Louise gebeten hatte, ließ er sich vom Argwohn seiner Frau anstecken.

»Man hat uns die Kleidungsstücke geschenkt«, sagte er.

»Ich weiß. Ich habe gesagt, dass ich einige davon zurückkaufen will. Alles, was Sie vielleicht nicht haben wollen.«

»Es ist für die Jungen, wenn Sie mal größer sind.« Weil die Frau nicht begriff, klangen ihre Worte dumm. Als das Kind zu schreien anfing, nahm sie es auf den anderen Arm.

»Ich dachte nur, dass Sie das Geld vielleicht gut gebrauchen könnten. Der Tote war mein Cousin. Ich will nur ein paar Andenken haben.«

Der Mann nickte bedächtig. Er sagte, sie könnten sich bestimmt einigen. Er trat zur Seite und murmelte seiner Frau gleichzeitig etwas zu. Mary Louise betrat das Haus und wählte ein paar Kleidungsstücke aus, die ihr die Frau in Zeitungspapier einwickelte. Das Päckchen verschnürte sie mit demselben Strick, mit dem die Kleidungsstücke ursprünglich zusammengebunden waren. Das Haus roch nach Armut. Ältere Kinder starrten Mary Louise aus den Ecken und hinter den Stühlen hervor an. Sie ließ mehr Geld da, als sie vereinbart hatten.

»Mit dem Fahrrad schaffen Sie das nicht«, warnte die Frau und holte noch einen Strick. Das Päckchen wurde nochmals zusammengefaltet, und der Mann band es am Gepäckträger fest. Wenn sie vorsichtig fahre und durch das zusätzliche Gewicht nicht ins Schwanken gerate, könne nichts passieren.

»Warst du verrückt?«, fragte Rose in scharfem Ton, um ihre Aufregung zu verbergen.

Er gab keine Antwort. Wenn sie einmal damit angefangen hatten, konnten sie einem ein Loch in den Bauch fragen. Wäre er nicht so bestürzt gewesen, hätte er ihnen verschwiegen, dass er seine Frau in den ersten Wochen ihrer Ehe in die raffinierte Konstruktion des Wandsafes eingeweiht hatte, um ihr eine Freude zu machen.

»Da hast du's«, sagte Matilda.

Es war zwanzig vor sieben; der Laden war seit sechs Uhr geschlossen. Das habe er nun davon, stellten Rose und Matilda klar, nicht einmal, sondern immer wieder. Sie sei ihm davongelaufen, sagten sie, und eine pflichtete der anderen bei. Sie eilten die Treppe hinauf, um zu sehen, ob sie ihre Sachen gepackt hatte, und berichteten dann enttäuscht, dass das nicht der Fall zu sein scheine. Dennoch beharrten sie weiterhin darauf, dass die unbrauchbare Frau ihres Bruders diesmal davongelaufen sei.

Sie standen im Büro, Rose und Matilda jeweils auf einer Seite des Schreibtischs und Elmer am offenen Safe. Als sie das Geräusch hörten, wussten alle drei, dass Mary Louise ihr Fahrrad im Hof abgestellt und das Haus durch die Hintertür betreten hatte. Sie hörten, dass es ihre Schritte waren. Rose rief nach ihr.

»Ich muss das hier wieder zurücklegen«, sagte Mary Louise, als sie das Büro betrat. Sie hielt ihnen den größten Teil der Banknoten hin, die sich in der Geldkassette befunden hatten. Den Rest des Geldes habe sie ausgegeben, erklärte sie.

»Ausgegeben?«, wiederholte Rose. »Ausgegeben?«

Als Elmer das Wort ergriff, klang seine Stimme heiser. Er fragte seine Frau, wo sie den ganzen Tag gewesen sei. Sie seien außer sich gewesen vor Sorge.

»Ich war auf der Versteigerung bei meiner Tante. Ich habe ein paar Sachen gekauft.«

Elmer streckte die Hand aus und nahm die Banknoten, die sie auf den Schreibtisch gelegt hatte. Sie waren immer noch mit dem Gummiband umschlungen. Nur zwei Scheine fehlten.

»Du hast Geld aus dem Safe gestohlen«, sagte Rose.

Elmer wollte widersprechen, doch er warf die Worte durcheinander und sprach so schnell, dass man ihn nicht verstehen konnte. Mary Louise sagte:

»Rose, ich würde nicht von ›gestohlen‹ sprechen.«

»Du hast Geld aus dem Safe gestohlen, um auf eine Versteigerung zu gehen.«

»Warum hast du mich nicht gefragt?« Elmers Frage war nur ein Flüstern, das man gerade noch im Büro hören konnte.

»Das habe ich, aber du warst betrunken.«

»Mein Gott!«, schrie Rose. »Mein Gott, hört euch das an!«

»Das ist wirklich eine Schande, so etwas zu sagen«, warf Matilda ein. »Ich glaube nicht einen Augenblick, dass du ihn gefragt hast.«

»Um die Wahrheit zu sagen, ich habe sogar zweimal gefragt. Ich habe ihn vorgestern Nacht gefragt und auch gestern Nacht.«

»Du hast ihn gefragt, als du wusstest … Vielleicht hat er schon geschlafen.«

»Ich bin nicht blöde, Matilda. Ich rede nicht mit Leuten, die schon schlafen.«

»Du machst alles Mögliche. Du willst die Leute dazu

bringen, dass sie die Essensreste auf einem ungespülten Teller essen. Du schließt die Tür hinter dir ab und vergehst dich an fremdem Eigentum.«

»Ich an deiner Stelle«, riet Rose ihrem Bruder, »würde die Angelegenheit der Polizei übergeben. Diebstahl bleibt Diebstahl.«

»Die Möbel, die ich gekauft habe, kommen morgen«, sagte Mary Louise. »Sie werden euch nicht im Weg stehen.«

Damit verließ sie das Büro. Kurz darauf waren ihre Schritte auf der Treppe und dann in der Küche zu hören, die teilweise über dem Büro lag.

»Hör zu, Elmer.« Rose redete langsam und nachdrücklich, sprach jedes einzelne Wort mit Bedacht aus. »Dieses Mädchen ist schlimmer als ihr Bruder. Sie ist nicht ganz richtig im Kopf, Elmer.«

»Sie hat dieser Familie nichts als Unannehmlichkeiten bereitet«, warf Matilda ein. »Rose hat recht mit dem, was sie sagt, Elmer.«

Er sagte nichts. Es konnte stimmen, dass sie ihn wegen des Geldes gefragt hatte. Vielleicht hatte sie davon gesprochen, und er hatte es in seiner abendlichen Schläfrigkeit nicht gehört. Er hatte ihr vor einer Ewigkeit die Kombination genannt. Da er ihre Bitte nicht mitbekommen hatte, hatte sie vielleicht einfach die Kombination eingegeben. Weiß der Himmel, warum er sie ihr überhaupt genannt hatte.

»Der Familie und dem ganzen Haushalt«, wiederholte Matilda. »Es gibt keinen Tag, an dem man in Ruhe Luft holen könnte.«

»Sieh nur, was sie aus dir gemacht hat«, sagte Rose. »Du hast ein Glas und eine Flasche im Safe, so etwas hat es hier noch nie gegeben. Sie hat dich so weit, dass du keinen klaren Gedanken mehr fassen kannst.«

»Wofür braucht sie Möbel? Sind ihr die Möbel, die wir haben, nicht gut genug?«

»Sie will nicht mehr mit uns essen, Elmer. Sie will nicht mehr oben mit uns im Zimmer sitzen. Ein Wunder, dass sie noch mit dir im Bett liegen will.«

Als Rose das gesagt hatte, trat Schweigen ein. Es dauerte eine Minute und noch eine weitere. Auch danach war es noch nicht zu Ende.

»Was soll ich eurer Meinung nach tun?«, fragte Elmer schließlich.

Am nächsten Morgen sah Rose, wie der Möbelwagen hielt, und als die beiden Männer den Laden betraten, fauchte sie sie an. Niemand habe irgendwelche Möbel bestellt, sagte sie. »Bringen Sie sie dahin zurück, wo sie herkommen«, befahl sie.

Doch Mary Louise kam hinter dem Tresen hervor und führte die Männer zum Hintereingang des Hauses. Man schenkte weder Roses noch Matildas Einwänden Beachtung: Schließlich hatten die Männer den vereinbarten Preis mit Mary Louise ausgehandelt.

»Leider muss alles nach ganz oben unters Dach«, entschuldigte sie sich.

Die Männer taten ihr den Gefallen. Ob unten oder oben, das gehörte alles zu ihrem Tageswerk. »Worüber regen sich die Frauen im Laden denn so auf?«, fragte einer der beiden.

Mary Louise erklärte ihnen, dass es sich um ein Missverständnis handle. Ihre Schwägerinnen hätten nicht gewusst, dass sie die Möbel gekauft hatte. Sie hätten eine etwas schroffe Art.

»Das bringt das Fass zum Überlaufen«, sagte Rose im Büro, mit funkelndem Blick und zornrotem Gesicht. »Sie stellt unsere Dachkammern mit wertlosem Zeug voll.«

»Ich habe gestern Nacht mit ihr gesprochen, Rose. Ich habe ihr gesagt, dass ihr ziemlich aufgebracht seid.«

»Und was hat es genützt? Was nützt es, mit ihr zu sprechen? Wir haben dir gesagt, was zu tun ist.«

»So etwas Barbarisches kann ich nicht tun, Rose.«

»In Kilkellys Wagen dauert die Fahrt nur eine Stunde. Es gibt einen Garten, in dem man spazieren gehen kann. Sie wäre dort unter ihresgleichen.«

Im Lauf der Jahre hatte sich Elmer an die verabscheuenswerte Seite seiner beiden Schwestern gewöhnt. Sie nährte sich von einer strengen Sachlichkeit und dem Selbstvertrauen, das sie durch ihr gemeinsames Auftreten im Haushalt gewannen. Als Rose vor ein paar Jahren festgelegt hatte, dass sie dem Bauunternehmer Hickey nicht den vollen Rechnungsbetrag bezahlen sollten, weil er seine Arbeit erst mit viermonatiger Verspätung aufgenommen und damit den Umfang der Ausbesserungsarbeiten ausgeweitet hatte, hatte Matilda ihr unerschütterlich beigestanden. Als Matilda darauf bestanden hatte, dass Miss O'Rourke vom Polytechnikum dazu verpflichtet sei, die Strickjacke zu kaufen, die von ihrer Zigarette angesengt worden war, zögerte Rose ihrerseits keine Sekunde, sie zu unterstützen, obwohl die Strickjacke Miss O'Rourke farblich gar nicht stand und nur ganz zufällig mit der Zigarette in Berührung gekommen war, die Miss O'Rourke kurz auf dem Ladentisch abgelegt hatte. Es hatte eine Reihe ähnlicher Fälle gegeben, und jedes Mal war es darum gegangen, dass Elmers Schwestern, wenn sie sich im Recht glaubten, ohne jegliche Scham eine übertriebene Wiedergutmachung forderten. Sie hatten nichts dafür übrig, sich freundlich in

Zurückhaltung zu üben oder irgendwelche Zugeständnisse zu machen; Leisetreterei entsprach nicht ihrem Wesen.

»Einer von diesen Männern hat einen Karton mit Spielsachen reingetragen«, berichtete Matilda und vergaß in ihrer Aufregung, dass niemand mehr im Laden war, um zu bedienen.

»Da hast du's, Elmer. Deine Frau ist wieder in ihre Kindheit zurückgefallen.«

»Einen großen Pappkarton«, sagte Matilda. »Randvoll.«

Die Klingel an der Ladentür bimmelte, und die beiden Schwestern eilten zu ihrer Arbeit zurück. Während der letzten vierundzwanzig Stunden hatte die Aufregung, von der sie ergriffen worden waren, einen neuen Höhepunkt erreicht. Die Aufregung hatte eingesetzt, als ihnen zum ersten Mal aufgefallen war, dass die Frau ihres Bruders regelmäßig zu den Dachkammern hinaufstieg, sie hatte sich gesteigert, als sie entdeckten, dass sie die meisten Möbel aus einer Dachkammer in die andere geräumt und begonnen hatte, die Tür hinter sich abzuschließen, und bei jeder weiteren Abweichung von einem Verhalten, das die Schwestern als normal betrachteten, hatte sie sich weiter gesteigert. Sie waren über Mary Louises Verschwinden am Vortag mehr als erfreut: Nicht in ihren wildesten Phantasien hatten sie sich den Begeisterungstaumel darüber ausgemalt, dass sie Geld gestohlen hatte, um auf einer Versteigerung Spielsachen zu erstehen. Matilda überlegte kurz, ob ihre Schwägerin vielleicht ein Kind zur Welt gebracht hatte, das sie, warum auch immer, in einer Dachkammer versteckt hielt und dem sie nun die ersten Sachen kaufte. Matilda hatte beobachtet, dass die beiden Männer außer dem Karton mit den bunten Soldaten auch die Einzelteile eines Bettes, eine Matratze und andere Schlafzimmermöbel vom Lastwagen gehoben und hinaufgetragen hatten. Doch das Geschrei eines Babys hätte man gehört, besonders nachts, und es war unmöglich, dass ihnen die Schwangerschaft des Mädchens nicht aufgefallen wäre: Sie verwarf den Gedanken fast so schnell, wie er ihr in den Sinn gekommen war. Viel verrückter ist es doch, dachte Matilda, Spielsachen zu erwerben, um im Alter von fünfundzwanzig Jahren selbst damit zu spielen.

Mit schweren Schritten kam Elmer die Stiege zum Dachboden hinaufgestapft. Seine Finger pochten an die Türverkleidung. Er rüttelte am Türgriff: Mehrmals rief er ihren Namen. Dann wandte er sich um und stapfte die Stiege hinunter.

Sie würde irgendwann den Schornsteinfeger kommen lassen, damit sie in dem winzigen Kamin ein Feuer entfachen konnte. Es würde ihr weder etwas ausmachen, Holz und Kohle heraufzuschleppen noch die Asche auszuleeren. Ein Feuer würde die Luft erwärmen.

Sie band den Strick los, mit dem die Matratze verschnürt war, und legte sie auf das Bett, das die Männer für sie aufgestellt hatten. Er hatte die ganzen vierundzwanzig Jahre seines Lebens darin gelegen. Die ganzen vierundzwanzig Jahre seines Lebens hatte er beim Aufwachen den Heuwagen und den Hund erblickt, der in dem Stoppelfeld einer Ratte nachjagte. Tagtäglich hatte er die hellen Türen des Kleiderschranks geöffnet und wieder geschlossen.

Sie legte seinen Kragenknopf auf die Frisierkommode, wo sie ihn gut sehen konnte. Sie versuchte, sich ins Gedächtnis zu rufen, wie die Soldaten gestanden hatten, und gruppierte sie auf dem Fußboden. Dann hängte sie seine Kleider auf.

25

Sie geht durch die Stadt. Nach einunddreißig Jahren ist sie eine Fremde, und die Stadt hat sich verändert, genau wie ihr Mann es angekündigt hat. Es herrscht mehr Betrieb in den Straßen, es gibt mehr Fahrzeuge, die Leute haben es eiliger. Die Waren in den Schaufenstern sehen interessanter aus, Käse und Wein aus Frankreich, die man früher nirgends zu Gesicht bekam, unbekannte Süßigkeiten. Die Werbeplakate sind andere, das alte Electric existiert nicht mehr.

Die Leute werfen flüchtige Blicke in ihre Richtung, und manchmal starrt jemand sie an. Niemand kennt sie so gut, dass er sie ansprechen würde; manche erinnern sich; doch viele in der Stadt kennen sie nur vom Hörensagen. Es macht ihr so oder so nichts aus, und sie befasst sich stattdessen mit dem Ort, den sie hinter sich gelassen hat. Inzwischen waren wohl die letzten Wagen eingetroffen; alle, die gehen durften, waren bestimmt schon weg. Es heißt, die Schwierigen würden in einem Heim in der Nähe von Mullingar untergebracht. Sie fragt sich, ob die übrigen Insassinnen bereits weggebracht wurden, ob das ganze Geplapper und die Streitereien ein Ende haben, ob das Hämmern und Pfeifen der Handwerker schon begonnen hat. Bald werden Leute, die weder unter Dementia paralytica noch unter Wahnvorstellungen oder Melancholie leiden, in den Zimmern schlafen, Männer, die tagsüber auf der Jagd oder beim Angeln waren, und Frauen, die in Nachthemden aus Chiffon neben ihnen liegen und träumen. Autos werden auf dem glatten Asphalt des Parkplatzes ihre Plätze einnehmen, und von Zeit zu Zeit wird ein anderes auf seinem Blumenbeet geparkt.

Deshalb ist sie zurückgekommen: Sie nickt in der Father Mathew Street vor sich hin und ruft sich das ins Gedächtnis. Deshalb hat sie kein Theater gemacht und ist nicht das Risiko eingegangen, mit den Schwierigen nach Mullingar gebracht zu werden: Morgen wird sie zum Friedhof hinausgehen.

»Es lag nicht daran, dass ich dort hingegangen bin«, hat sie ihnen erzählt – Schwester Hannah und Mrs Leavy, Belle D. und all den anderen. »Nicht weil ich dort hingegangen bin, musste ich die Stadt verlassen. Das hatte einen anderen Grund, einen wesentlich schlimmeren Grund.«

26

»Ratten?«, fragte Mr Renehan.

»Wir haben welche auf dem Dachboden.«

»Ratten sind äußerst unangenehm. Haben Sie an eine Falle gedacht?«

»Vielleicht lieber Gift. Führen Sie Gift, Mr Renehan?«

»Natürlich. Rodenkil. Oder Ridemquik. Das müsste genau das Richtige sein.«

Bleheen, der Besamer, war im Laden und kaufte gerade bei einem von Renehans Söhnen Nägel. Er lächelte Mary Louise höflich zu, und sie dachte daran, wie sein Wagen am Abend von Lettys Hochzeitsfeier in Schlangenlinien die Straße entlanggefahren war. Er erkundigte sich, wie es ihr gehe, und sie gab zur Antwort, es gehe ihr gut. Als sie noch ins Electric ging, war auch Bleheen oft dort gewesen, allein oder in Begleitung einer der Witwen, deren Gesellschaft er auf der Suche nach der geeigneten Frau genoss. Aus Gründen, die nur er selbst kannte, beschränkte er sich dabei auf Witwen.

»Und ein kleines Gerät zum Apfelentkernen«, sagte er, als Renehans Sohn die Nägel ausgewogen hatte. »Ich habe eine Schwäche für Apfelkompott«, verriet er Mary Louise, »mit einem Tropfen Birds Vanillesoße.«

Sie nickte. Eine Frau, die einmal Druckknöpfe im Laden gekauft hatte, hatte zu ihr gesagt, Bleheen werde niemals heiraten. Er könne jede Witwe in ganz Irland ins Kino einladen, aber am Ende bleibe er doch derselbe, festgefahren in seinen Gewohnheiten und übervorsichtig.

»Ich hatte schon mal so ein kleines Gerät«, sagte er, »nur habe ich es aus Versehen zusammen mit den Apfelschalen weggeworfen.«

Mary Louise stellte sich vor, wie er sich seine Mahlzeiten zubereitete, Äpfel und Kartoffeln so schälte, wie es von einem Mann zu erwarten war. Er redete weiter mit ihr über Hauswirtschaft. Sie hörte nicht zu. *»Die ganze Gesellschaft versammelte sich im Salon. Arkadi nahm sich die neueste Zeitschrift. Anna Sergejewna erhob sich, und da fiel sein Blick auf Katja …«*

Wenn Bleheen niemanden liebte, war es besser für ihn, nicht zu heiraten. Es war richtig, wählerisch zu sein, auch wenn das bedeutete, dass er bis zu seinem Tod Junggeselle blieb. Plötzlich fragte sich Mary Louise, ob ihre Eltern einander liebten. Darüber hatte sie noch nie nachgedacht. Liebe hatte für sie bei den Gedanken über ihre Eltern noch nie eine Rolle gespielt.

»Ich würde Rodenkil nehmen«, riet Mr Renehan. »Das verkaufen wir sehr gut.«

Schon bald nach der Hochzeit wurde Letty schwanger. Dennehy kaufte ihr einen gebrauchten Morris Minor; sie liebte das Haus, in das sie gezogen waren. Ihr ganzes Leben lang hatte sie sich um die Hühner kümmern, sie füttern und nach ihren Eiern suchen müssen: Solange sie lebe, sagte sie nun, habe sie nicht vor, je wieder einen Finger für ein Huhn zu rühren, obwohl es auf dem Hof einen Auslauf für Hühner gab. Ihr Mann beabsichtigte, auch ein, zwei Kühe zu halten, doch sie kamen überein, dass er alle Tiere selbst versorgen würde. Letty nähte auf der Maschine, die ihre Eltern ihr zur

Hochzeit geschenkt hatten, Gardinen und Sesselbezüge; sie kauften Teppiche und führten die letzten Renovierungsarbeiten aus. »Da könntest du etwas hineinpflanzen«, schlug ihr Tante Emmeline vor und zeigte auf zwei vergessene weißgestrichene Bottiche zu beiden Seiten der Haustür. Eine Woche später kam ihre Tante vorbei, grub in ein paar Minuten die Erde um und düngte sie. Hinter dem Haus entdeckte sie ein zugewuchertes Stück Land, auf dem einmal Gemüse angebaut worden war. Auch das machte sie wieder urbar.

Lettys Sorge um ihre Schwester war der einzige Wermutstropfen in ihrem Eheglück. Diese Sorge kam und ging, und jedes Mal, wenn ihr wieder etwas von dem Klatsch zu Ohren kam, der aus der Stadt herüberschwappte, nagte sie etwas länger an ihr. Seit dem Tag, an dem die Quarry-Schwestern in Culleen gewesen waren, kannte sie alle Einzelheiten über deren Besuch; sie wusste von der nutzlosen Unterredung, die ihre Eltern mit Dr. Cormican geführt hatten, und von ihrem anschließenden Gespräch mit Mary Louise. Danach hatte sie erfahren, was Mary Louise auf der Versteigerung erstanden hatte und dass sie nur noch selten im Laden arbeitete. All das bestürzte Letty. Als sie noch Kinder waren, hatte sie sich als ältere Schwester mit ihrem Bruder die Aufgabe geteilt, auf Mary Louise aufzupassen. Sie konnte sich noch daran erinnern, wie die feuchte, kleine Hand in ihrer lag und wie sie darauf bestanden hatte, dass sie dort liegen blieb. Sie hatte Mary Louise über ihre Tränen hinweggetröstet; wenn nötig, hatte sie aber auch mit ihr geschimpft. Nur ungern erinnerte sie sich daran, wie sie versucht hatte, Mary Louise die Verlobung mit Elmer Quarry auszureden. Es hatte sie krank gemacht, als sie hörte, dass er seine Schwester ins Kino eingeladen hatte. In der Hochzeitsnacht musste sie – ohne es zu wissen, waren ihr die gleichen Gedanken durch den

Kopf gegangen wie ihrem Cousin – ständig daran denken, was Mary Louise durchmachte. Mit seinen kleinen Zähnen und seinen winzigen Äuglein erinnerte Elmer Quarry sie an ein Schwein. Allein in dem Zimmer, das sie ein Leben lang mit Mary Louise geteilt hatte, hatte sie in jener Nacht jämmerlich geweint.

Der Telefonanschluss – für ihren Mann aus beruflichen Gründen eine Notwendigkeit – war für Letty etwas Neues. In Culleen gab es keinen, und sie hatte früher nur selten die Gelegenheit gehabt zu telefonieren. Doch da stand der Apparat nun auf einem Regal in der Diele. Darüber hingen an einem Haken Bleistift und Notizblock, und das Telefonbuch lag auf dem Regalbrett darunter. Eines Morgens, als sie vom Nähen genug hatte, rief sie in Quarrys Textilgeschäft an, um Mary Louise daran zu erinnern, dass sie noch gar nicht, wie versprochen, zu Besuch gekommen sei.

»Ja?«, meldete sich Rose.

»Könnte ich bitte Mary Louise sprechen?«

»Wer spricht da?«

»Ihre Schwester.«

Letty hörte Roses Atem und leise im Hintergrund das Klingeln der Ladentür.

»Letty«, sagte Letty.

»O ja.« Rose ärgerte sich, dass sie die Treppe zum Büro hatte hinaufsteigen müssen, weil Elmer nicht da war, nur um herauszufinden, dass der Anruf ihrer Schwägerin galt. Besonders ärgerte sie sich darüber, dass es Letty war, denn die Sache mit der Hochzeitseinladung wurmte sie immer noch.

»Ist Mary Louise da?«

Rose zögerte. Sie hatte es nicht eilig damit zu sagen, wo sich Mary Louise aufhielt, weil sie das Gefühl hatte, dass sie Zeit zum Nachdenken brauchte. Schließlich sagte sie:

»Nein, Ihre Schwester ist nicht da.«

»Sind Sie Rose? Oder Matilda?«

»Hier spricht Rose Quarry.«

»Würden Sie Mary Louise ausrichten, dass sie mich anrufen soll? Zwei, vier, fünf.«

Rose gedachte, ja zu sagen, es ihr dann aber nicht auszurichten. Doch aus einer plötzlichen Regung heraus überlegte sie es sich anders. Sie sagte:

»Wir bekommen Ihre Schwester zur Zeit nur selten zu Gesicht.«

»Ist alles in Ordnung mit Mary Louise?«

»Ich würde sagen, nein. Sie können Ihren Eltern ausrichten, dass es mit ihr immer schlimmer wird. Wir sind ganz außer uns über ihren Zustand.«

»Ihren Zustand? Welchen Zustand, Rose?«

»Man muss alles wegschließen. Wir halten ständig unsere Handtaschen unter Verschluss. Sie hat den Safe im Büro aufgebrochen.«

Zu Roses Genugtuung herrschte am anderen Ende der Leitung Schweigen. Das Schweigen hielt eine Weile an, und dann fragte Letty:

»Wovon reden Sie überhaupt, Rose?«

»Wir wären Ihnen sehr verbunden, wenn das unter uns bliebe, Mrs Dennehy.«

Damit legte Rose den Hörer zurück auf die Gabel. Elmer hatte sie eindringlich gebeten, von der Sache mit dem Geld, das Mary Louise aus dem Safe genommen hatte, nichts weiterzuerzählen, doch die Dallons unternahmen wohl erst etwas, wenn man ihnen das ganze Ausmaß von Mary Louises Eigensinnigkeit vor Augen führte. Rose kehrte in den Laden zurück und berichtete Matilda von dem Gespräch. Die sagte, sie habe völlig richtig gehandelt.

Elmer schüttelte den Kopf. Sie hätten keine Ratten im Haus. Dafür sorge eine Katze, die sich im Hof herumtreibe. Dann und wann eine Maus, die seine Schwestern in einer Falle fingen, das sei alles.

»Ich habe ihr Rodenkil verkauft«, sagte Renehan. »Ich glaube, sie hat vom Dachboden gesprochen.«

Elmer nickte unbestimmt und gab damit zu verstehen, dass er nicht an den Dachboden gedacht habe: Im Stillen bezweifelte er jedoch, dass es auf dem Dachboden mehr Ratten gab als anderswo.

Renehan trank aus und verließ Hogans Bar. Elmer stand noch allein da, als Letty und ihr Mann eine Viertelstunde später hereinkamen. Hinter der Theke las Gerry im *Evening Herald*. Sonst war niemand anwesend.

»Elmer«, sagte Letty.

»Ich hatte hier etwas zu erledigen«, begann er.

»Wir wollen mit dir über Mary Louise sprechen.«

Dennehy sagte, er hole etwas zu trinken. Letty ging mit Elmer zu einem Tisch in der Ecke. »Und für Mr Quarry das Übliche«, hörte er Dennehy bestellen. Gleichzeitig sagte seine Schwägerin:

»Wir wollten uns mit dir allein unterhalten, Elmer. Ich habe mehrmals eine Nachricht für Mary Louise hinterlassen, aber sie ruft nicht zurück.«

»Ich werde ihr sagen …«

»Rose hat etwas von einem Safe erzählt.«

»Das ist eigentlich eine Privatangelegenheit.«

»Worum geht es da, Elmer?«

Elmer erklärte, dass Mary Louise einmal auf die Schnelle etwas Geld gebraucht und sich einen bestimmten Betrag aus dem Safe im Büro geliehen habe. Nicht der Rede wert, sagte er. Ein Sturm im Wasserglas.

»Rose hat gesagt, dass sie ihre Handtaschen unter Verschluss halten müssen.«

Zu Elmers Erleichterung kam in diesem Augenblick Dennehy mit den Getränken. »Prost!«, sagte Dennehy, erhob sein Glas und zündete sich dann eine Zigarette an.

»Was ist los mit Mary Louise, Elmer?«

»Ach, es geht ihr gut. Mary Louise ist gern allein, und das verstehen meine Schwestern nicht. Sie fährt gern mit dem Fahrrad umher, und im Haus hat sie gern einen Bereich für sich. Das ist alles. Sonst nichts.«

»Deine Schwestern haben vor ein paar Monaten in Culleen gewisse Behauptungen über Mary Louise aufgestellt.«

»Was denn für Behauptungen?«

»Sie haben gesagt, sie wäre nicht ganz richtig im Kopf.«

Elmer zuckte zusammen. Er trank sein Glas aus und gab Gerry ein Zeichen, dass er es wieder auffüllen solle, ebenso wie die Gläser seiner beiden Begleiter. Als Letty das sah, schüttelte sie den Kopf. Dennehy nickte.

»Davon habe ich nichts gewusst«, sagte Elmer.

»Hast du nicht gewusst, dass sie in Culleen waren?«

»Um die Wahrheit zu sagen, nein.«

»Ich habe Mary Louise seit unserer Hochzeit nicht mehr gesehen. Da war bei ihr noch alles in Ordnung. Abgesehen davon, dass sie kaum noch den Mund aufbekam.«

»Das ist uns allen aufgefallen, Letty.«

»Früher war sie immer so gesprächig.«

In den Dachkammern gab es keine Ratten. Wenn es in den Dachkammern Ratten gäbe, würde man sie dort oben herumflitzen hören. Soweit er wusste, war es inzwischen Stadtgespräch, dass sie Rattengift gekauft hatte.

»Meine Eltern wollten, dass sie zu Dr. Cormican geht«, sagte Letty.

»Das könnte nicht schaden. Eine gründliche Untersuchung würde niemandem wehtun.«

»Sie hat gesagt, dass sie es nicht will.«

»Ich werde mit ihr reden, Letty.«

»Ich bin immer zu Hause. Sag ihr, dass ich auf ihren Anruf warte.«

Unvermittelt stand Letty auf. Sie hatte nur ein- oder zweimal an ihrem Glas genippt. Elmer hatte bemerkt, dass sie während des ganzen Gesprächs unaufhörlich vor Sorge die Stirn runzelte.

»Bis bald«, sagte er laut, für den Fall, dass Gerry glaubte, sie stünden nicht auf freundschaftlichem Fuß.

»Besucht uns doch mal«, forderte Dennehy ihn auf und trank hastig aus. Letty sagte nichts.

Elmer kehrte an die Theke zurück und bestellte einen doppelten Whiskey.

»Mein Gott, ist das nicht furchtbar?«, sagte Gerry, als er ihm das Wechselgeld gab, und einen Augenblick glaubte Elmer, er rede von dem Gespräch, das sie in der Bar geführt hatten. Doch Gerry, der mit einem Auge immer noch beim *Evening Herald* war, lenkte seine Aufmerksamkeit auf den Mord an König Feisal im Irak.

Obwohl ihn diese Gewalttat in einem weit entfernten Land nicht interessierte, missbilligte Elmer sie. Er dachte, alles laufe nur darauf hinaus, dass Rose und Matilda noch mehr verabscheuungswürdige Dinge täten. Es hatte keine Veranlassung gegeben, die Dallons aufzusuchen, und ganz bestimmt keine Veranlassung zu behaupten, seine Frau sei geistesgestört, oder das Geld zu erwähnen, das sie sich aus dem Safe geliehen hatte. In Wirklichkeit hatte sich Mary Louise bloß so eingerichtet, wie es ihr gefiel. Das hatte er seinen Schwestern klarzumachen versucht. Sie schlief nun oben in der Dachkammer – und warum sollte sie das nicht tun, wenn es das war, was sie wollte?

Der Schornsteinfeger entzündete das erste Feuer im Kamin, um sich zu vergewissern, dass der Schornstein gut zog. Mary Louise trug aus dem Keller Holz und Kohlen herauf. Ihre Anwesenheit im Laden war überflüssig, weil nur wenige Kunden kamen; man hatte sie dort nur arbeiten lassen, um den Schein zu wahren, zumindest kam es ihr nun so vor. Es gab Tage, an denen sie weder mit ihrem Mann noch mit ihren Schwägerinnen sprach. Seit sie in der Dachkammer schlief, schämte sie sich nicht mehr, wenn sie morgens aufwachte. Sie spülte dann in der Küche das ganze Geschirr vom Vortag ab. Sie erledigte weiterhin die anderen Hausarbeiten, die man ihr zugeteilt hatte, nahm ihre Mahlzeiten aber stets allein ein. Wann immer ihr der Sinn danach stand, fuhr sie mit dem Fahrrad zur Stadt hinaus, meistens zum Friedhof, manchmal aber auch zu den Feldern nahe dem Haus ihrer Tante, um dort spazieren zu gehen. Das Haus stand inzwischen leer, war aber noch nicht verkauft.

Oft dachte sie, dass sie gern noch zurückgezogener leben würde. Elmers Stimme und die ihrer Schwägerinnen waren ihr lästig. Das Geräusch von Schritten auf der Treppe, das Klirren des Geschirrs, das Klingeln der Ladentür, alles war lästig. Um solche Geräusche zu verdrängen, spielte sie etwas, das sie an die Spiele ihrer Kindheit erinnerte: Sie schloss die Augen und sah sich dabei zu, wie sie von einem Zimmer ins andere schlenderte, wie sie die Zimmer ihrer Schwägerinnen betrat und wieder verließ, die Fenster im großen Wohnzimmer öffnete, das Esszimmer anders gestaltete. Über dem Treppenabsatz im ersten Stock hing ein gläserner Kronleuchter in Rosa und Scharlachrot. Es roch nach Blumen und frisch gebügelter Tischwäsche. In der Küche stellte eine Köchin die Töpfe auf dem Herd um; auf einem Tisch lag rohes Hammelfleisch neben hohen Stapeln von Tellern, die klirrten, wenn der Kohl klein geschnitten wurde. Im Hof kreischten Hühner, verfolgt von jemandem, der ihnen den Hals umdrehen wollte.

Draußen waren die Schaufenster des Ladens hinter blauen Rollläden verschwunden; die Eingangstür war verschlossen und verriegelt. Irgendwo, im Mittelpunkt von allem, war der Platz ihres Cousins, dessen Gestalt ebenso vergänglich wirkte wie die renovierten Zimmer. Alles war zerbrechlich: Allzu leicht konnte alles in Stücke gehen, wie Porzellan, das auf Steinplatten aufschlägt. Leise, die Finger an die Lippen gelegt, lachten sie und ihr Cousin.

Die Leute sprachen Elmer nicht mehr auf seine Frau an. In der Stadt redete man seltener über sie als früher, da man sich mit ihrer Verschrobenheit abgefunden hatte. Man sah sie regelmäßig auf ihrem Fahrrad, warm eingepackt und mit umgebundenem Kopftuch. Im Januar des neuen Jahres – 1959 – besuchte sie ihre Schwester, bewunderte ihre Kücheneinrichtung und hörte Letty zu, die erzählte, wie es war, schwanger zu sein. Ihre Mutter schaute, ebenfalls im Januar, noch einmal kurz im Laden vorbei, wo ihr Rose sofort mitteilte, dass Mary Louise dort nicht mehr zu arbeiten geruhe. Mrs Dallon klingelte an der Wohnungstür, doch es machte niemand auf. Sie kehrte in den Laden zurück und verlangte, mit Elmer zu sprechen, der die Treppe vom Büro heruntergetorkelt kam und ziemlich wacklig auf den Beinen zu sein schien. Er führte sie in die Wohnung hinauf und bat sie, im Wohnzimmer zu warten, das Mary Louise wenige Minuten später betrat. Sie lächelte und verhielt sich, abgesehen von ihrer Schweigsamkeit, völlig normal. »Du kommst uns gar nicht mehr besuchen«, tadelte ihre Mutter sie behutsam. Mary Louise versprach, am nächsten Sonntag zu kommen, doch sie erschien nicht, weder an diesem noch an einem der folgenden Sonntage.

Elmer machte sich immer noch Sorgen wegen des Rattengifts, das sie gekauft hatte. Er sprach darüber weder mit seinen Schwestern noch mit jemand anders, doch er erkundigte sich so beiläufig wie möglich bei Mary Louise, ob es in den Dachkammern, wo sie so viel Zeit verbringe, Ratten gebe. »Ich glaube, ich habe alle erwischt«, erwiderte sie. »Sie haben von dem Rodenkil gefressen, das ich ausgestreut habe.« Er fragte, was sie mit dem restlichen Gift getan habe, und sie sagte, das hebe sie auf für den Fall, dass wieder Ratten auftauchten. Elmer schüttelte den Kopf. Das sei keine gute Idee, meinte er, denn das Zeug könne an ihren Händen kleben bleiben, oder jemand anders könne es zufällig zur Hand nehmen, ohne zu wissen, worum es sich handle. Da sie die Ratten nun getötet habe, sei es besser, das Gift fortzuwerfen; wenn wieder Ratten auftauchten, könne man neues kaufen. Mary Louise nickte die ganze Zeit. Sie versprach, das restliche Gift einzupacken und in den Mülleimer zu werfen.

Nach Mary Louises Besuch wurde Lettys Sorge nicht geringer, doch mittlerweile hatte sie sich mit der Veränderung ihrer Schwester abgefunden und fügte sich darein, weil ihr nichts anderes übrig blieb. Dann kam ihr Baby zur Welt und beanspruchte ihre ganze Aufmerksamkeit. Sie hatte erwartet, dass Mary Louise vorbeikäme, um das Baby zu sehen, und war betrübt, als sie nicht kam. Das Kind wurde Kevin Aloysius getauft, da Aloysius bei den Dennehys ein althergebrachter Name war.

Rose und Matilda warteten den richtigen Augenblick ab.

Sie waren froh, dass Mary Louise nicht mehr im Laden arbeitete; ohne sie war es im Esszimmer fast wie in alten Zeiten. Doch es blieb der Ärger über ihre »selbstgefällige Miene«, wie Matilda den liebenswürdigen Ausdruck einmal genannt hatte, den Mary Louises Gesicht annahm, wenn man sie ansprach, der aber nicht anhielt, sondern schnell einem leeren Blick wich, als könnte sie einem nicht länger als eine Minute zuhören. Es blieben der Ärger darüber, dass sie sich im Bad oder auf der Toilette aufhielt, wenn sie gerade eins von beidem benutzen wollten, und der Ärger über ihre dumme Angewohnheit, sich in einer Dachkammer einzuschließen. Vor allem aber blieb der entsetzliche Tribut, den diese Ehe von ihrem Bruder forderte. Manchmal waren seine Augen morgens so blutunterlaufen, dass man sich kaum vorstellen konnte, dass er noch richtig sehen konnte. Er hatte zugenommen; seine blasse Gesichtsfarbe war ungesund; als Nächstes würden seine Hände zu zittern anfangen, wie bei dem alten Crowe, der jedes Jahr im Herbst mit Holzäpfeln vorbeikam. Weil sie sich mit Alkoholismus nicht auskannten, glaubten die Schwestern, dass Elmer schon wieder zu sich finden würde, wenn die Frau, die er irrigerweise geheiratet hatte, entweder zu ihrer Familie zurückgebracht oder in einer geeigneten Anstalt eingesperrt würde. Dann schaute er wieder gelegentlich im Billardzimmer des YMCA vorbei und spielte eine Partie Billard, statt seine Abende in Hogans Hotel zu verbringen. Im Sommer würde er wieder, wie früher, spazieren gehen. Sein Interesse an geschäftlichen Angelegenheiten, das auffällig abgenommen hatte, würde wieder aufleben. Dass der Laden die gegenwärtige Generation überdauerte und den entfernten Verwandten in Athy zufiel, war nun ebenso unwichtig wie vor der ganzen unglückseligen Eheepisode. Es war nur schade, dass Elmer nicht begreifen konnte, dass im

Laden und in der Wohnung ein natürliches Dreiergespann existierte.

Die Schwestern warteten auf den richtigen Augenblick, weil sie davon überzeugt waren, es könne sich jederzeit wieder etwas Ähnliches zutragen wie der Diebstahl des Geldes. Und dann würde sich die Täterin vielleicht nicht so leicht herauswinden können. Beide hatten das Gefühl, dass es nach all den Unannehmlichkeiten nur gerecht sei, wenn die Dinge sich zuspitzten.

Mary Louise brach nicht mehr in Tränen aus, wenn sie allein war, wie in den ersten Wochen und Monaten nach dem Tod ihres Cousins. Es kam ihr vor, als sei ihr eigener Körper nur ein überflüssiger Ballast, der zwar existierte, aber ohne Bedeutung war.

»Natürlich nicht«, erwiderte sie wieder, als ihr Cousin fragte, ob sie eingeschlafen sei. »Natürlich nicht, Robert.«

Susan Emily, sagten die moosbedeckten Buchstaben, Frau von Charles. Für immer in Gottes Armen. Friede, vollkommener Friede. Die Worte verbargen sich unter einem Netz anderer Worte, die sich mit dem Summen der Bienen verbanden. Wenn sie auf dem Friedhof die Augen schloss, erhoben sich, wie in Kupfer gestochen, Türme und Pavillons vor dem Grün einer Parklandschaft. Unter alten Linden war ein Tischtuch ausgebreitet. *»Unterdessen hatten der Kutscher, der Diener und das Stubenmädchen die Körbe aus der Kutsche geholt ...«*

Wenn seine Stimme fortfuhr und von ihrer umfangen wurde, war das ihr Liebesakt. Darin lag eine Reinheit, die Mary Louise nun, da sie sich ihren Schwägerinnen und ihrem Mann entzogen hatte, in Entzücken versetzte. Das Einzige, was ihr jetzt noch fehlte, war, dass die Uhr ihres Cousins an der Wand der Dachkammer hing, an dem Nagel, der schon neben dem Kamin eingeschlagen war. Und wenn in der Wohnung jemals Ruhe einkehrte, würde sie Einladungen verschicken – mit Goldrand, auch der Name ihres Cousins darauf, Tag und Uhrzeit und in der linken unteren Ecke die Bitte um Rückantwort.

Mrs Dallon war überrascht und zugleich erfreut, als James in die Küche kam und sagte, er habe gerade vom oberen Feld aus gesehen, dass Mary Louise hergeradelt komme. Sie schob den Kessel auf die heiße Herdplatte und bat James, seinem Vater Bescheid zu sagen. Sie war es müde geworden, sich gegen die von den Quarry-Schwestern vorgebrachten Anschuldigungen zu wehren, und hatte sich zumindest teilweise darein gefügt. Es war nichts mehr zu ändern, es gab dazu nichts mehr sagen: Mrs Dallon glaubte noch immer, dass alles anders gekommen wäre, wenn Mary Louise und Elmer ein Kind gehabt hätten. Vielleicht würde das irgendwann noch passieren, doch da war sie inzwischen pessimistischer als früher.

»Setz dich, Liebes. Wie schön, dich zu sehen.«

Mary Louise zog ihren Mantel aus. Auf die Fragen ihrer Mutter erwiderte sie, dass es ihr gutgehe. Mrs Dallon schnitt ein paar Scheiben Brot ab und stellte Butter und Zitronenquark auf den Tisch.

»Der Wandervogel kehrt zurück«, sagte Mr Dallon und zog an der Tür seine Gummistiefel aus.

»Letty würde dich gern sehen.« Vor Nervosität sprach Mrs Dallon ganz schnell, als sei sie bestrebt, alles, was an der leichtfertigen Äußerung ihres Mannes Anstoß erregen könnte, zu überspielen. In ihrem Schlafzimmer hatte sie wiederholt ihre Angst zum Ausdruck gebracht, Mary Louise könnte irgendwann an etwas Anstoß genommen haben. Vielleicht hatten sie zu lange gezögert, als Elmer seinen Heiratsantrag machte. Letty war zu unverblümt gewesen. Das nagte vielleicht an ihr und war, zusammen mit der Haltung der beiden unruhestiftenden Schwägerinnen, der Grund dafür, warum sich Mary Louise absonderte. Als Elmer mit dem Trinken begann, musste das arme Mädchen das Gefühl gehabt haben, sich an niemanden wenden zu können. Jede Frau würde sich schämen, wenn ihr Mann zu trinken anfing.

»Ich habe gehört, dass es zur Zeit ziemlich ruhig zugeht«, sagte Mr Dallon, womit er das Treiben in der Stadt meinte. Er ging auf Strümpfen durch die Küche. Dann setzte er sich und nahm sich eine Scheibe Brot.

»Ja, es ist nicht viel los«, pflichtete Mary Louise ihm bei.

Er konnte sich noch daran erinnern, wie sie einmal mit elf oder zwölf neben ihm auf dem Hof gestanden hatte, mit ein paar Brombeeren, die sie gepflückt und in eine alte Bonbondose gesteckt hatte. Sie hatte gesagt, sie würde einen weißen Kittel bekommen, wenn sie in der Apotheke arbeitete. Er glaubte nicht an die Theorie, dass sie an etwas Anstoß genommen hatte. Seiner Meinung nach war das – seitens seiner Frau – die Suche nach etwas Tröstlichem, denn jede Erklärung war besser als gar keine. Doch als sie die Theorie aufgestellt hatte, hatte er nicht widersprochen: Wenn sie ihr Trost spendete, was konnte das schon schaden?

»Es sind schlechte Zeiten«, sagte er. »Die Leute haben kein Geld.«

Er war enttäuscht, dass ihm Mary Louise keine Antwort gab. Damals hatte sie auf dem Hof gestanden und vielleicht eine Viertelstunde lang herumgeschnattert, hatte ihm von den Schaufensterauslagen in der Apotheke erzählt, von den Düften, den Pudersorten und Lippenstiften, Coty, Pond's,

Elizabeth Arden. Er erinnerte sich, dass es ein warmer Septemberabend gewesen war.

»George Eddery ist nach England gegangen«, sagte Mrs Dallon. »Arbeitet anscheinend als Vertreter.«

Diesmal antwortete Mary Louise mit einem leichten Nicken und einem unbestimmten Lächeln, das ihre Gesichtszüge veränderte. Die Apotheke hat für sie das ganze städtische Leben verkörpert, dachte ihr Vater. Sie fand die Stadt schon immer anziehend, seit ihrem ersten Tag bei Miss Mullover. Die Stadt hat sie schon immer begeistert, auch wenn sie sonntags nur durchfuhren, die Läden geschlossen waren und alles wie ausgestorben dalag.

»Ist Tante Emmeline nicht da?«, fragte sie.

»Sie ist bei Letty«, erwiderte Mrs Dallon. »Deine Tante Emmeline legt einen Garten für sie an.«

»Ich frage mich ...«, begann Mary Louise und hielt dann inne. Sie sahen, dass sie es sich anders überlegte, den Satz, den sie begonnen hatte, unausgesprochen ließ und stattdessen sagte: »Ich würde mir gern einmal mein Zimmer ansehen.«

Erstaunen flackerte in ihren Gesichtern auf. Mrs Dallons Verblüffung ging in ein Stirnrunzeln über, das erst allmählich wieder verschwand. Ihr Mann, der gerade eine Scheibe Brot halbierte, hielt einen Augenblick in seiner Bewegung inne und fuhr dann bedächtiger damit fort.

»Nur ganz kurz«, sagte Mary Louise und öffnete bereits die Tür, die zur Treppe führte. Sie hörten die Tür hinter ihr ins Schloss fallen. Mr Dallon schob seine Tasse zur Teekanne. Unwillkürlich goss Mrs Dallon sie voll. War die Idee, dass Mary Louise nach Culleen zurückkehren sollte, doch nicht so schlecht? Musste man auf sie aufpassen? Hatte sie es vielleicht ihren Schwägerinnen selbst vorgeschlagen? War das der Grund, warum sie ihr Zimmer noch einmal sehen wollte?

»Wenn sie zurückkäme, wohin dann mit Emmeline?«

Mr Dallon wusste nicht, wovon seine Frau sprach. Seine Gedanken waren nicht in die gleiche Richtung gegangen wie ihre. Es kam ihm in der Tat sehr seltsam vor, dass Mary Louise sich ein Zimmer ansehen wollte, das sie sich einmal mit ihrer Schwester geteilt hatte und in dem nun ihre Tante wohnte. Er fand dafür keine vernünftige Erklärung.

»Es könnte sein«, sagte Mrs Dallon, »dass sie ihn verlassen will.«

»Elmer?«

»Wegen seiner Trunksucht. Und würdest du ihr einen Vorwurf machen, wo sie sich obendrein mit diesen beiden Frauen herumplagen muss?«

»Aber sie würde doch sagen, wenn es so wäre. Sie würde es freiheraus sagen, statt in Emmelines Zimmer hochzugehen, oder?«

»Ich glaube, sie will nachsehen, ob für beide genug Platz wäre. Wie bei ihr und Letty.«

»Wir können Emmeline doch nicht fragen ...«

»Wenn es sein muss, können wir.«

Sie hatten von Emmeline erfahren, dass Mary Louise begonnen hatte, ihren Cousin regelmäßig zu besuchen; das war eines Abends, als sie am Herd saßen, ans Licht gekommen. »Habt ihr das nicht gewusst? Hat sie euch das nicht erzählt?«, hatte Emmeline gefragt, und sie hatten sich angehört, wie sie von den sonntäglichen Besuchen berichtete. »Die Güte in Person«, sagte Emmeline nachdrücklich. Die Dallons gewannen den Eindruck, es sei bekannt gewesen – wenn auch nicht ihnen –, dass Robert nicht mehr lange zu leben hatte und die Aufmerksamkeiten ihrer Tochter ein Akt der Güte gewesen waren. »Natürlich war auch sie einsam«, sagte Mrs Dallon, aber dennoch war sie stolz, dass eines ihrer Kinder sich so verhalten hatte. Ob einsam oder nicht, es konnte kein großes Vergnügen gewesen sein, einem kränklichen jungen Mann Gesellschaft zu leisten.

Als Mary Louise in die Küche zurückkam, zog sie unverzüglich ihren Mantel an. Aus einer der Taschen zog sie ein rot-blau kariertes Kopftuch hervor und band es sich um. In diesem Moment kam James herein, doch sie sagte, sie müsse los. Es tue ihr leid, dass sie nicht noch bleiben könne, um mit ihm zu reden.

In der Dachkammer hängte sie die Uhr mitsamt der Kette an den Nagel neben dem Kamin. Ihr Cousin hatte gesagt, dass sie pro Tag eine Minute nachgehe. Es würde ihr Freude bereiten, sie jeden Abend vor dem Zubettgehen zu stellen.

27

Sie hört sich an, wie sie ihn beschimpfen. Wer soll für sie kochen? Wer soll hinter ihr sauber machen? Sie haben nicht vor, ihr beim Essen zuzusehen. Keine von ihnen wird es auch nur eine Woche lang aushalten, einer Verrückten ausgeliefert zu sein. Die ganzen Jahre hat er dafür gezahlt, dass sie ein Leben im Luxus führen konnte: Reicht das etwa nicht? Das ist nicht nur verletzend, sondern in höchstem Grade beleidigend. Was er getan hat, ist eine Schande. Sie hätten nicht vor, auch nur einen Finger zu rühren, warum sollten sie? Wie also will er in seinem Zustand auch nur einen Augenblick mit der Situation fertigwerden?

»Sie ist meine Frau«, sagt er.

»Und wir müssen um unser Leben fürchten. Du lässt zu, dass deine eigenen Schwestern ihre letzten Tage in panischer Angst verbringen müssen.«

»So ist das nun mal. Die ganzen Heime werden geschlossen.«

»Das tust du nur, um uns zu ärgern.«

Er ist jetzt nur noch eine verwahrloste Gestalt, Brandflecken an der Kleidung, ausgefranster Hemdkragen, schlecht rasiert. Aus Schuldgefühl hat er sie aufgenommen; aus Schuldgefühl hat er sie besucht und einen kleinen Geldbetrag gezahlt, damit sie nicht aus einem Emaillebecher trinken musste. Er hätte sich vor sich selbst geschämt, wenn er sie je geschlagen hätte.

»Robert wurde auf dem falschen Friedhof begraben«, sagt sie zu ihm, als die Zeit gekommen scheint. »Wirst du mir helfen, Elmer?«

Er antwortet nicht, und sie sagt, dass sie ihn nie gehasst habe. Sie erzählt ihm, dass sie während all der Jahre im Heim von Miss Foye oft an ihn gedacht habe. »Schließe andere Menschen in deine Gebete ein«, hätten sie ihr immer nahegelegt, und sie habe ihn darin eingeschlossen.

»Tut mir leid, dass ich dir Schwierigkeiten bereitet habe«, sagt sie. »Tut mir leid, dass ich alles noch schlimmer gemacht habe.«

28

Als Elmer einmal mitten in der Nacht aufwachte, war er mit seinen Gedanken bei der schlafenden Bridget aus Hogans Hotel – so, wie er sich als kleiner Junge Mrs Fahy und die Hausmeisterin der Schule in Wexford schlafend vorgestellt hatte. Die Kleider der Hoteldirektorin lagen in ihrem Zimmer auf einem Stuhl, ihre Strümpfe zuoberst. Auch wenn Elmer es seinen Schwestern nie erzählt oder es gegenüber seiner Frau angedeutet hatte, war er erleichtert gewesen, als Mary Louise beschloss, in der Dachkammer zu schlafen. Seither war im Bett mehr Platz; man konnte sich richtig einmummeln, wenn es kalt war, und musste die Bettdecke mit niemand anders teilen. Alles in allem gefiel ihm das besser.

Als kleiner Junge hatte Elmer häufig von der Frau des Anwalts Hanlon gehört, die Angst hatte, vor die Tür zu gehen. Ein Geistlicher musste eigens zu ihr ins Haus kommen, um die Messe für sie zu lesen, und auch der Friseur musste einen Hausbesuch machen. Die Nonne, die die Klosterbibliothek leitete, brachte zweimal wöchentlich Bücher vorbei. Elmer rief sich ins Gedächtnis, wie sein Vater im Esszimmer gesagt hatte: »Die bedauernswerte Frau kann nicht einmal einen Fuß in den Garten setzen. Anscheinend steht sie manchmal eine Stunde lang am Treppenabsatz und ist außerstande, zur Haustür zu gehen. Der arme Hanlon kann einem wirklich leidtun.«

Wenn Elmer am Haus der Hanlons vorbeikam, hatte er oft gesehen, wie die Frau des Anwalts am Erkerfenster eines Zimmers im Erdgeschoss saß und den Rotkehlchen im Blumenbeet zuschaute. Sein Vater hatte sie als ausgesprochen hager bezeichnet, und nach allem, was er sehen konnte, stimmte das. Ihre seltsame Angst hatte sie kurz nach ihrer Hochzeit befallen, und Elmer fragte sich, ob Mary Louise nicht an etwas Ähnlichem litt, obwohl sie keinerlei Angst hatte, vor die Tür zu gehen, ganz im Gegenteil.

»Da kann kein Arzt etwas machen«, hatte sein Vater im Esszimmer gesagt. »Ich würde es als Nervenleiden bezeichnen.« Mr Quarry, ebenso vierschrötig und massig wie Elmer, sprach zu seiner Familie über so interessante Themen gern im Esszimmer. Die Hälfte seiner Erziehung erhalte man zu Hause, sagte er immer. Elmer wusste, dass sein Vater Mary Louises Zustand ebenfalls als Nervenleiden bezeichnet hätte, und so beschloss er, sich den Ausdruck zu merken, für den Fall, dass er noch einmal von ihren Eltern oder von einer seiner hochnäsigen Schwestern auf das Thema angesprochen wurde. Ihn hatte das gleiche Unglück getroffen wie den Anwalt. Er hatte in gutem Glauben geheiratet und einem mittellosen Mädchen ein Zuhause gegeben. Man hätte Dr. Cormican tagtäglich kommen lassen können, wenn es etwas nützte. Er rief sich ins Gedächtnis, wie sein Vater im Esszimmer erzählt hatte, dass kein einziges Mal ein Arzt das Haus der Hanlons betreten habe. Das wäre zum Fenster hinausgeworfenes Geld gewesen.

Die Mutlosigkeit, die Elmer auf der einwöchigen Hochzeitsreise an die See befallen hatte und die auch nach ihrer Rückkehr anhielt, hatte schließlich ihre schmerzliche Qual verloren. Er hatte festgestellt, dass man sich ihrer entledigen konnte, und auch wenn sie zu seinem Kummer gelegentlich wiederkehrte, brauchte er bloß den Safe im Büro zu öffnen und hinter die Geldkassette zu greifen.

»Mein Gott, was ist das?«, kreischte Matilda eines Abends im Esszimmer, als sie dabei war, sich als Erste der Geschwister ein Stück Frikadelle in den Mund zu schieben. Sie spuckte es auf der Stelle aus. Das schmecke ja fürchterlich, schrie sie.

Rose, die am Vortag die Frikadellen zubereitet hatte, setzte sich entrüstet zur Wehr. Die Frikadellen seien völlig in Ordnung, behauptete sie. Das Gleiche hätten sie bereits gestern Abend gegessen: Das seien nur die aufgewärmten Reste. Sie probierte das Stück, das sie bereits auf der Gabel hatte, und spuckte es ebenfalls aus.

»Die sind schlecht geworden«, sagte Matilda.

»Wie kann das sein? Bei diesem Wetter?«

Elmer schob seinen Teller von sich. Wenn die Frikadellen schlecht waren, hatte er nicht vor, seine Gesundheit aufs Spiel zu setzen. Manchmal schmeckte das Fleisch, wenn Rose es zum zweiten oder dritten Mal aufwärmte, nach gar nichts mehr.

»Gestern waren sie einwandfrei«, wiederholte Rose.

Elmer sagte, er würde ein Käsebrot essen, wenn sie Käse im Haus hätten.

»War das Lendenstück in Ordnung, als du es gekauft hast?«, erkundigte sich Matilda, und Rose entgegnete scharf, es sei selbstredend in Ordnung gewesen. Das gleiche Filetstück erhielten sie jeden Freitag von ihrem Metzger. Sonntags werde es gebraten, montags kalt gegessen und dienstags zu Frikadellen verarbeitet. Was von den Frikadellen übrig blieb, kam jeden Mittwochabend noch einmal auf den Tisch. Ihr Leben lang war das so gewesen; ihr Leben lang hatten die Quarrys am Mittwochabend ihre Frikadellen verzehrt, ohne dass es zu irgendwelchen Zwischenfällen gekommen war.

»Sind Maden drin?« Matilda zerteilte den Brei aus Fleisch

und Kartoffeln mit ihrer Gabel. »Ich glaube, in meinem Mund hat sich etwas bewegt.«

Rose sagte, sie solle wieder zur Vernunft kommen. In den Frikadellen seien keine Maden. Sie habe sie zubereitet wie immer, sie habe Fleisch und Kartoffeln mit einer halben Tasse Milch gebunden und dann mit einem geschlagenen Eigelb und Semmelbröseln paniert.

Die Schwestern untersuchten weiter das Essen auf ihren Tellern, stocherten mit ihren Gabeln darin herum und betrachteten eingehend das Gehackte und die knusprige Kruste aus Ei und Semmelbröseln. Vorsichtig führte Rose ein Stück aus der Kruste an ihre Lippen. Sie sagte, es schmecke gut.

Da keine der beiden Schwestern Elmers Wunsch nach Käse beachtet hatte, stand er auf und ging zur Anrichte. In der großen mittleren Schublade fand er ein rundes Päckchen mit Galtee-Schmierkäseecken. Mit zwei von ihnen kehrte er an den Tisch zurück und entfernte vorsichtig das Silberpapier.

»Sieh dir dieses grüne Zeug an.« Matildas Stimme war wieder lauter geworden. »Um Himmels willen, was ist das, Rose?«

Sie streckte Rose ihren Teller hin. Rose untersuchte weiter ihre eigene Frikadelle und halbierte dann die auf Elmers Teller. In der Mitte wiesen beide einen giftigen Grünton auf.

»Lebensmittelbrand«, sagte Matilda. »Wie lange hast du die Kartoffeln aufbewahrt?«

Rose gab keine Antwort. Sie hatte den Ausdruck »Lebensmittelbrand« noch nie gehört und vermutete, dass Matilda ihn sich ausgedacht hatte. Wenn die Frikadellen schlecht geworden waren, dann war das nicht ihre Schuld. Sie halbierte eine Scheibe Brot und strich Butter darauf. Wie jeden Mittwochabend hatte Ihre Durchlaucht zwei Frikadellen in der

Küche zurückbehalten. Rose fragte sich, ob sie wohl davon gegessen hatte. Es sähe ihr ähnlich, wenn sie den Geschmack und die Farbe, die sie angenommen hatten, nicht bemerkt hätte.

»Durch Lebensmittelbrand kann man sterben«, behauptete Matilda.

Später, als Elmer in Hogans Bar Gerry dabei zuhörte, wie er von dem Sieg eines Windhunds erzählte, der als das schnellste Tier seit Master McGrath galt, hallten diese Worte unangenehm in ihm nach. Vor seinem geistigen Auge sah er wieder die halbierten Frikadellen auf dem Teller im Esszimmer. »Ich habe ihr Rodenkil verkauft«, hörte er das Echo von Renehans Stimme.

Wenn es auf dem Dachboden Ratten gäbe, wüsste man das, da bestand kein Zweifel. Wegen ihres Nervenleidens war sie ziemlich verwirrt. Vielleicht hatte sie etwas Rodenkil in eine Tasse gefüllt und aus Versehen irgendwo stehen lassen. Es konnte durchaus sein, dass Rose in der Eile oder wenn das Licht schummrig gewesen war, die Tasse mit einer anderen verwechselt hatte. Elmer schob sein Glas über die Theke. Wenn er auch nur den Mund aufmachte, würde ein Aufruhr losbrechen.

»Das liegt daran, wie er sich in die Box kauert«, sagte Gerry. »Er geht ab wie eine Rakete.«

Elmer konnte sich noch an eine andere Frau erinnern, von der sein Vater im Esszimmer gesprochen hatte, eine Frau, deren Namen ihm nicht einfiel und die irgendwo in den Hügeln außerhalb der Stadt gewohnt hatte. Sie hatte die Angewohnheit gehabt, Feueranzünder zu horten. Es gab keinen vernünftigen Grund dafür, dass sie ihr Haus bis zum Rand mit wächsernen Feueranzündern vollgestopft hatte. Wenn man ein Streichholz an ihr Haus halten würde, hatte sein Vater immer gesagt, sei es innerhalb einer Minute abgebrannt.

An diesem Abend verweilte Elmer nicht im Foyer des Hotels, sondern eilte, nachdem er noch ein Glas getrunken hatte, nach Hause. Er wartete, bis er seine Schwestern die Treppe zu ihren Zimmern hinaufsteigen hörte, und ging dann in die Küche. Er suchte in den Schränken, dann in der angrenzenden Spülküche, im Fliegenschrank und im Kühlschrank. Er nahm Teller von Schüsseln und Krügen, untersuchte alle Packungen und unbeschrifteten Papiertüten. Im Abfalleimer entdeckte er die verdorbenen Frikadellen, aber nirgends hatte jemand einen Vorrat der grünen Substanz sorglos herumliegen lassen.

Vorsichtig einen Fuß vor den anderen setzend, um seine Schwestern nicht aufzuwecken, stieg Elmer wieder die Treppe hinab, ging in den Laden und erklomm die kurze Treppe zum Büro. Dort öffnete er den Safe und goss sich einen Schluck Whiskey ein. Er saß eine Weile da und schlich dann ebenso vorsichtig wie zuvor durchs Haus zu den Dachkammern.

Mary Louise schlief noch nicht und hörte, wie jemand an der Tür herumfummelte. Dann drehte sich der Türgriff. »Mary Louise«, flüsterte die Stimme ihres Mannes.

Das riss sie aus einer angenehmen Erinnerung. Ein Junge in gestreiftem Kittel stand im Schnee, die Wirtin und ihre Tochter hockten auf der Schwelle. Es war der Augenblick der Trennung: Ein Schlitten wartete.

»Mary Louise, Mary Louise, bist du noch wach?«

Eine Hand pochte an die Türfüllung, nicht so laut wie beim letzten Mal, als Elmer zur Dachkammer heraufgestiegen war, sondern ganz verstohlen, als teilten sie und Elmer ein Geheimnis.

Mary Louise erhob sich nicht aus dem Sessel neben dem schwelenden Feuer. Schließlich hörte sie ihn davonschleichen. Die Erinnerung, der sie nachgehangen hatte, würde nicht wiederkehren, wie sehr sie sich auch bemühte. Das war fast immer so, wenn sie aus ihren Gedanken gerissen wurde, wenn andere Leute bei ihr herumschnüffelten. Sie blieb noch zwanzig Minuten am Feuer sitzen, doch ihr fiel bloß wieder ein, wie sie mit Letty und James zur Schule gegangen war, wie sie ihre Schulbücher auf dem Küchentisch ausgebreitet hatten und das Gedicht auswendig lernten, das sie aufbekommen hatten.

»Hör mal«, sagte Elmer und nahm Renehan in der Eisenwarenhandlung beiseite. »Verkauf Mary Louise kein Rodenkil mehr.« Er sagte, seine Frau sei ein wenig vergesslich geworden: Sie lasse alles herumliegen. Er mache sich Sorgen, dass jemand das Rodenkil nehmen könnte, ohne die Warnung auf dem Päckchen zu lesen.

»Ich weiß, was du meinst«, erwiderte Renehan. Er hatte gerade Preisschilder an die Kochtöpfe geklebt, als Elmer fragte, ob er ihn kurz unter vier Augen sprechen könne. Er hatte noch einen Kochtopf in der Hand.

»Ich bin dir sehr verbunden«, sagte Elmer.

An diesem Abend erzählte man sich in der Stadt, Elmer Quarrys Frau habe versucht, sich zu vergiften.

Nachdem sie eine Nacht lang über die rätselhaften Frikadellen nachgedacht hatten, kamen Rose und Matilda zum gleichen Schluss: Jemand hatte sich daran zu schaffen gemacht. Wenn die Frikadellen bei ihnen schon seit ewigen Zeiten auf die gleiche Weise zubereitet wurden und noch nie schlecht geworden waren, warum sollte das dann jetzt passiert sein?

In der Nacht hatten sich beide etwas ins Gedächtnis gerufen, das sich zugetragen hatte, als die Quarrys noch ein Dienstmädchen beschäftigten. Dieses Dienstmädchen hieß Kitty – »ein Koloss von einem Mädchen«, hatte ihre Mutter immer gesagt – und war einmal dabei erwischt worden, wie sie beim Tischdecken an dem Zucker in der Zuckerdose leckte. Sie bediente sich von allen Süßigkeiten, die herumlagen, bis Mrs Quarry beschloss, dem einen Riegel vorzuschieben, und ein paar Karamellbonbons mit Seife überzog. Das Ganze kam nie zur Sprache, doch fortan verschwanden keine Süßigkeiten mehr.

»Ihre Durchlaucht«, sagte Rose. »Sie hat doch den ganzen Tag nichts zu tun, außer sich irgendwelchen Unfug auszudenken, um uns zu ärgern.«

Das bestätigte den Gedanken, der auch Matilda gekommen war: dass Mary Louise, der jede Menge Zeit zur Verfügung stand, ihren Mann und ihre Schwägerinnen zu ärgern versuchte, indem sie ihnen eine übelschmeckende Substanz ins Essen mischte. Aus Matildas und Roses Sicht gab es noch weitere Beweise für ihren Drang, sie zu ärgern: Die Geschirrtücher hingen triefnass in der Spülküche statt an der Leine über dem Herd, Gabeln wurden in das falsche Fach der Besteckschublade zurückgelegt, der blaue Milchkrug in ein Regal gestellt statt aufgehängt, auch der Kartoffelstampfer wurde nicht aufgehängt, Holz und Kohlen wurden in die Dachkammer hinaufgeschleppt, über ihren Köpfen waren ständig Schritte zu hören, sie brauchte eine Ewigkeit, um sich zu waschen, und fuhr mit dem Fahrrad in der Gegend herum, sodass die Leute schon darüber zu reden begannen.

»Sie hat sich ein Spiegelei gemacht«, erinnerte sich Rose. »Sie wusste, dass sie die Frikadellen nicht anrühren sollte.«

Die beiden wandten sich mit diesen Schlussfolgerungen

an ihren Bruder und ließen den Laden unbeaufsichtigt, was vor Mary Louises Einzug undenkbar gewesen wäre. Rose sagte, jemand habe eindeutig etwas in die Frikadellen getan. Vielleicht Regulin oder etwas Ähnliches, irgendetwas, das einem Unannehmlichkeiten und Schmerzen bescheren würde. Matilda erinnerte Elmer an das Dienstmädchen, das sich von den Süßigkeiten bedient hatte: Damals habe man geeignete Maßnahmen ergreifen müssen, und wo liege in diesem Fall der Unterschied? Das Dienstmädchen habe sich des Diebstahls schuldig gemacht, und man habe ihr Einhalt gebieten müssen. Auch jetzt seien geeignete Maßnahmen zu ergreifen.

»Ohne jeden Zweifel«, sagte Rose.

»Die Frikadellen lagen auf einem Suppenteller im Kühlschrank, Elmer, und waren mit einem anderen Teller abgedeckt. Sie hat sie aufgeschnitten und etwas hineingetan.«

Sie betrachteten sein Gesicht. Ihm fiel die Kinnlade herunter; er befeuchtete mit der Zungenspitze die Lippen und ließ die Zunge von einem Mundwinkel zum anderen gleiten. Er hatte seine Jacke ausgezogen, wie er es im Büro manchmal tat. Die Weste, die er darunter trug, war ganz zugeknöpft; in einer der oberen Taschen steckten ein Bleistift und ein Kugelschreiber.

»Es gibt Menschen, die leben und atmen nur, um Plagegeister zu sein«, sagte Rose.

Die Geschirrtücher und die Gabeln in der Besteckschublade kamen zur Sprache, der Kartoffelstampfer und der blaue Milchkrug. Elmer versuchte vergeblich, sie zu unterbrechen. Matilda sagte, sie könnten niemandem mehr in die Augen blicken. In der Stadt könnten sie in keinen Laden mehr gehen, ohne dass Schweigen eintrete.

»Ich spreche mit Mary Louise«, versprach Elmer.

»Was nützt das schon?« Matildas Stimme klang in bedenklichem Maße sarkastisch. »Wenn du einmal mit ihr gesprochen hast, ist das nicht, als hättest du tausendmal mit ihr gesprochen?«

Elmer klebte das Hemd am Rücken. Er schwitzte, seit sie davon angefangen hatten, dass man absichtlich etwas in ihr Essen getan habe. Er wischte mit der Hand die Schweißperlen ab, die sich auf seiner Stirn gebildet hatten, in der Hoffnung, dass es ihnen nicht auffiel. Er spürte den feuchtwarmen Schweiß an seinen Beinen und in den Achselhöhlen. Nach dem Vorfall mit dem Geld hatte er die Safekombination geändert. Er hatte es ihnen nicht erzählt, damit sie ihn nicht nach der neuen Zahlenfolge fragten. Die Flasche Jameson hatte er flach hingelegt, sodass man sie hinter der Geldkassette nicht ohne weiteres sah, dennoch war es besser, wenn niemand Zugang zum Safe hatte. Wenn man ihn je wieder auf den Jameson anspräche, würde er sagen, dass die Flasche schon zu Zeiten ihres Vaters im Safe gestanden habe, für den Fall, dass im Laden jemand in Ohnmacht falle.

»Soll ich sie herholen?«, fragte Rose. »Soll ich raufgehen und ihr sagen, dass du sie sprechen willst?«

Elmer knöpfte sich die Weste auf. Er hielt inne, weil er spürte, dass seine Hände zitterten, und wusste, dass sie es bemerken würden. Wenn sich die Frau eines Anwalts wegen eines Nervenleidens davor fürchtete, aus dem Haus zu gehen, dann konnte es durchaus sein, dass sich jemand einbildete, Ratten, die in Wirklichkeit nicht existierten, könnten über einen Teller mit Frikadellen herfallen. Aber wie in aller Welt sollte er das den beiden erklären?

»Lass sie in Frieden!«, sagte er.

»In Frieden!« Rose riss die Augen auf. »In Frieden!«

»Elmer, in diesem Haus hat es seit dem Abend, an dem du

mit diesem Mädchen im Kino warst, keinen Frieden mehr gegeben.«

»Soll ich ihr sagen, dass du sie sprechen willst?«, drängte Rose noch einmal.

»Ich gehe selbst hinauf«, erwiderte Elmer.

Doch als er am Griff der Dachkammertür rüttelte, laut klopfte und schließlich mit der Faust gegen die Tür schlug, blieb alles still. Es war nicht normal, keine Antwort zu geben, das ließ sich nicht bestreiten. Doch dann warf er einen Blick in den Hof hinunter und stellte fest, dass ihr Fahrrad nicht da war. Das teilte er seinen Schwestern im Laden mit. Er bat sie, ihm Bescheid zu geben, wenn sie sie zurückkommen hörten.

Die Gondel glitt lautlos übers Wasser, die Gebäude waren feucht und schleimig grün. Später kam die Flut des trägen blauen Meeres, und als es sich zurückzog, blieben im Sand Muscheln und Seetang zurück. Wenn man zurückblickte, sah man die massigen Kuppeln der Kirchen, die Statuen, die sich in den Himmel erhoben …

Sie blätterte durch die Seiten und schlug die Bücher aufs Geratewohl auf. Das gefiel ihr. Sie beobachtete, wie Jelena Nikolajewna während einer schlaflosen Nacht die Arme um die Knie geschlungen hielt und den Kopf darauf stützte. Sie beobachtete, wie Jelena Nikolajewna ans Fenster trat und ihre schmerzende Stirn an die Scheibe drückte, um sie zu kühlen.

»Der Regen, der in einzelnen Tropfen zu fallen begann, wurde zu einem dichten Vorhang herabstürzenden Wassers, der glitzerte, während er sich vom nachtschwarzen Himmel senkte. Jelena Nikolajewna suchte Schutz in einer halbverfallenen Kapelle. Dort wartete ein altes Bettelweib …«

Inmitten der Grabsteine brachte sie ihr Haar in Ordnung,

trug etwas Lippenstift auf und lächelte ihr Spiegelbild in der Puderdose an.

Eine Zeit lang wurde die Uhr in Culleen nicht vermisst. Dann durchsuchte man die Schubladen und rückte die Möbel von der Wand, für den Fall, dass sie dahinter gerutscht war. Alle glaubten, sie würde irgendwann wiederauftauchen.

Doch sie tauchte nicht wieder auf, und als Mrs Dallon eines Nachmittags Eier im Spülbecken wusch, erinnerte sie sich, wie überrascht sie gewesen war, als Mary Louise gesagt hatte, sie würde gern ihr altes Zimmer noch einmal sehen. Zu ihrem Entsetzen fielen ihr die Behauptungen wieder ein, die Rose und Matilda aufgestellt hatten, und plötzlich, eines der Eier noch in der Hand, wurde ihr schlecht. Übelkeit rumorte in ihrem Magen. Sie fühlte sich wackelig auf den Beinen und dachte, während sie so dastand, einen Augenblick, sie könnte in Ohnmacht fallen.

»Ich möchte Mary Louise besuchen«, verkündete sie eine Stunde später in Quarrys Laden.

Rose blickte nur den Tresen entlang in Richtung Matilda, die gerade einen Ballen Satin wieder aufrollte.

»Ich habe an der Wohnungstür geklingelt«, sagte Mrs Dallon. »Aber es hat niemand aufgemacht.«

»Vielleicht ist Ihre Tochter mit dem Fahrrad unterwegs, Mrs Dallon. Andererseits bezweifle ich, dass sie die Klingel oben in der Dachkammer hören kann.«

Durch die Scheiben des Bürofensters sah Mrs Dallon, wie ihr Schwiegersohn den kantigen Schädel über den Schreibtisch beugte, an dem er arbeitete. Mittlerweile kannte sie den Weg durch den Laden in die Wohnung.

»Ich gehe rauf und sehe nach, ob sie da ist«, sagte sie.

Weder Rose noch Matilda versuchten sie aufzuhalten. Sie

soll es ruhig selbst erleben, dachten beide gleichzeitig. Sie soll ruhig die Stiege hinaufsteigen und keine Antwort erhalten, wenn sie an die Tür klopft.

Doch Mrs Dallon erhielt eine Antwort. Sobald sie um Einlass gebeten hatte, drehte sich der Schlüssel im Schloss, und die Tür öffnete sich. Mary Louise war ordentlich gekleidet, Rock und Bluse in Marineblau, am Hals eine Brosche, die ihr Mrs Dallon einmal geschenkt hatte.

»Hallo, Mary Louise.«

»Lass uns nach unten gehen.«

Sie zog den Schlüssel aus dem Schloss und sperrte die Tür von außen ab. Im Wohnzimmer fragte Mary Louise ihre Mutter, ob sie gern eine Tasse Tee hätte.

»Nein, nein, Liebes. Überhaupt nichts.«

»Sind in Culleen alle wohlauf?«

»Ja, Mary Louise. Uns geht es gut.«

»Das ist schön.«

Mrs Dallon zögerte. Sie fühlte sich unbehaglich, wie sie da auf der Kante eines gutgepolsterten Sessels saß; und angesichts von Mary Louises Gelassenheit, des Eindrucks, dass sie sich völlig unter Kontrolle hatte, wurde ihr noch unbehaglicher zumute.

»Dieser Tag, an dem du in Culleen warst, Mary Louise? Vor einer ganzen Weile?«

Mary Louise nickte.

»Du bist ins Zimmer deiner Tante raufgegangen.«

Mary Louise runzelte die Stirn. Sie schüttelte den Kopf. Dann verschwand das Stirnrunzeln ebenso schnell, wie es gekommen war. Mit einer Handbewegung brachte sie zum Ausdruck, dass sie sich nicht erinnern könne, ins Zimmer ihrer Tante gegangen zu sein. Die Geste besagte auch, dass das eigentlich unwichtig sei.

»Es ist nur so, dass wir wegen einer Uhr, die sie dort aufbewahrt hat, alles auf den Kopf gestellt haben. Eine Uhr, die einmal Robert gehörte.«

Mary Louise nickte verständnisvoll.

»Die hast du an diesem Tag nicht gesehen, Liebes? Eine Uhr mit Kette?«

»Er hätte gewollt, dass ich sie bekomme. Wenn er gewusst hätte, dass er nicht mehr lange zu leben hat, hätte er sie mir geschenkt.«

Die gleiche Übelkeit, die sie beim Waschen der Eier überkommen hatte, befiel Mrs Dallon wieder. Plötzlich verspürte sie einen stechenden Schmerz und war froh, dass sie saß.

»Hast du die Uhr an dich genommen, Liebes?«

Mary Louise sagte, sie habe nach der Uhr gesucht und schließlich eine Nachttischschublade aufgezogen, und da habe sie gelegen.

»Die Uhr gehört dir nicht, Mary Louise. Sie gehört Tante Emmeline.«

»Eigentlich gehörte sie Roberts Vater. Es war der einzige Wertgegenstand, den er hinterließ. Die Soldaten zählen nicht.«

Da weder Mrs Dallon noch ihre Schwester der Versteigerung beigewohnt hatten, wussten sie nicht, was Mary Louise dort erstanden hatte. Als sich ihre Mutter nun über ihre Bemerkung zu den Soldaten verblüfft zeigte, gab ihr Mary Louise sogleich die Erklärung. Sie habe die Soldaten und die Schlafzimmermöbel ihres Cousins erstanden. Dass sie der Frau des Arbeitslosen die Kleidungsstücke abgekauft hatte, erwähnte sie nicht, weil das vorerst unwichtig zu sein schien.

»Ach, Mary Louise! Ach, mein liebes Kind!«

Unsicher erhob sich Mrs Dallon und ging zu Mary Louise

hinüber, die zwischen den Fenstern stand. Sie schloss ihre Tochter in die Arme. Sie strich ihr durchs Haar. Sie musste die Tränen zurückhalten und war – nachdem sie ein paar Schritte zurückgetreten war und sich geschneuzt hatte – überrascht zu sehen, dass Mary Louise noch immer völlig gelassen wirkte, ja sogar lächelte, als belustige sie das Ganze.

»Kind, dir geht es nicht gut.«

Mary Louise bestritt das. Sie wiederholte, dass ihr Cousin ihr die Uhr geschenkt hätte, wenn er gewusst hätte, dass er in jener Nacht sterben würde. Sie hätten oft über seinen Vater gesprochen. Sie hätten sich oft gefragt, was für ein Mensch sein Vater wohl war.

»Ach, Mary Louise!«

Mrs Dallon setzte sich wieder. Ich werde dieses Zimmer nie mehr verlassen, dachte sie. Ich kann sie nicht alleinlassen. Ich kann nicht fortgehen. Der stechende Schmerz war aus ihrer Schulter verschwunden. Ihr war nicht mehr übel, doch ihr ganzer Körper fühlte sich kalt an, als hätte sie Eis im Blut.

»Die Namen sind lustig«, sagte Mary Louise. »Lustige Namen hat sich Letty da ausgesucht. Kevin Aloysius.«

»Davon haben wir aber nicht gesprochen, Liebes.«

»Na bitte!«

Später wiederholte Mrs Dallon vor ihrer Schwester und ihrem Mann alles, was Mary Louise gesagt hatte. Sie rief sich jede Veränderung ihres Tonfalls ins Gedächtnis, ihr Lächeln, die Art, wie sie zwischen den beiden Fenstern im großen Zimmer stehen geblieben und ihr offenbar gar nicht aufgefallen war, dass sie im Gespräch ständig abschweifte. James sagten sie nichts von der schlechten Nachricht, da sie glaubten, dass es ihm im Moment niemand so schonend beibringen konnte, wie es seine Jugend erforderte. In dieser Nacht fanden die Dallons keinen Schlaf. Sie lagen schweigend in ihrem Schlafzimmer, wo sie im Lauf der Jahre alle anderen familiären Probleme besprochen hatten. Mrs Dallon hörte noch immer den Verkehrslärm auf der Straße, während ihre Tochter immer wieder sagte, dass mit ihr alles in Ordnung sei, und sich zu den Namen äußerte, die man für Lettys Baby ausgesucht hatte.

»Ich mache mir Sorgen, Mrs Dallon«, sagte Elmer, als er am Nachmittag des nächsten Tages in Kilkellys Wagen nach Culleen kam. »Es ist etwas Schreckliches passiert.«

Er meinte die vergifteten Frikadellen; und die Dallons, die gedacht hatten, dass nichts Schlimmeres als der Uhrendiebstahl passieren könnte, begriffen rasch, dass das nicht stimmte. Um sie nicht noch mehr zu ängstigen, hatte Letty ihnen nichts von der Anschuldigung erzählt, dass sie den Safe aufgebrochen habe. Nun erfuhren sie davon. Sie erfuhren auch, dass man ihr die Möbel ins Haus gebracht hatte.

»Die beiden übertreiben manchmal«, räumte Elmer ein. »Rose und Matilda neigen dazu. Mitunter klingt das, was sie sagen, etwas überzogen. Sodass man ihnen zuerst keinen Glauben schenkt, aber zu guter Letzt bleibt einem nichts anderes übrig.«

Als die Dallons begriffen, nahm in der Küche ein Albtraum Gestalt an. Vereinzelte Bruchstücke fügten sich, wie die Teile eines Puzzles, zu einem vollständigen Bild.

»Um Gottes willen, wie konnte es so weit kommen?«, murmelte Mr Dallon.

Die Frage war zu kompliziert, als dass Elmer sie hätte beantworten können. Er wollte sagen, dass er Mary Louise in gutem Glauben geheiratet habe, dass er der Letzte sei, der über seine zukünftige Frau Erkundigungen einziehe. Doch er sagte nichts.

»Aber warum«, flüsterte Mrs Dallon, »warum sollte sie das mit dem Rattengift tun?«

»Und warum sollte sie Möbel kaufen, wenn das Haus voll davon ist, Mrs Dallon? Auch das muss man sich fragen.«

Auf die Uhr kamen sie nicht zu sprechen. Sie hatten das Gefühl, die Uhr sei eine Angelegenheit der Dallons, die ihren Schwiegersohn nichts anging.

»Meine Schwestern wissen nichts von dem, was ich Ihnen erzählt habe«, sagte Elmer. »Sie wissen von dem Geld, aber nicht von der anderen Sache. Ich glaube, dass sie nicht länger im Haus bleiben würden, wenn sie davon wüssten.«

»Wir haben vor einer Weile mit Dr. Cormican gesprochen, nachdem Rose und Matilda bei uns waren«, sagte Mr Dallon.

»Ich habe gehört, dass sie hergekommen sind.«

»Sie haben uns einiges erzählt.«

Elmer seufzte leise. Dann sagte er:

»Ich muss etwas unternehmen.«

»Was denn?«, rief Mrs Dallon plötzlich mit schriller Stimme.

»Sie ahnen, dass es Mary Louise war, die etwas in die Frikadellen getan hat. Sie wissen nur noch nicht, was es war. So, wie die Dinge liegen, kann man sich im Haus nicht mehr sicher fühlen.«

»Was wollen Sie unternehmen?«, wiederholte Mrs Dallon, die sich etwas beruhigt hatte.

Elmer gab keine Antwort. »Was hat Dr. Cormican gesagt, als Sie bei ihm waren, Mrs Dallon?«

»Er hat gesagt, wenn Mary Louise krank wäre, würde man ihn schon verständigen.«

»Dann werde ich genau das tun.«

Als Kilkellys Wagen den Stadtrand erreichte, bat Elmer den Fahrer anzuhalten. Er bezahlte ihn und suchte das erste Gasthaus auf, an dem er vorbeikam, eins, in dem er noch nie gewesen war. Es machte einen schäbigen, düsteren Eindruck, und außer ihm gab es keine anderen Gäste, doch das passte zu seiner Stimmung. Er wollte mit niemandem reden und von niemandem mit Namen genannt werden.

Als James in Culleen nach getaner Arbeit in die Küche kam, saßen seine Eltern und seine Tante Emmeline am Küchentisch. Es überraschte ihn, dass sie zu dieser Tageszeit alle dort saßen und nicht mit ihren üblichen Arbeiten beschäftigt waren. Sie unterhielten sich ganz leise, ihre Stimmen kaum mehr als ein Flüstern. Sogleich verstummten sie.

»Was ist los?«, fragte James, drehte am Spülbecken beide Wasserhähne auf und seifte sich unter dem laufenden Wasser die Hände ein.

»Mary Louise geht's nicht gut, James«, sagte sein Vater.

»Hat sie die Grippe?«

»Mary Louise hat seltsame Dinge getan, mein Junge. Wir machen uns Sorgen um sie.«

»Was für seltsame Dinge?« James drehte sich zu ihnen um, während das Wasser hinter ihm weiter lief und Wasser von seinen Händen auf den Fliesenboden tropfte. Da sah er, dass seine Mutter geweint hatte. Seine Tante Emmeline schien ebenfalls geweint zu haben. Die Mundwinkel seines Vaters waren herabgezogen.

»Was für seltsame Dinge?«

Erst als sie ihn gebeten hatten, sich zu setzen, erzählten sie ihm alles. Abends fuhr Mr Dallon zu Letty hinüber, um es auch ihr zu erzählen.

Allein in ihrem Haus, rief Miss Mullover sich ins Gedächtnis, wie sehr Mary Louise in ihrer Kindheit von Johanna von Orleans fasziniert gewesen war. Nun fragte sie sich, ob es falsch gewesen war, dem keine größere Bedeutung beizumessen? Als Mary Louise ihr auf der Hochzeitsfeier ihrer Schwester gestanden hatte, dass sie und ihr Cousin vor seinem Tod ineinander verliebt gewesen seien, hatte sich Miss Mullover gefragt, ob dieses Geständnis, das sie ihr so unvermittelt gemacht hatte, ebenfalls ins Reich der Phantasie gehörte. Seither hatte sie sich diese Frage mehr als einmal gestellt und am Ende doch keine Antwort darauf gefunden. Dennoch war sie davon überzeugt, dass man über die Vernunftehe, die ein junges Mädchen mit einem Textilhändler geschlossen hatte, nun im gleichen Atemzug reden konnte wie über gewisse andere Ehen in der Stadt: die des Paares, das sich nur noch über seinen Hund verständigte, die der Ehefrau, die heimlich ins Dixie Tanzlokal ging, und die des Brotlieferanten, der aus Versehen mit einer Zigeunerin davongelaufen war. Ehen zerbrachen aus vielerlei Gründen, doch vermutlich konnte man das nicht richtig nachvollziehen, wenn man nicht selbst verheiratet war. Es spielte wohl auch keine Rolle, ob andere Leute es nachvollziehen konnten, dachte Miss Mullover, doch das hinderte sie nicht daran, sich über die Zukunft von Elmer Quarry und Mary Louise Gedanken zu machen.

»Mary Louise, es ist schrecklich, so etwas zu machen.«

»Schrecklich?«

»Du hast Rattengift ins Essen getan«, sagte Elmer.

Sie lächelte. Nach dem Vorfall mit den Würmern in Possy Lukes Tisch musste sie hundertmal schreiben: *Ich darf keinen Unfug treiben.* Dicke Abwärtsstriche, makellose Schleifen, andernfalls müsste sie das Ganze noch einmal schreiben. Tessa Enright hatte alles geleugnet.

»Wir hätten mausetot sein können«, sagte er.

»Ja.«

Er hatte einen Entschluss gefasst: Sie konnte es ihm an den Augen ablesen. Alles lag in seinem Blick, für einen Augenblick sogar so etwas wie Verzweiflung.

»Ja«, sagte sie noch einmal. »Ja.« Sie wollte noch fragen, ob man ihr erlauben würde, ihre Sachen mitzunehmen, verzichtete aber darauf. Sie war davon überzeugt, dass es erlaubt war; zumindest die Uhr und die Kleidung, die Bücher und den Kragenknopf.

29

»Ich bin wieder in der Stadt.«

»Du bist wieder da, weil es dir jetzt bessergeht, Liebes. Wegen der Medikamente. All die alten Geschichten sind aus und vorbei.«

»Ich bin wegen des Grabes wieder da.«

»Ein Grab darf man nicht antasten. Ein Grab muss man in Ruhe lassen.«

»Wenn man will, kann man alles ändern.«

Seine Hand liegt auf dem Türgriff. Mehr als alles andere braucht Elmer etwas zu trinken. Er braucht unbedingt etwas; er hat kaum noch genügend Kraft, um zu stehen; er ist mit ihrem Tablett heraufgekommen, und sie hat ihn angelächelt, ihn aufgehalten, indem sie von einem Friedhof sprach, ein Thema, das sie schon einmal angeschnitten hatte. »Lassen Sie sie wieder in die Dachkammer, wenn sie das will«, hat Miss Foye ihm geraten, und er hat die entsprechenden Vorbereitungen getroffen, hat eigenhändig ihr Bett bezogen.

»Ich muss jetzt gehen«, sagt er.

»Man kann ein Grab wieder öffnen. Man kann die sterblichen Überreste umbetten. Ist dieser Ausdruck nicht seltsam, Elmer – Überreste? Bei einem Menschen von Überresten zu sprechen?«

»Schon, aber was für einen Sinn hätte das, Liebes?«

Als er sie zum ersten Mal in der Anstalt besucht hat, sagte sie, dass jemand, dessen Namen er nicht genau verstand, kein

Tagebuch mehr führe. Die Frau habe einen dicken schwarzen Strich darunter gezogen, und damit sei die Sache erledigt. Er fragte, ob das sie selbst gewesen sei, denn er befürchtete, sie habe irgendwelche Tagebücher herumliegen lassen, doch sie gab ihm keine Antwort.

»Robert und ich haben einander geliebt«, sagt sie.

»Iss auf, bevor es kalt wird. Und nimm die Pillen ein, wenn du fertig bist. Stell das Tablett nach draußen, dann hole ich es später.«

»Ich muss keine Pillen einnehmen, Elmer.«

»Doch, doch, das musst du. Sorgen sie denn nicht dafür, dass du gesund bleibst?«

»Es geht nur darum, die sterblichen Überreste von einem Friedhof auf einen anderen umzubetten. Ich möchte neben ihm begraben werden, Elmer.«

Sie haben darauf beharrt, keinen Fuß auf die Stiege zu setzen, die zum Dachboden führt. Sie haben sich sogar geweigert, ihr auch nur eine Scheibe Brot zu schmieren. Sie haben gesagt, sie würden auf der Stelle das Haus verlassen, wenn sie sich in der Nähe der Speisekammer oder der Küche blicken lasse. »Ich kümmere mich um ihr Essen«, hat er versichert, und seit ihrer Rückkehr tut er das auch, trägt alles hinauf, was von ihnen übrig bleibt, und bereitet ihr, wenn nötig, Spiegeleier mit Speck zu.

»Ich habe noch etwas in der Stadt zu erledigen«, sagt er. »Das kann ich nicht aufschieben.«

»Ich will nur neben ihm begraben werden.«

»Ich regele das. Aber nimm jetzt deine Pillen ein.«

»Fährst du mit mir raus, damit ich dir zeigen kann, wo der Friedhof liegt?«

»Sobald ich eine freie Minute habe, fahren wir hin. Du und ich.«

»Es ist der Friedhof, auf dem die Attridges begraben liegen. Die Familie Attridge.«

»Den kenne ich gut.«

Das Verlangen, weg zu sein, in Hogans Bar zu sein, hat sich in einen Schmerz verwandelt, der sich in seinem Körper ausbreitet. Als er sie zum ersten Mal besuchte, fragte er: »Und, wie geht's dir, Liebes?« Sie schüttelte nur den Kopf und sprach von einem alten Bettelweib, die das zweite Gesicht habe. Bei späteren Besuchen erzählte er ihr die Neuigkeiten aus der Stadt: dass Foleys Geschäft in einen Selbstbedienungsladen mit Einkaufskörben aus Draht umgewandelt worden sei, dass Sarsfield's in der Lower Bridge Street das erste Gasthaus mit einem Fernseher sei.

»Das will ich wirklich«, beteuert sie. »Es ist alles, was ich will.«

»Das mit dem Grab ist kein Problem, Liebes.«

Wenn sie erst einmal weggesperrt wäre, würde es so sein, als wäre sie tot. Mit ihrem Erscheinen hatte das Verderben seinen Lauf genommen, und nun hatten sie die Vorstellung, zu dritt ganz von vorn anfangen zu können. Doch nach zehn Monaten erlag er Kilkennys Überredungskünsten in der Werkstatt und kaufte einen Wagen, ausschließlich um sie drei- oder viermal im Jahr zu besuchen. Kein einziges Mal haben sie in diesem Wagen gesessen; kein einziges Mal haben sie – auch nicht von fern – das Heim gesehen, in dem sie untergebracht war. »Kommt doch mit«, hat er immer gesagt, doch keine von beiden hielt es für nötig, ihm zu antworten.

Sie sitzen in dem großen Wohnzimmer, das sie nie neu tapeziert haben, einem Zimmer, das ihr Bruder seit fast dreißig Jahren nicht mehr betreten hat. Sie bezwingen ihre Empörung über die Anwesenheit ihrer Schwägerin, so gut es geht; für leidenschaftliche Gefühlsausbrüche sind sie inzwischen zu alt, Rose vierundsiebzig, Matilda dreiundsiebzig. »Du verdammter Spinner«, hat Rose gesagt, als er ihnen zum ersten Mal erzählte, dass sie dank einer neuen Wunderdroge ganz und gar geheilt sei. Er verwendete dieselben Worte, die man ihm genannt hatte: »Einfühlungsvermögen«, »Zuwendung« und »Gemeinschaft«. Sie fanden es lächerlich, all das aus dem Mund eines erwachsenen Mannes zu hören. Er ist schon seit Jahren am Ende; bis dahin hatten sie sich mit aller Kraft dafür eingesetzt, das, was ihnen geblieben war, zu erhalten. Was spielt es nun noch für eine Rolle? Der Laden ist weg, und mit ihm ihr Ansehen in der Stadt. Oft trägt er keine Krawatte. Sie haben auch schon erlebt, dass er in seinen alten Filzpantoffeln aus dem Haus ging. Er sammelt die Essensreste zusammen und trägt das Tablett die Stiege zum Dachboden hinauf, als wollte er einen Hund füttern, und wenn er Spiegeleier macht, schlägt er die Eier so achtlos auf, dass er nicht merkt, wenn Schalensplitter ins Fett fallen.

»Du verdammter Spinner«, sagt Rose noch einmal. Das sagt sie ganz nüchtern, ihre Stimme emotionslos und nicht mehr so schrill wie vor Jahren. Und sie sagt es oft.

»Sie hat doch zwei Geschwister«, erinnert ihn Matilda; auch diese Bemerkung fällt oft. »Sie gehört nicht hierher. Wer sagt, dass sie hierhergehört?«

»Sie ist meine Frau.«

Diese Wortwechsel und andere Gesprächsfetzen rufen sie sich in dem grauen Zimmer ins Gedächtnis, doch im weiteren Verlauf des Gesprächs verweilen sie nicht dabei, denken nicht laut darüber nach. Die beiden alten Frauen sind in Erinnerungen versunken, die ihre Verbitterung noch verstärken. Da ist der Nachhall einer Zeit, die ohne weiteres hätte andauern können: Als klar zu sein schien, dass niemand anders ihr Leben verändern würde, war er zum Mittelpunkt ihres Lebens geworden. Sie hatten für ihn Kuchen gebacken, Fleisch gebraten, gestopft und geflickt, die Bettlaken gewechselt, an Weihnachten hatten sie sich gegenseitig beschenkt, er hatte im Büro die Bücher geführt, und sie hatten im Laden gearbeitet: Sie hatten einmal gehofft, dass all das immer so bleiben würde. Sie waren, weiß Gott, anspruchslos und verlangten nicht viel.

In Culleen würde James den Hof gern einem seiner Söhne übergeben, doch keiner von ihnen will ihn haben. James hat Angela Eddery geheiratet, und beide sind darüber enttäuscht, dass alle sein Angebot ablehnen, lassen es sich aber nicht anmerken. Von dem Hof könne man nicht leben, haben ihre Söhne gesagt, und das wundert James, denn bisher war es immer möglich. »Na, wenigstens wird der Hof uns noch ernähren«, erinnert ihn Angela, und sie sind sich einig, dass das ein Segen sei und man dankbar sein müsse.

Schon bald nach Mary Louises Rückkehr berichtet Angela in der Küche von Culleen, dass sie die Schwägerin in der Bridge Street gesehen habe. Nach anfänglichem Zögern habe sie sie wiedererkannt und hätte sie auch angesprochen, wenn ihr nicht doch Zweifel gekommen wären. Als sie sich wieder gesammelt habe, sei Mary Louise bereits weg gewesen.

»Dann wird sie wohl herkommen müssen.« James klingt widerwilliger als beabsichtigt, denn er hat die Worte allzu sorglos gewählt.

»Natürlich muss sie kommen, James! Sooft sie will.«

Während der Zeit in Culleen hat Angela alle Höhen und Tiefen kennengelernt. Wenn sie trübsinnig war, hat sie oft an Mary Louise gedacht und ihr eigenes Leben im rechten Licht gesehen: Dafür ist sie dankbar. Sie und James haben seine

Schwester ein einziges Mal besucht, doch danach weigerte er sich, noch einmal hinzufahren. James machte das Unglück seiner Schwester immer verlegen, und Angela ist sicher, dass Mary Louise das spürte. Angela hat das Gefühl, dass Mary Louise nicht nach Culleen kommen wird und sie James in dieser Hinsicht beruhigen könnte. Aber das will sie nicht.

Als Dennehy das Anwesen an der Abzweigung nach Ennistane erbte, hörte er auf, als Tierarzt zu praktizieren. Er und Letty verkauften das Haus, das sie zur Zeit ihrer Hochzeit umgebaut hatten, und zogen mit der ganzen Familie in das Gasthaus. Weil er es satthatte, mitten in der Nacht zu kranken Tieren gerufen zu werden, stürzte er sich freudig in sein neues Leben als Gastwirt, und Letty war froh über die größeren Einkünfte, die mit diesem Umbruch einhergingen.

»Sie sollte bei uns wohnen«, sagte sie, als sie erstmals über ihre Entlassung aus dem Heim sprachen. Dennehy hatte nichts dagegen. Das Haus war groß genug, und im Gasthaus herrschte immer Betrieb: Wie seltsam sie sich auch benehmen mochte, eine weitere Frau würde im Haus nicht auffallen.

»Sie hätte zu uns kommen sollen«, wiederholt Letty, als Mary Louise schon eine Weile wieder da ist, und zwei Tage später besucht sie ihre Schwester, um ihr noch einmal den Vorschlag zu unterbreiten. »Sie kann bei uns wohnen«, hat sie bei ihren Besuchen Miss Foye und auch Mary Louise versichert. Das große, laute Gasthaus, in dem ein ständiges Kommen und Gehen herrscht, und ihre Neffen und Nichten bekämen ihr bestimmt besser als die Gesellschaft von Elmer Quarry. Vor Jahren hat Letty für sich einen Schluss gezogen, den sie nur ihrem Mann mitgeteilt hat: Mary Louise sei nur deshalb verrückt geworden, weil sie ihr Bett mit dem dicken

Elmer Quarry teilen musste; was er von ihr verlangte, habe sie derartig erschreckt und abgestoßen, dass sie den Verstand verloren habe. Das könne sie verstehen, hat Letty gesagt: Man müsse sich nur vorstellen, dass Elmer Quarry nackt bei einem im Schlafzimmer stehe, und schon wolle man für den Rest seiner Tage die Augen schließen. Mary Louise sei schon immer zu naiv, zu vertrauensselig und weltfremd gewesen, um so einer Situation gewachsen zu sein. Aus Elmer Quarrys Ohren und Nase sprössen Haare, schwarze, stachlige Haare, vor denen man sich ekle, wenn sie einem nahe kämen. Seine Wangen seien meistens schweißnass, und mit diesem Schweiß komme man in Berührung. Mit dem Trinken habe er angefangen, weil Mary Louise letztlich ihren Ekel nicht verbergen konnte.

»Ach, ich gehöre hierher«, beteuert Mary Louise. »Ich werde euch oft besuchen.«

Ebenso wie Angela weiß auch Letty, dass sie nicht kommen wird.

Wie konnte man bloß ein Grab wieder öffnen? Wie konnte man bloß die Knochen des Toten durcheinanderbringen und sie ohne triftigen Grund fünf Meilen weit auf einen Friedhof bringen, der schon vor Jahren aufgegeben wurde? Elmer stellt sich diese Fragen in der Bar von Hogans Hotel und denkt über ihren Ursprung nach. Der Cousin, von dem sie gesprochen hat, war ein bedauernswerter Mensch mit schwachem Herzen oder Lungenproblemen, der keine lange Lebenserwartung hatte. Vor einer Woche hat sie sich durch das lange Gras geschleppt und ihm die Ecke des alten Friedhofs gezeigt, in der sie und ihr Cousin einmal liegen sollen. Sie hat sich in den Kopf gesetzt, dass zwischen ihnen etwas gewesen sei.

»Seien Sie so gut und gießen das noch mal voll.« Elmer schiebt sein Glas über die wohlvertraute Theke, und Gerry nimmt es mit ebenso vertrautem Griff entgegen. Mittlerweile hat er eine besondere Art, ein Glas zu halten, die Finger infolge von Arthritis gekrümmt wie Klauen.

»Was ich Ihnen erzählt habe, stimmt, Mr Quarry. Uns droht ein System von Einbahnstraßen.«

»Ist das Ihr Ernst?«

»O ja, Sir. Die Pläne dafür sind schon entworfen.«

»Das wird den Geschäften schaden.«

»Natürlich. Na, man hat ja doch keinen Einfluss darauf.«

Elmer nickt. In der Stadt herrscht zu viel Verkehr, daran besteht kein Zweifel, doch ein System von Einbahnstraßen wird mehr schaden als nützen. Er nickt noch einmal, um der Aussage Gewicht zu verleihen.

»Hat sie sich eingewöhnt, Sir?«, erkundigt sich der Schankkellner wenig später vorsichtig.

»Ja, Gerry, sie hat sich gut eingewöhnt.«

Wenn er das Tablett heraufbringt, redet sie mit ihm über Russen. Sie kennt all die Namen auswendig, es lässt sich nicht sagen, wo sie sie aufgeschnappt hat. Es würde ein Vermögen kosten, seine sterblichen Überreste auszugraben, und dann der lange Kampf mit den Behörden. Wenn man so eine Sache erst einmal in Gang setzt, weiß man nicht, worauf das hinausläuft. Er ist schon einmal hereingefallen, weil er anständig sein wollte; er ist darauf hereingefallen, dass sie behauptet haben, die Medikamente seien besonders wirksam, doch wenn eine Frau, die ständig von Russen redet und Gräber öffnen will, wieder normal sein soll, dann ist das sehr seltsam. In Wahrheit will man sie nur aus wirtschaftlichen Gründen aus diesen Heimen heraushaben. Er hätte wissen müssen, dass sich letzten Endes immer alles ums Geld dreht.

»Vorige Woche habe ich sie draußen herumlaufen sehen«, fährt der geschwätzige Schankkellner fort. »Sie sah kerngesund aus.«

»Oh, es geht ihr bestens, Gerry, es geht ihr bestens.«

In gegenseitigem stillschweigendem Einvernehmen haben weder Elmer noch die Dallons die Wahrheit über den Kauf des Rattengifts je preisgegeben. In der Stadt glaubt man allgemein, Elmer Quarrys Frau sei in die Anstalt gebracht worden, weil man nicht mehr mit ihr fertigwurde, und das stimmt ja auch. Damals erzählte man sich, dass sie mit Spielsachen spielte und sich einbildete, dass Ratten es auf sie abgesehen hätten. Mehrmals habe sie versucht, sich zu vergiften. Sie habe Kleidung von den Armen gekauft, obwohl sich unter ihrer Wohnung doch ein ganzer Laden voll Kleidung befunden habe.

»Das ist wunderbar, Sir.«

»Ja, natürlich, Gerry.«

Morgen würde er wieder mit ihr hinausfahren und sich im Gras klatschnasse Hosenbeine holen. Es ärgert seine Schwestern, wenn sie sehen, dass er wieder mit ihr wegfährt, besonders weil sie nicht wissen, wohin. Manchmal macht es ihm Freude, die beiden zu ärgern. »Hast du dich um einen einzelnen Grabstein gekümmert?«, hat sie an diesem Morgen gefragt, und er hat ihr versichert, dass er die Angelegenheit im Griff habe.

Wenn Elmer die Bar verlässt, dann geht er durch die Tür, die auf die Straße hinausführt, und nicht mehr, wie früher, durch das Foyer des Hotels. Bridget hat sich vor mehreren Jahren zur Ruhe gesetzt, doch schon vorher hatte er sich nicht mehr damit aufgehalten, im Foyer herumzutrödeln.

30

Wieder ist sie die Einzige, eine zierliche Gestalt in der äußersten Ecke der Kirchenbank. Zwei Farben – Schwarz und Braun – sind an ihrem Mantel modisch aufeinander abgestimmt, der Pelzkragen wegen der Kälte hochgeklappt. Die beiden Farben finden sich auch an ihren weichen Wildlederschuhen. Die ersten Altersfalten ranken sich um ihre Augen und Mundwinkel, doch die Schönheit, von der nur ihr Cousin je zu ihr gesprochen hat, ist noch immer zu sehen. Ein Madonnenblick, hat sich ihr Cousin in der Nacht seines Todes gesagt, während er von ihr träumte.

»Amen«, murmelt sie mit geschlossenen Augen, die zierlichen Finger auf ihrer Stirn gespreizt.

Der Geistliche, der am Altar steht, ist groß, ein junger, noch lediger Mann, der erst vor einiger Zeit die fünf verstreuten Gemeinden übernommen hat. Jeden Sonntag, von acht Uhr morgens bis zum Einbruch der Nacht, macht er unter seiner spärlichen Gefolgschaft die Runde und verbreitet das Evangelium über viele Meilen unter den Wenigen. Oft ist nun diese Frau, die bis vor kurzem noch als verrückt galt, der einzige Mensch, der auf diesen Kirchenbänken sitzt.

»Erleuchte unsere Finsternis …«, betet er leise. Grünes und rotes, blaues und gelbes Licht schimmert matt in dem hinter ihm gelegenen Fenster: verschlungene Schriftrollen, Korbflechtereien und Windeln. Wenn sie die Einzige ist, werden keine Kirchenlieder gesungen, wird der Psalm nicht angestimmt. Anstelle einer Predigt findet zwischen den beiden ein Gespräch statt. »Der Friede Gottes, der höher ist als alle Vernunft …«

Sie kann sich noch erinnern, dass die Gottesdienstbesuche ihrer Kindheit und Jugend Ausflüge waren und dass sie nach ihrer Hochzeit die Möglichkeit boten, ihre Familie zu treffen. In den Jahren, als sie fort war, hat sie begonnen, sie um ihrer selbst willen zu mögen.

»Das war sehr schön«, lobt sie den Geistlichen. »Ein wunderschöner Gottesdienst.«

»Es ist lieb von Ihnen, so oft zu kommen.«

»Während unseres ›Te Deum‹ musste ich an Miss Mullover denken. Ich weiß auch nicht, warum.«

Die Lehrerin ist schon lange vor seiner Zeit gestorben, doch bei diesen sonntäglichen Anlässen taucht ihr Name oft auf. In einem Klassenzimmer blicken zwei Schulkinder sich neugierig an und haben eine leichte Ahnung von der Liebe, die sie füreinander empfinden werden: Wieder sieht er dieses Bild vor sich.

»Es hat mich immer verwundert, dass sie nicht dahintergekommen ist. Dass sie nicht wusste, dass wir zusammengehörten.«

Er nickt, doch nicht, um ihr zu sagen, dass er versteht, sondern weil eine Antwort vonnöten ist. »Robert und ich waren schon füreinander bestimmt, bevor wir atmen konnten, ja bevor wir von der Existenz des anderen wussten.«

»Das haben Sie mir schon erzählt.«

»Fängt so die Liebe an, dass man füreinander bestimmt ist, ohne es zu wissen? Im Rückblick kommt es mir so vor.«

Wieder nickt er und würdigt damit ihre größere Lebenserfahrung. Unter dem Chorhemd ist aber auch ein Schulterzucken zu sehen, das seine Unsicherheit getreulich widerspiegelt.

»Gott gibt die Erlaubnis: Glauben Sie, dass es so ist?«

»Möglicherweise.«

»Und vielleicht ist es auch nicht erlaubt, dass jemand anders dahinterkommt?«

»Vielleicht nicht.« Er zieht sich das Chorhemd über den Kopf. Ihre Gesellschaft gleicht der eines Kindes. Dass sie einem unverzüglich erzählt, was ihr in den Sinn kommt, könnte damit zusammenhängen, dass sie eingesperrt war, es könnte eine Gewohnheit sein, die sie von ihren Leidensgefährtinnen übernommen hat. Da er sie damals noch nicht gekannt hat, lässt sich das schwer einschätzen.

»Er hat sich einen Wagen gekauft, um mich besuchen zu können. Sich um die Gräber zu kümmern ist kein so großer Aufwand. Ist es dennoch zu viel verlangt?«

Er legt das Chorhemd über den linken Arm, streicht die Falten glatt und beobachtet, wie sie wiederkehren. Sie hat ihm erzählt, dass sie zwischen den Grabsteinen die Romane Turgenjews gelesen hat. Sie hat ihm erzählt, dass sie die Medikamente, die man ihr verschrieben hat, seit acht Jahren die Toilette hinunterspült, dass sie sie nicht mehr einnimmt, weil es nicht nötig ist. Während sie in ihrer Bankreihe steht und ihn anlächelt, wirkt ihr Leben so geheimnisvoll wie ein Werk Gottes, ihre Naivität und ihre grenzenlose Liebe der Willkür anheimgefallen, und ihr letzter bescheidener Wunsch dazu bestimmt, unerfüllt zu bleiben. Der Schmerz, den diese Gedanken in ihm erzeugen, verwandelt sich in eine vertraute Sorge: Wenn er über das Leben dieser Frau nachdenkt, könnte er eher seinen Glauben verlieren als durch all seine leerstehenden Kirchen.

»Darf ich das Abendmahl einnehmen?«

Dann wird er sich verspäten, doch er hat keine Einwände. Er zieht das Chorhemd wieder über, holt Brot und Wein hervor und reicht ihr das Abendmahl. »Komm und iss«, murmelt er, »vom Brot des Lebens …«

Sie erinnert sich, wie ihr Cousin die Stelle las, wo der Tod mit einem Fischer verglichen wird. Sie erinnert sich an die Schokolade, die ihr Mann bei seinen Besuchen mitbrachte, Crunchie und Caramel Crisp. Sie erinnert sich, wie er sagte, er habe die Holzfassade des Ladens wieder blau streichen lassen. Man bleibe am besten bei Blau, erklärte er, bei Blau wisse man, woran man sei. Er sagte auch: »Ich habe gehört, dass deine Schwester wieder in anderen Umständen ist.« Die Schokolade hatte er in Foleys Laden gekauft.

Das letzte Gebet, das mit einem Flüstern gesprochen wird, erinnert sie an eine sanfte Brise. Wenn ihm danach zumute ist, lässt der Fischer den gefangenen Fisch im Wasser, sodass er noch schwimmt, obwohl er schon im Netz ist.

»Ich muss jetzt gehen«, sagt der Geistliche, hört ihr aber noch zu, als sie von Turgenjews Fischer erzählt. Die Werbung ihres Cousins bestand darin, sie in die Welt eines Romanciers einzuladen, das war alles, was ihm möglich war, und das, was sie zulassen konnte. Und doch stellten sich am Ende, wie eine Erfüllung, leidenschaftliche Gefühle ein. Einunddreißig Jahre lang hat sie sich an eine Zufluchtsstätte geklammert, in der ihre Liebesbeziehung sich ausbreiten konnte, ein sicheres Haus, das ihr Schutz bot. Einunddreißig Jahre lang galt sie als verrückt und lebte in Frieden.

»Ich mache mich für ihn zurecht«, sagt sie. »Auf unserem Friedhof schminke ich mich. Es ist schön, dass ich mich wieder für ihn zurechtmachen kann.«

Er lächelt bei dem Gedanken, wie sie gekichert hat, als sie ihm erzählte, dass sie das Rodenkil nie geöffnet habe. Immer noch kichernd sagte sie, sie habe einmal den Satz *Ich darf keinen Unfug treiben* hundertmal aufgeschrieben. Sie hat das Rodenkil absichtlich bei dem Freund ihres Mannes gekauft. Die Frikadellen hat sie mit der Tinte grün eingefärbt, die sie aus dem Schlafzimmer ihres Cousins mitgenommen hatte. »Die Leute denken von anderen immer das Schlechteste«, fügte sie hinzu, als sie all das erzählte, und sagte dann, dass man ihnen das kaum vorhalten könne.

»Es tut mir leid, dass ich Sie aufgehalten habe«, entschuldigt sie sich, bevor sie sich umdreht und geht. »Ich bin eine schreckliche, alte Nervensäge.«

Er beobachtet, wie sie davongeht. Für einen Augenblick kommt sie ihm reich vor, ihre hübschen Schuhe, ihr schwarzbrauner Mantel, eine zartgliedrige Person, noch immer reich in ihrer Liebe. Verrät sie Elmer Quarry, dass sie sich für ihren Cousin zurechtmacht? Bezahlt er ihre Kleider, ohne zu fragen, weil er nicht darüber nachdenken will? Macht eine Liebe wie ihre jedem ein wenig Angst?

»Auf Wiedersehen«, ruft ihr der Geistliche nach, und sie dreht sich um und winkt, dann ist sie verschwunden.

Allein in der kalten Kirche, sieht er sie wieder einen Augenblick vor sich, das Kind in dem Klassenzimmer, das über die Tische hinweg ihrem kränklichen Cousin einen raschen Blick zuwirft. In dem Schlafzimmer berührt sie den Kragenknopf mit den Lippen und holt die Flasche grüne Tinte aus der Schublade der Frisierkommode. In der wärmenden Sonne zeichnet ihr Finger die Buchstaben auf dem Grabstein der Attridges nach; in dem blaugetünchten Häuschen ersteht sie die Kleidung ihres Cousins. Sie stellt die Soldaten zu einer Schlacht auf, über die sie nichts weiß; sie hängt die Uhr an den Nagel neben dem Kamin. Ihre Stimmen vereinigen sich in einer Liaison und lesen von Russland.

Sie wird die Quarrys überleben, denkt der Geistliche und sieht sie in anderer Gestalt vor sich: Alt und allein geht sie in der Wohnung über dem Laden von einem Zimmer zum anderen. »Ich habe alle Vorkehrungen getroffen«, versichert seine eigene Stimme, denn das ist das mindeste, was er tun kann.

Es gibt ein Begräbnis, und dann liegen die Liebenden beieinander.

Nachwort

Würde mir jemand die berühmte, wenn auch nicht besonders originelle Frage stellen, welche drei, vier Bücher ich auf eine ganz einsame Insel mitnehmen würde, so fiele mir die Auswahl nicht leicht. Keine Zweifel duldete es indes, dass unter diesen Inselbüchern mindestens eines von William Trevor wäre. Die größte Schwierigkeit läge im Ausschlussverfahren: Welcher der nicht wenigen seiner wunderbaren Romane dürfte mit ins Handgepäck? *Toren des Glücks* vielleicht? Oder lieber *Felicias Reise* … obwohl … warum nicht Trevors Roman *Die Geschichte der Lucy Gault*, der 2002 auf der Shortlist des Booker Prize stand und die Auszeichnung – wie Felicitas von Lovenberg in der *Frankfurter Allgemeinen* schrieb – viel mehr verdient gehabt hätte als Yann Martels *Schiffbruch mit Tiger*?

Nein, je länger ich über die imaginäre Inselfrage nachdenke, desto klarer wird mir, dass ich *Turgenjews Schatten* (im Original: *Reading Turgenev*) mitnähme, jenen bestechenden Roman, der 1991 zusammen mit *Mein Haus in Umbrien* (*My House in Umbria*) in dem Doppelband *Two Lives* erschien. Er vereint alle erzählerischen Qualitäten dieses Autors, verschränkt gesellschaftliche und private Aspekte unaufdringlich miteinander und ist von jener elegischen Melancholie durchzogen, die den Sinn des Lebens in Frage stellt und ihn gleichzeitig bekräftigt.

Einen »bard of loss«, einen Barden des Verlusts, hat Hilary Mantel William Trevor in der *New York Times Review of Books* genannt, und in der Tat sind seine Geschichten durchsetzt mit Erfahrungen von Mangel, von Trauer und von Hoffnungsträumen, die an der Realität des Alltags jämmerlich zerplatzen. Unabhängig davon, ob Trevor seine Protagonisten – wie etwa in *Die Geschichte der Lucy Gault* – vor den Hintergrund der nicht enden wollenden Auseinandersetzung zwischen irischen Protestanten und Katholiken stellt oder ob er sie in einem engen provinziellen, scheinbar ganz privaten Rahmen präsentiert, sind die psychologisch so fein ausgeleuchteten Persönlichkeitsstudien von einem wehmütigen Ton durchzogen, der einem das Herz klamm werden lässt.

»Happy endings« im trivialen Sinn gibt es in seinen Büchern kaum. Seine Helden sind oftmals leidende Kreaturen, denen das Schicksal wahrlich nicht gut und gütig mitspielt. Die Hinterhalte des Lebens erkennen sie nicht, und wenn es kurzzeitig so scheint, als wäre ein Zipfel des Glücks zu erhaschen, ist diesem Frieden nicht zu trauen. *Felicias Reise* (*Felicia's Journey*, erschienen 1994) ist beispielsweise eine solche Leidensgeschichte. Sie wird erzählt aus der Perspektive der blutjungen Irin Felicia, die ihre Heimat in den 1980er Jahren verlässt, um ihren Geliebten Johnny, von dem sie schwanger ist, irgendwo in den englischen Midlands zu suchen. *Felicias Reise* ist ein raffiniert gebauter Psychothriller, der die Thatcher-Ödnis der mehr als unwirtlichen Industriestädte lapidar beschreibt und die junge Heldin auf eine Katastrophe zusteuern lässt. Auf ein Unglück, das der Leser früh erahnt und dessen Näherkommen er atemlos verfolgt.

Verlorene Existenzen mitfühlend zu beschreiben und trotzdem keine falsche Sentimentalität aufkommen zu lassen, das ist die große Kunst des Erzählers und Stilisten William Trevor. Knappe Sätze zeichnen seine Prosa aus, Sätze, die unscheinbar wirken und doch von großer Tiefe sind. Alltagsbeobachtungen reihen sich aneinander, aufgeladen von Sehnsüchten, die Trevors Helden, die einfach gestrickt wirken und doch von nicht geringem Selbstbewusstsein geprägt sind, gar nicht zu artikulieren wissen. Unvermittelt stehen ihre Empfindungen nebeneinander und nötigen den Leser dazu, das Chaos widerstreitender Gedankensplitter zu ordnen.

Turgenjews Schatten taucht auf den ersten Seiten tief in die irische Provinz ein, genauer: in die Gedankenwelt der Mary Louise Dallon, einer Frau, die uns in zwei weit auseinanderliegenden Lebensphasen begegnet: als Endfünfzigern, die seit über drei Jahrzehnten in einer psychiatrischen Klinik lebt, und als junge Frau, die das karge Dasein auf dem elterlichen Hof aufgibt und die Gattin des wohlhabenden, deutlich älteren Textilhändlers Elmer Quarry wird.

Mary Louise galt zuvor als stilles Mädchen, das den scheuen Avancen des ungelenken, nicht eben gut aussehenden Spezialisten für Garne und Stoffe nachgibt, ohne sich über die Folgen dieses Schrittes übermäßig Gedanken zu machen. Nach angemessener Werbung heiraten die beiden und unternehmen eine Hochzeitsreise ans Meer, deren erster Abend dank der nachhaltigen Wirkung von Whiskey und Cherry Brandy feuchtfröhlich endet. Mary Louise zieht zu ihrem – wie sich rasch herausstellt – impotenten Mann und dessen eifersüchtigen, intriganten Schwestern in die nahe Kleinstadt und versucht, ein »normales« Leben als Ehefrau zu führen.

William Trevor schildert Mary Louises Untergang so, als würden sich die Etappen des Unglücks unweigerlich bedingen. Es gibt keine offensichtlichen Katastrophen in dieser Ehe, und doch könnte das Leiden der jungen Frau nicht grausamer sein. Bald schon haben sich die Eheleute außer

Floskeln nichts mehr zu sagen; bald leben sie teilnahmslos nebeneinanderher, und bald gerät Mary unter den Dauerbeschuss der Schwestern, die nicht verstehen können, weshalb ihr Bruder sich nicht mit ihrer Gesellschaft begnügen wollte.

Vom ersten Kapitel an weiß man, wie Marys Leben enden wird, und folgt der Erzählung dennoch gebannt. Elmer beginnt, kaum noch auf seinen Ruf als Geschäftsmann bedacht, heimlich zu trinken, während Mary nach und nach die Kontakte zu ihrer Familie abbricht. Einmal glimmt Hoffnung auf, als sie ihren Cousin Robert besucht, einen kränklichen jungen Mann, der mit Zinnsoldaten Schlachten nachstellt und zum einzigen Vertrauten Marys wird. Gemeinsam verbringen sie Sonntagnachmittage auf einem verlassenen Friedhof – mit den Büchern Iwan Turgenjews, die Robert seiner Cousine vorliest. Turgenjews Romane (*Väter und Söhne, Erste Liebe, Am Vorabend*) üben magischen Reiz auf Mary aus, eröffnen für sie eine andere Welt.

Als Robert stirbt, brechen alle Dämme: Mary schafft sich auf dem Dachboden ihres Hauses ihr eigenes Phantasiereich, ausstaffiert mit alten Möbeln und Spielsachen des geliebten Cousins. In dem engen kleinstädtischen Umfeld ist dafür kein Platz. Als Elmers Schwestern beginnen, alle Welt gegen Mary aufzuhetzen, und ihr unterstellen, Geld gestohlen und das Abendessen mit Rattengift vergiftet zu haben, kommt der hilflose Ehemann nicht umhin, seine Frau in eine Anstalt einliefern zu lassen. Dort ist Mary Louise ganz bei sich und bei den Träumen, die von der Liebe ihres Cousins handeln. Als das Heim in den 1980er Jahren seine Tore schließen muss, kehrt Mary als ferner Geist in die Stadt zurück – sich danach sehnend, in einem gemeinsamen Grab mit Robert vereint zu werden – und ist die einzige Kirchgängerin der Stadt: »›Ich muss jetzt gehen‹, sagt der Geistliche, hört ihr aber noch zu, als sie von Turgenjews Fischer erzählt. Die Werbung ihres Cousins bestand darin, sie in die Welt eines Romanciers einzuladen, das war alles, was ihm möglich war, und das, was sie zulassen konnte. Und doch stellten sich am Ende, wie eine Erfüllung, leidenschaftliche Gefühle ein. Einunddreißig Jahre lang hat sie sich an eine Zufluchtsstätte geklammert, in der ihre Liebesbeziehung sich ausbreiten konnte, ein sicheres Haus, das ihr Schutz bot. Einunddreißig Jahre lang galt sie als verrückt und lebte in Frieden.«

William Trevor erzählt die Geschichte eines unerfüllten Lebens und zugleich die Geschichte familiären Niedergangs. Weder den Quarrys noch den Dallons – beide Angehörige der protestantischen Minderheit – ist ein glückliches Los beschieden. Die einen werden ihr Textilgeschäft nicht halten können; die anderen müssen erdulden, dass ihre Farm nicht in Familienbesitz bleiben wird. Lediglich Mary Louises Schwester Letty passt sich der neuen Zeit an, heiratet einen katholischen Tierarzt und entzieht sich auf diese Weise der Spirale des Untergangs. So entwirft Trevor, wie es Mary Fitzgerald-Hoyt in ihrer Studie *William Trevor: Re-imagining Ireland* (2003) nachzeichnet, am Beispiel der unglückseligen Eheleute Quarry ein symbolisches Bild der Vergangenheit Irlands, von den 1950er Jahren bis in die 1980er Jahre.

Mit beiläufig formulierten und doch genauesten Beobachtungen für noch so nichtig scheinende Details kommt *Turgenjews Schatten* einher. Versatzstücke des Alltags – Marys Fahrradschloss, Elmers nach Lauch riechender Atem, die verkrüppelten Friedhofsbäume – werden zu winzigen Handlungsbausteinen und veranschaulichen das Innenleben der Figuren viel deutlicher, als es ausladende Erzählerkommentare könnten. William Trevors Kunst gibt dem Ehe- und

Lebensunglück seiner traurigen Heldin Mary Louise alle Würde zurück. Wie sie in Iwan Turgenjews Erzählungen geheimnisvollen Trost fand, gehen wir als Leser merkwürdig gestärkt – und vielleicht sogar glücklich – aus der Lektüre dieses Meisterwerks hervor. So wie es der Absicht des Autors entspricht, nachzulesen in einem Gespräch mit Dolores MacKenna: »Kein Schriftsteller von Rang kann ein durch und durch glücklicher Mensch sein. Aber im Gegenzug wird sich auch kein Schriftsteller von Rang erlauben können, sich ganz und gar der Schwermut hinzugeben.« Aus dieser Balance heraus erwächst die Intensität von William Trevors Prosa.

Rainer Moritz

William Trevor im dtv

»William Trevor ist der große, ungewöhnliche Melancholiker der irischen Literatur.«
H. G. Pflaum in der ›Süddeutschen Zeitung‹

Die Geschichte der Lucy Gault
Roman
Übers. v. Brigitte Jakobeit
ISBN 978-3-423-**13472**-9

Irland in den 20er Jahren. Auf Gut Lahardane werden die Koffer gepackt. In dem von Unruhen geschüttelten Land sieht Captain Gault für seine englische Frau und die neunjährige Lucy keine Zukunft. Lucy reißt aus und besiegelt damit für immer ihr Schicksal.

Seitensprung
Erzählungen
Übers. v. Brigitte Jakobeit
ISBN 978-3-423-**13558**-0

Ehebruch, unerwiderte Liebe und gebrochene Liebesversprechen – aus der bodenlosen Tiefe des Alltags heraufgezogene Geschichten, geplatzte Träume, doch ohne Tragik.

Tod des Professors
Erzählungen
Übers. v. Hans-Christian Oeser
ISBN 978-3-423-**13846**-8

Neue sinistre Kammerspiele des großen alten Herrn der irischen Literatur. Klassische Erzählungen von untergründiger Wucht und Tiefe.

Felicias Reise
Roman
Übers. v. Thomas Gunkel
ISBN 978-3-423-**13974**-8

Felicias Reise durch die öde Landschaft des mittelenglischen Industriereviers, durch billige Cafés und schummrige Pubs, ist ein Roadmovie in die Abgründe menschlicher Triebe und Leidenschaften.

Liebe und Sommer
Roman
Übers. v. Hans-Christian Oeser
ISBN 978-3-423-**14106**-2

Die eindringliche Geschichte einer verbotenen, und wie sich zeigen wird, gefährlichen Sommerliebe.

Turgenjews Schatten
Roman
Übers. v. Thomas Gunkel
ISBN 978-3-423-**14391**-2

»Eine Studie über durchaus nicht unübliche Eheverhältnisse und darüber, wie sich in der Verlorenheit eines Lebens die Liebessehnsucht einnistet und zum Wahn auswächst.« (Jörg Magenau in ›Deutschlandradio Kultur‹)

Wallace Stegner im dtv

»In der Dichtung sollten wir, denke ich, keinen Vorsatz außer dem haben, die Wahrheit zu erzählen.«
Wallace Stegner

Die Nacht des Kiebitz

Roman

ISBN 978-3-423-**13988**-5

Joe Allston, Literaturagent im Ruhestand, ist ein Unsentimentaler: Ein Leben lang hat er die Sicherheit ehelicher Stabilität dem Sturm möglicher Leidenschaft vorgezogen. Auch jetzt setzt er dem tendenziell aussichtslosen Unterfangen später erotischer Eskapaden die stoische Haltung des Beobachters entgegen. Ruth will ihn zum Schreiben animieren, doch Allston erinnert sich stattdessen an eine ungelebte Liebe …

Zeit der Geborgenheit

Roman

ISBN 978-3-423-**14098**-0

Als die Langs den Morgans zum ersten Mal begegnen, könnte der Unterschied zwischen den beiden Ehepaaren, was gesellschaftlichen Status und Charakter angeht, kaum größer sein. Doch gerade dies weckt ihre Neugier aufeinander. Die Tiefe dieser Freundschaft und die Veränderungen, die diese im Laufe der Jahrzehnte durch Schicksalsschläge und berufliche Erfolge oder Niederlagen erfährt, sind das Drama, das Stegner hier entfaltet.

Vor der Stille der Sturm

Roman · dtv premium

ISBN 978-3-423-**24898**-3

Joe Allston kehrt, gemeinsam mit seiner Frau, der exzentrischen Ostküste und dem wirren Treiben der Swinging Sixties den Rücken. Dort, wo er sich Stille erhoffte, in den berauschend schönen Hügeln Kaliforniens, wird er abermals in die Unordnung des Lebens gestoßen. Die Begegnung mit einer jungen Frau, die gegen den Tod ankämpft und doch vom Leben durchdrungen scheint, trifft ihn tief …

Alle Titel wurden übersetzt von Chris Hirte.